我们的

脱贫之路

WOMEN DE
TUOPIN ZHI LU

谈柱 ◎ 主编

黄河出版传媒集团
宁夏人民出版社

图书在版编目（CIP）数据

我们的脱贫之路 / 谈柱主编 . -- 银川：宁夏人民
出版社，2020.10（2022.1 重印）
　　ISBN 978-7-227-07280-5

　　Ⅰ．①我 … Ⅱ．①谈 … Ⅲ．①报告文学 – 作品集 – 中
国 – 当代②散文集 – 中国 – 当代 Ⅳ．① I217.1

中国版本图书馆 CIP 数据核字（2020）第 197579 号

我们的脱贫之路

谈　柱　主编

责任编辑　陈　晶
责任校对　杨敏嫒
封面设计　沈家菡
责任印制　马　丽

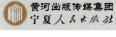 出版发行

出 版 人　薛文斌
地　　址　宁夏银川市北京东路 139 号出版大厦（750001）
网　　址　http://www.yrpubm.com
网上书店　http://www.hh-book.com
电子信箱　nxrmcbs@126.com
邮购电话　0951-5052104　5052106
经　　销　全国新华书店
印刷装订　宁夏凤鸣彩印广告有限公司
印刷委托书号　（宁）0022972

开本　880 mm × 1230 mm　　1/16
印张　19.25
字数　280 千字
版次　2020 年 10 月第 1 版
印次　2022 年 1 月第 2 次印刷
书号　ISBN 978-7-227-07280-5
定价　39.00 元

驻村扶贫　　王仕军／摄

走向新生活　　王恒德／摄

走出大山　　王仕军／摄

新农村　王亚宁／摄

笑脸　马德／摄

魅力海兴　　王筱／摄

美丽鸣沙　　马德 / 摄

移民村的老人　　石宇清 / 摄

移民村的孩子　　石宇清／摄

幸福移民　　褚晓玲／摄

绿色发展　　孟杰／摄

序

新中国成立以来，中国共产党带领全国人民持续向贫困宣战。经过改革开放40多年的努力，成功走出了一条中国特色扶贫开发道路，使7亿多农村贫困人口成功脱贫，我国成为世界上减贫人口最多的国家，也是世界上率先完成联合国千年发展目标的国家。

党的十八大以来，党中央从全面建成小康社会要求出发，把扶贫开发工作纳入"五位一体"总体布局、"四个全面"战略布局，作为实现第一个百年奋斗目标重点任务，作出一系列重大部署和安排，全面打响脱贫攻坚战。脱贫攻坚力度之大、规模之广、影响之深，是前所未有的。脱贫攻坚显著改善了贫困地区和贫困群众生产生活条件，谱写了人类反贫困历史新篇章。

多年来，中卫市委、政府深入贯彻落实习近平总书记对决胜全面建成小康社会、决战脱贫攻坚工作重要指示精神，按照党中央、国务院，自治区党委、政府决策部署，把握新形势、适应新要求，积极引导全市上下发挥自身优势和作用，力求做到扶贫对象精准、措施到户精准、项目安排精准、资金使用精准、因村派人（第一书记）精准、脱贫成效精准。无论是发展生产、易地搬迁、教育扶贫还是生态补偿、社会保障兜底都掷地有声，落实到每个贫困户。

《我们的脱贫之路》收集了以脱贫攻坚为主题的文学作品，或讲述普通帮扶干部与贫困户共同战斗贫困的事情，或反映驻村第一书记、驻村扶贫队员的恪尽职守，或娓娓道来致富带头人带领贫困村整村出列的事迹，或讲述村民积极发展产业脱贫致富的故事，让我们看到在脱贫之路上满满的是感动、努力和希望。

《驻村笔记》讲述的是从海原县的李旺镇、李俊乡、甘城乡易地搬迁至沙坡头区迎水桥镇鸣沙村的 151 户 762 人的移民新生活。跟随着作者的笔触，我们能够清晰地看到中卫市委、政府在易地搬迁这一项民生工程中真正做到了搬得出、稳得住。我们也能深切感受到鸣沙人身上喷薄而出的一股生生不息、昂扬向上的力量。作者对此有一段美好而又富含哲理的阐释："在一栋栋拔地而起的移民新居里，我看到了一种对美好生活的追求和向往，即便千难万难、凄风苦雨，他们也会把锅灶擦得锃光瓦亮，把碗筷摆得整整齐齐，这一切都毫无保留地显示出一种生活的姿态。生活的品位和贫富没有天然的关系，一个对美好生活充满向往的人，绝不会因为暂时的窘迫而放弃自身的努力。"

脱贫路上，行走着努力奋斗的人。中宁县太阳梁乡南塘村驻村书记雅金斌克服种种困难带领南塘村村民养殖肉兔并形成产业，让南塘村整村脱贫出列。海原县史店乡苍湾村憨厚朴实的李成林凭借一己之力建成了拥有几万册图书的成林文体大院，2017 年这个乡村图书馆被国家新闻出版广电总局命名为"全国示范农家书屋"。那些渴求知识的孩子，在这个书屋里都找到了属于自己的梦。沙坡头区宣和镇的郭鹏，大学毕业后扎根农村，接手了父亲经营几十年的家庭式养鸡场，并做成了全年销售收入达 8000 多万元的大型家禽养殖公司。不仅将自家的日子过得红火，他还通过"合作社＋产地＋农户"的运作模式，建立起"利益共享、风险共担"

的新型机制，直接带动300多养殖户蛋鸡养殖，帮助父老乡亲共同走上致富路。

　　《我们的脱贫之路》讲述的是中卫这片土地上的脱贫故事，这些故事皆让我们心生欢喜。故事里的人和事也给我们以启发：在中国共产党的领导下，只要我们找准路子，找对方法，撸起袖子加油干，就一定能脱贫致富。一滴水足以映出太阳的光辉，我们的脱贫之路反映的不仅仅是中卫人的脱贫之路，相信我们的脱贫路上走着的全部是奔小康的人。

目录

CONTENTS

驻村笔记

马卫民

1

2019 年的春节长假刚刚过去，我接到中卫市委组织部的文件通知，要求所有的驻村干部必须在 2 月中旬全部到岗。从文件里我知道自己被分配到沙坡头区迎水桥镇的鸣沙村驻村，职务是驻村干部。从此之后，我将以这个新的身份在一个离市区 15 公里的移民村里工作，时间暂定为一年。

早在春节之前，中卫市文联主席谈柱就找我谈过话，谈话的内容就是有关驻村的事情。他说："市委要在我们单位抽调一名干部去驻村，我想和你商量商量，看你能不能去？"我知道，文联是个小单位，人员编制一直紧张，抽调一名干部确实困难。我理解领导的苦衷，随即表态，愿意去驻村。那天晚上，我在交流干部的公寓里辗转难眠，脑海里反复出现的都是小时候村庄的事情，它们像排好了队似的，在我的脑中不断闪现。儿时的记忆牢不可破，深厚悠长。

我出生在海原县南华山下一个僻静的小村庄，祖祖辈辈都是土里刨食的农民，从小我就知道农民的疾苦，我的身上滞留着农民的味道。虽然早已离开了村庄，我对农村的情感一刻也没有改变。

故乡的土地默默不语，在春天如此，在冬季也是如此。只有劳作的人进入它，它才像突然睡醒了似的，生机勃勃。

从我记事的时候起，爷爷就在村庄的土地上劳作。

土地犹如一条看不见的绳索，悄无声息地捆绑了爷爷的腿脚，让他一辈子都未能走出自己的村庄。

我从来没有为自己贴上一个城里人的标签，也没有因为自己生活在城市而滋生出诸多的优越感，尽管我在城市里待的时间比在农村要长出许多。城市于我而言，只不过是一个赖以谋生的场所。无论在哪一个城市生存，我的灵魂都无法寄托，我只能以一个暂居者的身份混迹于高楼林立的城市里，过着朝九晚五的生活。

家乡的土地遍布父辈的脚印和气息，他们的身上落满尘土，他们的指甲缝里嵌着黄色的泥土。他们的双手因为泥土而粗糙，他们的脊背因为泥土而弯曲，他们的生命也因为泥土而终结。

农村是我的生命之源，农民是我的衣食父母，无论何时何地，我都不可以忘记。

世间有很多事情真的无法预料，让我未曾想到的是，在步入知天命的年龄时，我又一次回到了农村，在鸣沙村开始了另外一种生活。我心里很清楚，2019 年是脱贫攻坚的关键之年，也是最吃紧的时候，到村上去做帮扶工作，肩上的担子肯定不会轻。

2 月，正是"阳和启蛰，品物皆春"的时节，这个时候，走进鸣沙村，的确是一种最好的安排。

鸣沙村隶属宁夏中卫市沙坡头区迎水桥镇，距离国家 5A 级旅游景区沙坡头不足 2 公里的路程，是一个移民新村，村子里的 151 户村民主要来自于海原县的三个贫困乡镇。

多年来，我渐渐地习惯了机关单位朝九晚五的生活，从公寓到单位，再从单位到公寓，踩着时间的节奏，上班下班，吃饭休息，用不着关心粮食和蔬菜。每天的日子重复着，几乎没有什么意外。

其实，从我的内心而言，我还是希望过另外一种生活，然而，这种生活似乎离我越来越远，仿佛是一场久违的梦。

"驻村"这个词语，让我浮想联翩，我原以为是"住村"。我仔细地品味着"驻"的内涵，就像是品味一杯茶的味道那样。我的理解是："驻"应该是驻扎、坚守的意思，而不是"住"这么简单的。

置办好简单的铺盖和锅碗瓢盆，迎着2月料峭的春风，我走进了鸣沙村。从此，我的驻村生活拉开了序幕。

人的一生有许多可以走的路，有的可以选择，有的却无法预料。但，无论走哪一条路，身后留下来的脚印至关重要。我始终相信习近平总书记所说的："人民对美好生活的向往，就是我们的奋斗目标。"我也深知，只要我们扎根人民，紧紧依靠人民，就可以获得无穷的力量。习近平总书记说的话，给我的驻村工作指出了明确的方向，注入了无限的能量，我的内心充满了期待和向往。

说实话，参加工作几十年，在基层工作，还真是"大姑娘上轿——头一遭"。驻村工作于我而言，既新鲜又陌生。

我对鸣沙村的认识，源于一次中卫市政协组织的委员视察，那时候我还在中卫市政协工作，鸣沙村留给我的第一印象是干净、整洁、有序。视察时正好是春末夏初，正是百花盛开、蜂飞蝶舞的时节，鸣沙村沉浸在一种花香弥漫的氛围之中。村部前面的花园里，芳草萋萋，树木葱茏，姹紫嫣红，鸟雀争鸣。参观的时候，政协委员们无不感慨万千。当时，我就有一个想法，如果有机会，我一定要在鸣沙村住上一段时间，尽情地享受一下美好的田园风光。

未曾想到的是，几年后的今天，我如愿以偿地走进了鸣沙村，成了一名驻村干部，真可谓："众里寻他千百度。蓦然回首，那人却在，灯火阑珊处。"

驻村以来，我多次走进鸣沙村百姓家中，通过切身感受，我才真正地理解了俄国大文豪托尔斯泰在《安娜·卡列尼娜》的开篇语中所写的那句话："幸福的家庭大致相似，不幸的家庭各有各的不幸。"

光鲜亮丽之下总是存在一些不为人知的矛盾和问题，这是我驻村之后的第一认识。

2

鸣沙村始建于 2012 年，当年秋天，一群满面尘土的农民，带着坛坛罐罐，坐上班车，从几百公里之外的海原县山区，搬迁到沙坡头区迎水桥镇鸣沙村。从此，他们开始了一段移民生活。

面对一个新的生存环境，很多人表现出一种前所未有的失落和担忧，离开了祖祖辈辈赖以生存的土地，这些新的移民将会以什么样的心态和方式谋划自己的未来？

初来乍到，分配的土地只是一个数字，或者说是一种抽象的概念。鸣沙村地处沙坡头国家级沙漠生态自然保护区，辖区内的土地有严格的使用规定。大漠孤烟，黄河落日，对于鸣沙村村民来说，只是浮光掠影，他们不是游人，也不是过客。他们要生活，要面对一个又一个日子。

我带着一些疑惑和问题走访了许多村民，在他们的炕头上，我切身感受到一股生生不息的希望和力量。在一栋栋拔地而起的移民新居里，我看到了一种对美好生活的追求和向往，即便千难万难、凄风苦雨，他们也会把锅灶擦得锃光瓦亮，把碗筷摆得整整齐齐，这一切都毫无保留地显示出一种生活的姿态。生活的品位和贫富没有天然的关系，一个对美好生活充满向往的人，绝不会因为暂时的窘迫而放弃自身的努力。

鸣沙村的女人们是值得歌颂的，村子里的大多数女人没有进过学堂，有的甚至连一个正式的名字都没有，可以说，她们是一个时代的遗憾。可是，在她们的身上，你根本看不出一丝一毫的自暴自弃，她们默默无闻地承担着一个家庭的衣食起居，拉扯孩子、赡养老人。她们的付出深刻而繁杂，没有任何一件仪器能够度量出其中的辛劳。

丁发麦是一个不幸的女人，按照她自己的说法，她确实是一个苦命的人。刚刚36岁的她，身患尿毒症好几年了。走进她家的时候，她没有向我诉苦，言谈之中，说得最多的不是她自己，也不是她的病情，而是她的丈夫和孩子。她的丈夫长年累月在外务工，两个孩子都在上学，一个风雨飘摇的家基本上靠她这个病人勉强支撑。当看见埋在她胳膊肌肤里的长期透析用的管子时，我忍不住热泪盈眶。每周两次的血液透析，让她精疲力竭、苦不堪言，但她还是咬着牙，一步一步走向生活的深处。她告诉我，如果没有低保这样的好政策，她不知道自己还能坚持多久。

丁发麦的遭遇，让我对低保有了新的认识和理解，低保如同雪中送炭，可救人于水深火热之中。所以，低保要用在最需要的地方和最需要的人身上，只有这样，老百姓才能感受到党的阳光雨露。

鸣沙村的孩子是幸福的，从他们的穿着打扮和阳光灿烂的小脸上，我看到了一种无须掩饰的纯真和稚气。如今，移民的后代和城里的孩子一样，说着一口流利的普通话，在一片充满生机的土地上茁壮成长。

每天早晨，孩子们背着书包，像一群欢快的小鸟，唧唧喳喳地奔向村子南边的学校。我去过他们的学校，这是一所很不错的完小，学校的硬件设施和师资力量足以接纳移民新村的每个孩子。

有时候，我也在村子的广场上看到一些放学回来的孩子，他们在平整干净的水泥地面上滑旱冰、玩弹珠、跳方格、放风筝、老鹰捉小鸡，这些经久不衰的游戏，一下子把我的思绪带回到孩提时代，我真想加入到他们的游戏之中，把自己丢失的童年重新找回来。

天气热了，鸣沙村的男人就像候鸟一样，义无反顾地飞向远方，上新疆、下广州，满世界地去打拼。留在村子里的老人和妇女就在村子周边做点零活，挣点油盐酱醋钱。

在鸣沙村，经常听到这样一句话：人活着就要"跌绊"。我知道，在海原县老家的方言里，"跌绊"代表的含义并不是"跌绊子"（指绊跤），而是"打拼""努力""不甘心"的意思，这也正好对应了一句当下最流行的话："幸福都是奋斗出来的。"

3

2月的鸣沙村，春寒料峭，走进村部办公室时，浑身上下有一股彻头彻尾的冷。北方的春天，气候变化无常，看似春光明媚，实则寒冷无比，我不由得想起"二月春风似剪刀"这句诗。没有暖气的屋子，就像冷库一样，让人无法忍受。我在村部前面的花园里捡了一些干枯的树枝，把火炉生了起来。顿时，办公室里暖意融融，有一种柳暗花明的感觉。

到了村上，我才知道有些困难超乎想象。村子里没有食堂，吃饭的问题全靠我们几个驻村干部自行解决。多年来，我已经习惯了饭来张口的日子，在机关食堂里端着盘子挑来挑去，还牢骚满腹，时常埋怨厨师的水平。轮到自己做饭的时候，才知道一粥一饭来之不易。

我最拿手的菜就是西红柿炒鸡蛋。吃着自己亲自做的饭菜，生活中似乎多了一些阳光。

鸣沙村的3月，桃红柳绿。

村部前面的花园里，最先开放的是杏花，一树树开得如火如荼。其次是桃花，粉色的花瓣在温煦的春风里悄然绽放。蜜蜂在美丽的花丛里嗡嗡嘤嘤，像拉开一场演出的序幕，盛大的春天开始起步。

驻村一个月时，我们几个驻村干部的生活逐渐步入正轨，每天入户调查，忙得不亦乐乎。一本手册记录了鸣沙村各家各户的基本情况。

鸣沙村的村民来自海原县的李旺镇、甘城乡和李俊乡，当初搬迁的时候，原住地政府宣传的口径是，移民村地处沙坡头旅游景区，移民要有一技之长，以便能够适应搬入地的生活。为此，许多身怀特长的人举家迁出，从家乡到鸣沙村，开启了一种新的生活方式。

刚刚搬到新村，依托沙坡头旅游景区的优势，靠景区吃景区，特别是旅游旺季，村民们在景区周边的大道旁边，摆摊设点，向游客出售一些旅游用品和特色食品，收入不菲。

村部前面有一家超市，超市的名字叫"罗氏商行"，超市的经营者叫罗小金。2012年10月，罗小金一家从海原县的罗川乡搬到鸣沙村，住进C区1号。

鸣沙村的住房都是政府统一规划、统一建设的，按照住房面积大小分为A、B、C三种户型，A户型98平方米、B户型77平方米、C户型54平方米。

在罗小金的超市里，我认识了村子里的许多人，其中给我印象最深的就是老王。老王名叫王治国，60多岁，黑黝黝的脸上总是挂着一丝浅淡的笑意。初次见面，我们之间还不太熟悉，言谈之中都有一些保留。后来，经过多次接触，我知道老王是一个有故事的人。虽然他已经老了，像一张布满皱褶的旧报纸，但我还是希望从他的身上读出一些新的内容。

在鸣沙村，老王称得上是一个见过世面的人，也是一个能折腾的人。多年来，为了"多人多代"的住房问题，他去上访，成了远近闻名的"上访户"。其实，这也是鸣沙村面临的一个最大难题，村子里有十几户人家有着和老王类似的问题，一家几代住在几十平方米的房子里，困难可想而知。老王告诉我，如果没有难肠，谁愿意跑到外面去丢脸。我曾经分管过信访工作，非常理解上访者的心情，有些问题不是外表看起来那么简单。所以，要了解上访者背后的因素，帮助他们解决矛盾，才是一个驻村干部应有的态度，而不是一味地去责难。

驻村之后，我对老王反映的"多人多代"问题进行了细致地了解，驻村第一书记王文宏、村支书杨生宝、村委会主任罗进宝告诉我，这是鸣沙村最棘手的事情，村"两委"向上级有关部门反映了这个问题，也打了书面报告。

天气热了，鸣沙村的土地焕发出勃勃生机。

习惯了日出而作日落而息的农人，总是闲不下来，尤其是一些留守老人，仿佛永远活在过去的时光里，握在手里的铁锹和锄头还没有生锈，他们佝偻的身影依然留在自家房前屋后的三分自留地里，脚下的土地被他们翻来覆去，有的种上几棵果树，有的种上几垄葱蒜，有的种上几行蔬菜。劳动对于农民来说，就像吃饭睡觉一样，习以为常。另外，躬耕于脚下的土地，也算是对过去的一种怀念。他们把自己的生活打理得井井有条，让每一天的光阴落在实处。

3月的一个下午，我无意之中听到咩咩声，循着羊的叫声，我走进罗发祥老人的家，在他家院子的一个简易羊棚里，我看见几只绵羊淡定地嚼着干草。这种情景在村子里并不多见。交谈中，罗发祥老人对我说，他的腿脚不灵便，地里的活计干不了，只好养几只羊，不是为了嘴而是为了腿，大夫说他的腿要做手术，手术费就指望着这几只羊。听完老人的叙述，我完全理解了鸣沙村这些无法走向远处的老人。他们守候着人烟稀少的村庄，在院落里养几只羊、几只鸡、几只兔，抑或一条土狗，不仅仅是因为生活方面的需要，更是因为精神层面的需求。我曾经看过一篇描写搬迁移民生活的小说，名字叫"偷声音的老人们"，故事发生在一个移民新村，几个老人从家乡搬到异乡，心中难免会有对故土的不舍和忧伤。刚搬来时，新家园、新生活、新邻居，甚至是新身份，都让他们兴奋、欣喜和激动。但这种新鲜感并没有持续多久，就被强烈的不适感代替。特别是村庄里的这些老人无法适应新的居住环境，于是，他们自发成立了一个自救小组。为了找回久违的鸡鸣，他们进行了一次"偷声音"的行动，结果被当作了偷鸡贼。

我承认，在鸣沙村里也有许多这样的老人，他们人搬来了，思绪仍然停留在以前的村庄里。有研究表明：人们对声音的感觉要比对形状的深究早。

故乡的模样可能会变得越来越模糊，但故乡的声音的确是不可以忘记的，潺潺流水、鸡鸣狗叫、风过山野、柳笛布谷，汇集而成的山村交响乐，一旦进入记忆，就像刀刻斧凿一样牢固。

4

每天早晨醒来，看见鸣沙村的第一缕阳光，听见杨树上的麻雀唧唧喳喳，我知道这些都是我今后想要的生活。有人说，这个世界上只有一种成功，那就是以自己喜欢的方式生活。

驻村不久，认识了不少的村民，每次见面，免不了打声招呼。起初，一些人，包括老王都把我称作"领导"，这让我感到极不自在。我反复地解释："我是驻村干部，连第一书记都不是，哪里来的什么领导？"

老王对我的称呼不断地发生着变化，由刚见面时的"马领导"，变成"马老师"，后来他就干脆喊我"马兄弟"。随着称呼的改变，我们的关系日益密切。有时候我们盘腿坐在"罗氏商行"的大炕上，抽烟聊天，听他讲那过去的事情。

在鸣沙村，老王是一个绕不过去的存在，有他的地方，就有欢乐和笑声，他的话语里常常饱含着一些哲理，充满泥土的芬芳。

老王有一辆电动三轮车，经常开着跑进跑出，他似乎是村子里最忙的人。不大的车厢里时常塞满柴草棍棒，我问他："你拉这些东西有什么用？"他笑眯眯地告诉我："兄弟，你不知道，这都是穷日子惹的祸。家里有个炕，没有这些货，炕就热不了，睡在上面拔凉拔凉的，日子再苦再累，总得有一个暖和的地方。"

老王的家在广场东边的 A 区 7 号，院子和村子里其他人家的一样，不大，但收拾得井井有条。院外的矮墙下种了几株花草，好像是刺玫和八瓣梅，春天里花儿开得极其热烈。

老王给我的印象是大大咧咧。可是，在他家的三分自留地里，我看到另外一种情况，他的日子过得异常精细。不大的园子里种有好几种果树，树上缀满青涩的果子，有风吹来，枝头上的果子轻轻摇摆，模样十分可爱。果树下种了几垄韭菜，几行黄瓜、茄子、西红柿，还有辣椒和豆角。老王对我说："一家九口的吃菜就指望着这个小园子！"

坐在老王家的热炕上，隔着窗户就能看见园子里的蔬菜绿意盎然，满园春色尽收眼底。从井里抽上来的水缓缓地流入菜地，静静地滋润着每一个生命。在鸣沙村，许多人家的园子里都有一口这样的水井。这个地方靠近黄河，地下水储量丰富，随便挖几米就能出水。村民们买一台水泵，就让地下水流到自家的三分自留地里。我走访的时候，老百姓说得最多的就是用水方便。有了水，生活就有了另一番滋味。

生命的意义不仅仅只是过好当下的生活，还在于如何设想未来的生活。英国作家阿兰·德波顿说过这样的话："一个承担苦难的人，可以向生活提出最大的要求，获得打开智慧和想象之门的机会。"我仔细揣摩这句话的意思，总觉得它的内涵特别深厚。在我的驻村生活里，我时常看到这样一种景象，不管生活多么艰难，村子里的人总是满怀信心和希望，因为他们一直相信，明天的日子肯定比今天好。

我喜欢独自一人漫步，走在彩砖铺就的村道上，像踩在一排排钢琴键上，身后发出叮叮咚咚的音符。或许是命中注定，我的生活里会有一段与鸣沙村朝夕相处的经历，这让我有理由相信：命运就是你不一定想走，但不得不走的那条路。

鸣沙村的夜晚，极其安静。躺在宿舍里的高低床上，我的思绪如潮水一样涌动。

安静的夜晚，特别适合回想。记忆如水，蓄积在巨大的安静中，如同大地，默不作声。

越来越厌倦没完没了地奔波，很想找一处安静的地方，远离市井的嘈杂，退避到灵魂自由的世界，好似于荒郊野外，不慎闯入一清闲温柔之地，只为过一种简单而安稳的生活。

活着的人，不可能没有记忆。

每次面对日益消瘦的村庄，我的思绪就像脱缰的野马，在故乡的大地上驰骋。

那些与土地相依为命的人，身处苦难的夹缝里，把自己的一生毫不吝啬地交给了命运，任由风吹日晒。他们面朝黄土的背影，如刀刻一般牢固，在我的脑海里经久不衰。

我的许多文字，都与记忆中的村庄有关，与那些发生在土地上的事情有关。

我知道，这是一种永远也无法割舍的乡愁。

沿着父辈们反复踩踏的地埂，我甚至听见麦子拔节的声音，闻到荞麦花散发的甜香，看见蜜蜂在苜蓿地里飞舞。

每个村庄都有它自己独特的气场，不时地吸引着远道而来的游子。每次融入这个遥远的，却又触手可及的村庄，那些封存在记忆深处的往事，像流水一样，在心底荡漾。即使身在异乡，我也经常与它们相遇。它们是我一生中最为珍贵的收藏，是我内心最为柔软的部分。

一轮孤月，高悬天空，月光透过门上的窗户，直射在我的床上。

5

到了知天命的年龄，总算可以不见那些不想见的人，不说口是心非的话，不追逐那些虚无缥缈的东西，只管做一点自己喜欢的事情。

一晃就到了 4 月中旬。鸣沙村的 4 月，春意正浓，花开花落，草木葳蕤。我忍不住内心的欢喜，用手机拍下一个又一个美好的瞬间，照片发到朋友圈里，引来好多朋友的评论和点赞。

不想辜负每一个春光明媚的日子，鸣沙村的一草一木逐渐融入我的生活之中，我对村庄的感情越来越深。鸣沙村的父老仿佛是我失散多年的亲戚，恍惚之中又一次走到我的面前。

每次走进一栋栋白墙黛瓦的移民新居，听到那些熟悉的乡音，内心有一股热流暗自涌动。

不期而遇的驻村生活，让我又一次走进老百姓当中，每天面对这些需要关注的群体，不仅是一份责任，更是一种良知。

村庄是我们赖以生存、不败的精神之地，几千年以来，我们的祖先从居无定所的渔猎时代跨入定居生活的农耕时代，村庄将人的生命、感情与土地扭结在一起。

2012年10月，第一批移民搬到鸣沙村，当时的村庄名叫"龙湖"。几年之后，不知道什么原因，村庄的名字改成了鸣沙。

入住鸣沙村的移民，分配的土地全部流转。习惯了土里刨食的人，突然之间失去了土地，内心的恐慌不言而喻。

我见证了鸣沙村土地确权的过程，从而更加坚信农民对土地的感情非常深厚，土地是他们的衣食来源，是他们的命根子。

为了做到公平公正，村"两委"班子决定成立一个土地确权工作组，成员由村民自己推荐，最后成立了一个由五人组成的土地确权工作组，专门从事鸣沙村700多亩土地的确权到户工作。经过十几天紧张而有序的基础工作，704亩土地终于按照土质、位置等因素划分出两个等级，然后编号，等待各家各户抓阄。

抓阄那天，村部前面聚集了许多人，大家都在等待那庄严的一刻。抓阄很顺利，几乎没有什么意外。

抓阄是一种古老而实用的解决棘手问题的方法，之所以能够沿用至今，肯定有其合理性。在农村，许多疑难问题都是通过这种途径去解决，似乎找不出更好的办法了。

鸣沙村的土地确权结束后，我走访了几个老人，他们众口一词，对抓阄几乎没有什么意见。这就是我们的父老乡亲，多么好的一个群体！

4月的鸣沙村，正是杨柳醉春烟的时候，行走在村庄的每一个地方，便有纷纷扬扬的柳絮迎面扑来。路边墙角也有，一团团、一簇簇的，如雪一般，风一起便凌空飞舞，整个村庄都被这飞絮所笼罩。此时此刻，此情此景，我不由得想起晏殊的"梨花院落溶溶月，柳絮池塘淡淡风"的诗句。古代文人墨客，给柳絮杨花定了一个基调——飘零愁苦、相思离别，后来的人怎么写似乎也逃脱不了这个路子。

季节的转换，时序的更迭，让人猝不及防又心生感慨，自然、草木、人心深深地交融在一起，无法分割。"林花谢了春红，太匆匆。无奈朝来寒雨，晚来风。"

到鸣沙驻村之后，我尽量撇弃自己常有的小情绪，克制利己主义，把自己置身于鸣沙村的百姓之中，关心他们的冷暖疾苦，关心他们的粮食和蔬菜，为鸣沙村老百姓的幸福而幸福。

生命与时间是人生最为纠结的事情，我常常感到时光的匆忙和生命的无奈。驻村期间，我总是不遗余力地寻找一切机会，坦然面对鸣沙村的每一寸光阴。有时候，我会不由自主地走进广阔的田地里，和村子里的人一起植树、一起种菜、一起浇水、一起说笑，日子过得匆忙而充实。

6

鸣沙村的西北侧，有一片100亩左右的枣园，春末夏初，枣树就开出密密匝匝的小黄花，花儿开得细碎，并不引人瞩目。可是，花香却极其浓郁，铺天盖地，几乎淹没了村庄的每一个角落。闻着枣花的甜香，心情格外惬意。

枣园承包给了一个来自河南的客商，听说姓孟，60多岁。我至今没有见过其人，几次想去枣园看看，都被铁丝拉起来的网拦在外面，只好站在路边，远眺园子深处的景象。老孟住在村子北边的一幢砖房里，我去他住的地方时，人不在，他肯定在枣园深处的某棵树下忙碌。院子里拴着一只黑狗，但并不凶猛吓人。我一直有这样一种感觉，如果主人良善，狗也不会穷凶极恶。

村子里的好多人家都养了狗，不是城里人养的宠物，而是农村经常见到的看家护院的土狗。遇到它时，它也会汪汪汪地叫几声。你朝它走去，它就像见不得生人的小孩子，夹起尾巴躲得远远的，怯生生地盯着你。

每年秋天，枣树上就挂满红枣。收获的时候，就是老孟最高兴的时候。老孟雇人把枣子摘下来，然后销往河南老家，一年的辛苦终于尘埃落定。

在这个世界上，总有一些人为了有尊严的日子，在生活的夹缝里努力拼搏。

在鸣沙村，还有一个人需要说一说，他就是宁夏鸣沙旅游发展有限公司董事长李杰。李杰出生于中卫，刚刚步入不惑之年，正是干事创业的年纪。我和李杰认识的时间不长，算不上特别熟悉，但能看得出他是一个想干事，也能干事的人。

李杰承包了鸣沙村 669 亩土地，专门从事观光农业的开发。鸣沙村地处沙坡头景区附近，正是因为这独特的地理优势，让李杰横下一条心，准备在鸣沙村大干一番。

第一次见李杰，是在他承包的地里。当时，他正开着一辆四轮拖拉机，给刚刚移栽的果树浇水。我以为他是干活的农民工，后来，第一书记王文宏告诉我，那个开拖拉机的人就是李董事长。很长一段时间，我都无法把一个满面尘土、两脚泥巴的人和董事长联系在一起。

李杰的公司就在鸣沙村的东北侧，他租用了村上的一家民居，简单装修了一下，作为自己洽谈生意、接待来客的场所。有时候，我们村上的几个干部也会去他那儿蹭几杯茶水。在他的办公室里，我看到一幅字，上面书写着"天道酬勤"几个遒劲有力的大字，就是对李杰为人处世的最好写照。

在李杰的办公室里，有一张鸣沙村旅游发展规划图。图纸上明确地标示出李杰的一些想法，在他承包的 669 亩土地上，详细地勾勒出各种旅游功能区。图纸上的五颜六色，代表了瓜果采摘区、土鸡散养区、儿童游乐区、休闲垂钓区、自助烧烤区、农耕体验区以及葡萄长廊和枸杞采摘。

就现在的情况而言，李杰完全可以过一种衣食无忧的日子。可是，他的目标并不是眼前的苟且，而是更远的远方。对于他这样的人，生命的意义不在于如何生活，而在于如何设想生活。

理想很丰满，可是，现实却很骨感。李杰在实施自己的规划过程中，遇到了一些无法回避的矛盾和问题，让他束手无策。为此，李杰也有过打退堂鼓的想法。鉴于这种状况，镇、村两级干部多次做工作并积极协调有关部门，尽量扶持他的一些项目。

在李杰的菜地里，我时常看到两个老人手握锄头，在认真地锄草。起初我以为是李杰雇来的农民工，后来通过与他们交流，才知道他们是李杰的父亲和叔叔。两个年近古稀的老人，为了自己的至亲，依然不肯放下手中的锄头。

夏日的阳光极其火热，灼灼地照着两个高大的身躯。他们不善言辞，只知道埋头干活，黑黝黝的脸上汗珠晶莹闪亮。我理解他们的做法，对于一个长期劳作的农民来说，土地就是他们永远的牵挂。如果没有了日复一日的劳作，他们的生命该怎样前行。在这个世界上，唯有农民没有退休这一说法，他们的幸福就是吃得下、睡得着、有活干。

地里的青菜迎风招展，两个老人的笑脸和阳光里唰唰作响的青苗一样舒缓。

7

每年 5 月，鸣沙村的槐树就会开出紫色和白色的花儿来。花开时，总会让人有一种温馨的感觉。站在繁花似锦的槐树下，与一树槐花无声交流，内心滋生出无穷无尽的敬意。紫色的槐花清新淡雅，白色的槐花香味醇厚，很远的地方都能闻到它的香气。

在鸣沙村，守着一树树槐花，一览其芳容，于我而言，别有一番滋味在心头。遇见花开不仅能获得感官上的享受，更是一种精神上的激励。

一群上学的孩子路过我的身旁，他们争先恐后地和我打招呼，向我道一声"爷爷好"，然后，欢快地奔向该去的地方。在鸣沙村，我已经习惯了孩子们对我的称呼，从我的头脸上，早已显露出当爷爷的资格。年轻的时候，根本就不把时间当回事，总觉得来日方长。可是，当我突然间苍老时，一下子感觉到时间弥足珍贵。一个人必须等到年岁已大，才有可能透悟人生。记得有这样一句歌词："那片笑声让我想起我的那些花，在我生命每个角落静静为我开着……"

站在树下久了，自己仿佛变成了一棵树，安静地守候村庄的每一寸光阴。我感恩遇见开在鸣沙村的这季槐花，瞬间，走进我的文字，走进我的心田，直至永远。

村子里的一位老人告诉我，槐花和榆钱一样，都是穷人的"救命粮"。我完全懂得老人的意思。小时候，每遇灾荒，槐花和榆钱，还有漫山的野菜，都是穷人果腹的食粮。如今，它们已变成了餐桌上的调味品。

槐花是大自然对人的一种恩典，同时，槐花也凝聚着人的一种情怀。

槐树的周围，还长着许多我叫不出名字的花草，它们同样开在这美好的季节，就这样默默无闻地存活着，不是为了证明什么。寂静中，我竟心怀感激，感激它们的存在，感激它们的陪伴。

驻村生活，让我与鸣沙村有了一次偶然的相遇。这种有缘的邂逅，从一开始的某个时间节点，一直到永恒的不离不弃。

广场那边传来一阵嘹亮的"花儿"，我知道，那一定是"盲人歌手"罗发俊。严格来说，罗发俊还算不上是鸣沙村人，他的户籍在别处，只是暂住在弟弟罗发祥家里。

罗发俊出生在山大沟深的罗川乡。罗川这个地名，总会让人望文生义，以为那里是一马平川，其实，去过罗川的人都知道，那里全是沟坎壕峁，没有多少平地。鸣沙村的很多人都是从罗川乡搬迁来的。

1岁多时，罗发俊因为一次高烧导致双目失明，从此，他注定要在黑暗中摸索。小时候，母亲牵着他的手，磕磕绊绊地长大。结婚后，妻子又成了他人生道路上的拐杖。

认识罗发俊已经是好几年前的事了。起初是在网上听过他唱的"花儿"，还有他说的快板。给我留下的第一印象是，他确实是一个难得的人才。后来，我去固原出差，在一个广场上碰见正在卖唱的罗发俊。他手里握着麦克风，身边放着一个拉杆音箱，妻子手里捧着一个小纸箱，里面散落着一些毛票。

听歌的人不太多，场面有点冷清。可是，他并不在乎，忘乎所以地自演自唱。说实话，罗发俊的歌唱得的确不错，我非常喜欢听他唱歌。他主唱"花儿"，当然，也唱民歌和流行歌曲。他对节奏的把控十分到位，具有一定的音乐天赋，对于一个没有受过正规培训的盲人来说，这是极其难得的。我控制不住内心的感动，掏出一张百元的票子，郑重地递到他的手里，他似乎感到有点意外，问我的名字。我告诉他我只是他的一个老乡，也是他的观众。那一刻，我不是出于怜悯，而是对他的一种尊重。

后来我们又见过几次，没想到我们又在鸣沙村相逢。在鸣沙村的广场上，罗发俊特意为我唱了一首《想念妈妈》。

"那一天我拉着你的手，多么希望能把你挽留。为什么你要一个人走？我任凭泪水肆意地流，你已经不会再牵我的手……多希望你是到天国去旅游，可天堂的路啊来去不自由……"

歌曲还没有结束，我看见罗发俊迷蒙的眼睛里闪着晶莹的泪光。那一刻，我也忍不住热泪盈眶。

如今，罗发俊在鸣沙村已经有了固定的收入，凭着他的歌声，他成了宁夏鸣沙旅游发展有限公司的签约歌手，再也用不着风里雨里地讨生活。

在鸣沙村农家餐厅的壁柜上，摆满了罗发俊多年来获得的荣誉，其中含金量最高的还是那块"非物质文化遗产回族花儿传承人"牌子。

每次见到罗发俊，他都是一副阳光灿烂的样子。在他的身上，看不出一点悲戚。上苍给他关了一扇门的同时，也为他开了一扇窗。他虽然看不见这个世界，但是能感受到身边的一切。他的记忆力出奇的好，凡是听过的歌，可以说是"过耳不忘"。

8

鸣沙村的移民，主要来自三个地区，大多数都是回族。所以，村民的生活习俗基本一样，各家各户的经济状况差别不大。住在这里的人，相互之间没有什么大的矛盾和纠纷。当然，也发生过一些小的问题和摩擦，说起来都是些鸡毛蒜皮的事情，经村委会和一些老年人的调解，最终烟消云散，一笑泯恩仇。

走访村民的时候，我发现村子里好多人都姓罗，而且有些人还同名同姓。村子里有两个"罗发财"、两个"罗发有"，还有两个"罗成龙"，而且有几个女人也是同名同姓。

中国的汉字那么多，对于那些没有读过几天书的人来说，只能选择几个熟悉的字，难免会出现同名的现象。

村子里好多人都有亲戚关系，凭着这种独特的关系，村子里的人相处得极其融洽。搬迁到一个陌生的地方，许多人依然保留着以前村庄的一些古朴的民俗，一家有事，人人帮忙。

驻村期间，我也不遗余力地帮助村民解决一些实际问题。这些年，我在市上工作，认识了不少人，有了一定的人脉关系，有时候帮助村民在孩子入学、看病住院、大病救助方面做点力所能及的事情。每做一件事，村民们都记着我的好，渐渐地，他们就把我当作自己的一个亲戚，空闲的时候，到我住的宿舍里拉拉家常，说一点知心的话。也有人从自家的园子里摘几个杏子、几个桃子或者李子，悄悄地送到我的跟前。

住在村部后面的罗永华，已经过了70岁，还是闲不下来。在鸣沙村，罗永华算得上是一个年龄最大的打工者。每天早晨起来，老罗就急匆匆地出门，到村子东边的葡萄园里干活。我问过他一天的打工收入，他告诉我大概是90元，而且还有点不服气地补充道："给我的工钱和村子里的女人一样，太看不起人咧，不管咋样，我也是一个男人嘛。"

老罗边说边笑，一副乐呵呵的表情。

9

人活一世，不管生活多么艰难，总有一些激励人的生活细节支撑着你，且行且远。

在鸣沙村，我常常看到一些人，不为贫穷所困，也没有陷入到"穷日子穷过"的循环中去。按照村子里的一些人的说法："人活着要跌绊呢！"

说实话，我也是从穷日子里走出来的。小时候，家境非常困难，特别是父亲去世之后，艰难的生活更是雪上加霜。我时常感恩母亲的辛劳与付出，让我们几个子女读了书，从而改变了我们的生活轨迹。经常听母亲说："人活一口气""三天不吃饭，也要装个卖面的"。

如今，在鸣沙村，也有一些村民逐渐摆脱了贫困意识，靠自己的双手不断地改变现状。

住在B32的马志奎，家庭人口多，拖累大，日子过得捉襟见肘。可是，每一次看见他，他都是一副乐呵呵的样子。

2019年春天，马志奎在沙坡头景区附近的童家园子盘下了一家农家乐，有几十间客房，还有厨房和几亩地的菜园，一年的承包费是6.8万。

　　前不久，我们几个驻村干部专门去了一趟童家园子，实地走访了村上几户开农家乐的。除了马志奎，还有马德、罗小金和寇文弟。今年的农家乐境况都不是太好，可以说举步维艰。好在他们都没有放弃，心里巴望着以后的情况会好起来，人都是这样，总是被希望牵着鼻子，一步一步向前走。

　　其实，童家园子的田园风光的确不错，可以说是一个远离尘世喧嚣的世外桃源。茂密的果树下，斑驳的阳光落在我们身上，枝头鸟雀争鸣。见园子里的各种蔬菜郁郁葱葱，我忍不住拍了一些视频和图片发到朋友圈里。许多朋友问我："这是哪里？"我就自豪地告诉他们确切的地址和联系方式，也算是一种对外宣传吧。

　　后来，我又独自去过几次童家园子。从鸣沙村到童家园子，只有1公里左右的路程，步行十几分钟。每次去，他们都热情地招待我，泡上一杯热茶，端来一盘从自家园子里摘下的桃子和李子。到了饭点，给我做一份家常便饭。当然，我也给他们付钱。起初，他们总是推来推去，不肯收我的钱。我反复地强调："我是驻村干部，有纪律要求，过去讲的是'三大纪律八项注意'，现在也有'八项规定'，你们不要让我犯错误。"

　　在马志奎的"童家大院"里，我体味到一种前所未有的静谧与安宁。其实，生活本身并不复杂，复杂的只是人心，心若简单了，整个世界就简单了。与鸣沙村的百姓打交道，我的日子简单了许多，再也用不着去揣摩人情世故。

　　盛夏时节，"童家大院"的果园里硕果盈枝，最先熟了的是杏，黄灿灿的一片，格外诱人。老马说："兄弟，我给你揪几个杏儿。"我看了看高高的杏树，感觉上树去摘确实是一件不容易的事。老马似乎看出我的心思，笑着说："有的是办法。"

　　不一会儿，老马拿来一根三米多长的木棍，棍子的一头绑着一个矿泉水瓶，瓶子的底部被剪开。老马举着木棍，瓶底的口子对着熟透了的杏子，轻轻地一推，圆润的杏儿就落在瓶子里。这种摘杏子的办法，看起来很简单，却凝结着百姓的智慧。我忍不住说了一句："高手在民间啊！"

我和老马坐在树下的茶几前，一边吃杏，一边聊天。枝头上的小鸟也在唧唧喳喳地聊着。那一刻，时光静美，尘世安然，生活恍若梦境一样。

10

在沙坡头旅游新镇的停车场里，我跟踪走访了鸣沙村开农家乐的几个村民，目睹了他们的一切。为了生活，他们奔波在来来往往的游客之中，口干舌燥地向游客推介自家的农家乐。

在鸣沙村开超市的罗小金 2019 年也在童家园子承包了一家农家乐。按照他的说法，他想闯一闯。这些年，他的超市开得不愠不火，两口子一个进货，一个守店，每个月的收入也就 3000 多元，只能维持一种不好不坏的生活。

春天时，罗小金就对我说过他的想法："马老师，我还年轻，不能死死地守着一个超市。我要换一种活法，我想到童家园子去经营农家乐。"不知道是得到了我的赞许，还是他们早就下定了决心，罗小金和妻子杨彩琴就真的行动了起来。他们交了定金，签了合同，用一年 5 万的价格承包了一家名叫"沙坡农家"的农家乐。然后，又花了 3 万多元，更新了客房的被褥、床单和厨房设施。

自从罗小金两口子承包了农家乐，我就很少见到他们。为了过好自己的日子，他们俩每天早早地开车去旅游新镇等待客人，让弟弟罗银守着"沙坡农家"。

罗小金的二弟罗银学过烹饪，曾经在新疆等地当过大厨，现在专门留下来帮哥哥经营农家乐。亲兄弟明算账，罗小金照样付给他工钱。

在鸣沙村，罗银也算得上是一个有名气的厨师。这些年，由于家庭方面的原因，罗银的性格变得孤僻，平时很少与人交流，除了锅碗瓢盆，他几乎不关注其他事情。

在旅游新镇的农家乐咨询处，我看见罗小金和妻子杨彩琴戴着太阳帽，围着纱巾，胸前挂着农家乐营销员的牌子，眼巴巴地排队等候游客。每天的日子重复着，几乎没有什么意外。

长久地等待，总会迎来一些愿意到农家乐去消费的客人。有付出就一定有回报。罗小金的农家乐终于有了收入，我问过杨彩琴，她告诉我，现在是旅游旺季，每天的收入都在 1000 左右。这个消息真的让人欣慰，我从内心替他们高兴。

走进鸣沙村之后，我渐渐地把自己沉到移民的生活之中，关注他们的衣食起居，关注他们的喜怒哀乐。每个人的生活背后都有不为人知的一面，只有奋力挤进生活的深处，你才有资格窥见那些丰饶而多彩的生活景象，窥见那些斑斓而多变的生活节奏。

在走访鸣沙村的百姓时，我和驻村第一书记王文红都有一个同样的感受：村子里的闲人少了，好多人家都是人去屋空，即便有人，也是一些老人和孩子。王文红书记告诉我："以往的鸣沙村，并不是这个样子。"王书记在鸣沙驻村已经 3 年多了，他比我更熟悉这里的一切。在与王书记的闲谈中，我知道了过去的一些情况。前几年，来村部的人大多是要低保的和要救济的，一些人"越救越急"，甚至还出现胡搅蛮缠的现象。可是，今年的情况出人意料，老百姓都在忙自己的光阴，打牌聊天的人少了，来村部要救济的人少了，就连平时爱串门的女人，也都见不到人影了。

我记得有人曾经说过这样的话："穷人不单是缺钱，你给他钱他也富不起来，他的主要问题是陷入到一种穷活法里去了。"我觉得这种说法很有道理，扶贫更应该扶志，人一旦有了志气，就会燃起生活的热望。所以，脱贫致富贵在立志，只要有志气、有信心，就没有迈不过去的坎。在脱贫攻坚工作中，我们要不断地改进工作方式和方法，改变简单的给钱、给物的做法，要教育和引导广大群众靠自己的辛勤劳动实现脱贫致富。

11

有的人终其一生，也未能走出命运的圆。其实，圆上的每个点，都有一条腾飞的切线。只有少数人，被命运垂青，有机会挣脱这个圆。

2018年的暑假，对于刚刚初中毕业的买菁菁来说，无疑是一个难以忘怀的假期，她和鸣沙村的另外几个品学兼优的孩子以及一名最美妈妈，在上海启明星公益慈善基金会的鼎力资助下，乘着"放飞鸣沙梦想"的列车，抵达首都北京。作为移民新村的孩子，他们是幸福的。

在北京，启明星公益慈善基金会的老师带着这些第一次远离家门的孩子，参观了特训营，观看了天安门升国旗仪式，游览了北京大学和清华大学校园，身临其境地感受了鸟巢、水立方的恢弘，游故宫、登长城，十几天的北京生活，孩子们开阔了视野，增长了知识，实现了他们去北京的儿时梦想。

买菁菁是鸣沙村买玉龙的女儿，住在B61号。2012年秋天，上小学三年级的买菁菁随着父母一起移民到鸣沙村。在移民新村，买菁菁有了一个新家，这里的一切，对于初来乍到的她来说都是陌生而新奇的。

在学校，买菁菁是一个读书用功的好学生；在家里，她也是一个听话的乖孩子。

从北京回来的买菁菁，忍不住内心的欢喜，写了一篇纪实性的文章，跟村子里的小伙伴们分享了在北京的所见所闻。她在文章中写道："我儿时的梦想，一直想要去北京看看，因为北京是祖国的心脏。听人们说，北京很漂亮，北京夜晚的霓虹灯很漂亮，北京的天安门是人们都敬仰的地方，北京的长城，北京有中国最著名的清华大学和北京大学。但这些都只是听说，都只是从书中看到的，什么时候我能真的去一趟北京呢？"

"想必大家都听说过扶贫和移民，这样的字眼一定会让人觉得我们这里的孩子穿得破破烂烂，吃不饱饭，住不上房。但其实并不是这样的，我们的鸣沙新村环境幽美，树木葱茏，生活在这里的人们都很幸福。"

在孩子的笔下，鸣沙村宛如一座人间天堂。其实，驻村几个月之后，我也有同样的感受。如今的鸣沙新村，变化之大，令人感慨。

2012年10月，海原县三个乡镇的十几个贫困村庄、151户贫困群众，响应国家"十二五"规划生态移民的政策，搬迁到现在的鸣沙村。当时的移民，都是家徒四壁的贫困户，而且大多数村民都是文盲，外出打工总会遇到没有文化的困扰，好多人只能在家门口的农田里从事一些繁重的体力活，收入微薄，入不敷出。

2018年7月，在中卫市妇联的牵线搭桥下，鸣沙村迎来一批特殊的客人，上海启明星公益慈善基金会在鸣沙村启动了"扶贫扶志乡村振兴公益计划"，来自全国的诸多企业家给鸣沙村的孩子们带来了衣服、书包。更重要的是，带队企业家Apple老师在详细地了解村里的情况之后，决定在鸣沙村捐建一座公益书屋，并且成立鸣沙村青少年成长服务中心，定期举办活动。同时，每年都会放飞5个孩子和1个最美妈妈去北京的梦想。

启动仪式之后，村子里的人并没有抱多大的希望，他们依然生活在各自的小圈子里，日出而作，日落而息。

可是，到了暑假，基金会的老师们又来了。他们为鸣沙村的公益书屋新增了一批图书，挑选了5名品学兼优的孩子和1名最美妈妈，把他们带到了北京。

如今，在鸣沙村公益书屋的前墙上，"精准扶贫扶志，放飞鸣沙梦想"这12个大字，在阳光下熠熠生辉。

每次走进鸣沙村的公益书屋，看到村子里的孩子们安静地阅读，我的内心都会荡起一层感激的涟漪。正是因为有了这些爱心援助，鸣沙村如今才会生机无限。

我越来越相信这样的话："善意是世界上最强大的能够产生实际效果的力量。"

12

第一次见到张芳芳，是在鸣沙村的公益书屋。她在书屋里忙着整理图书。听说我是来鸣沙驻村的，她满面春风地说了一句："欢迎到我们鸣沙来。"她的普通话说得很标准，也很流利，而且气质非凡。她的穿着打扮与鸣沙村的女人们并没有多大的差异，言谈举止却与众不同。驻村第一书记王文红告诉我，张芳芳是公益书屋的负责人，也是鸣沙村青少年成长服务中心的兼职主任，是村主任罗进宝的妻子。

后来，通过耳闻目睹，我知道了许多有关张芳芳的事情。她是一个热心于鸣沙村公益事业的女人，为了鸣沙村的孩子，她舍小家而顾大家，在没有一分钱报酬的情况下，默默无闻地做着公益，为鸣沙村的孩子撑起一把知识的大伞。

每个周末或节假日，张芳芳都会来到村部西边的书屋，开门等候鸣沙村的孩子们来看书、写作业，寒来暑往，从未间断。在敞亮的书屋里，孩子们沐浴在知识的阳光里，尽情地享受着一段静谧而美好的时光。

书屋的墙壁上贴满了激励人的名言警句和孩子们的作文，其中有一些赞美张芳芳的文章，这些发自孩子们内心的文字，就是对她的最好褒奖。

有一种爱，是要拿生命一样宝贵的时间来做代价的。

上海启明星公益慈善基金会启动的童心圆梦乡村振兴计划走进鸣沙村一周年后，张芳芳应邀做客全国青少年成长服务中心主任群，分享了鸣沙村的变化以及她做公益的感受："当我第一次接过鸣沙村青少年成长服务中心主任的任命书时，我很害怕，我的文化水平这么低，我能够胜任吗？"

"后来也有人问我：'又不给你钱，你一天天把时间耗在那里，到底图什么？'慢慢地我想明白了，为了村里的孩子们，也为了我的孩子，将来还有更多的孩子，我应该成为一块垫脚石，让他们踩着我的肩膀，走入大学的殿堂。"

公益是一片沃土，它孕育着温暖的力量。

张芳芳告诉我："刚移民到鸣沙村的人，还没有找到新的出路，男人经常聚在一起打牌、喝酒、聊天，日子过得像破麻袋一样，到处都是窟窿。女人们则东家串门说西家短，西家串门说东家长，大家对孩子的教育没有丝毫的概念。"

"当时，孩子们只有在学校在课堂接受教育。放学之后，无人督促孩子们完成作业，更谈不上上辅导班、兴趣班。窝在家里的村民，等政府的补贴、靠政府的资助、要政府的低保，很多人的生活似乎又回到以前的老路上。"

"幸亏有了启明星公益慈善基金会的及时点拨，鸣沙村的天空才明朗了起来，基金会带着这些爱心企业走进鸣沙村，或许他们带来的东西并不值钱。但是，他们带来的理念却能够改变鸣沙村的未来。扶贫不只是给钱给物，更重要的是要扶志、扶智、扶骨气。一个人一旦有了骨气，有了知识，就会爆发出磅礴的力量，就会改变自己的命运。"

有人曾经这样定义"文化"：扬在脸上的自信、藏在心底的善良、丰盈在大脑里的知识、融进血液里的骨气……

从张芳芳的身上，我的确理解了文化的范畴，她确实没有读过太多的书，但浑身散发着一股"腹有诗书气自华"的气息。

暑假，鸣沙村在外面读书的孩子们像小鸟一样飞回来了，村部前面的广场上、公益书屋里，到处都是唧唧喳喳的孩子。家长们忙着打工、忙着生活，孩子们就交给了书屋、交给了张芳芳。

张芳芳一如既往地把孩子们召集到书屋和村部的会议室里，督促他们看书、做作业，并且聘请了几个回村的大学生给孩子们讲课。

听说我以前当过英语老师，张芳芳就来找我，让我给鸣沙村的孩子们辅导一下英语。我愉快地接受下来，并且积极地准备。

上英语课的当天，村部会议室里挤满了鸣沙村的孩子，从小学一年级到高中三年级。说实话，这节课其实不好上，虽然我当过 17 年的中学英语老师，但从未教过如此参差不齐的学生。最后，我不得不因材施教，给孩子们上了一堂："How to learn English（怎样学英语）？"并且教了他们一首英语歌，歌词的大意是这样的："彩虹之上的某个地方，蓝色的小鸟在飞翔，小鸟飞在彩虹之上，它们能，我为什么不能？"

这是我一生中上的最有意义的一节课，为移民的后代们讲课，的确出乎意料。课后，鸣沙村的孩子们都叫我"老师"，这种称呼听起来很舒服，仿佛让我回到了久违的过去。

上课期间，张芳芳一直忙着拍照片、拍视频，并且制作了"美篇"，配了音乐。

我把上课的场景转发到朋友圈里，我以前教过的学生纷纷留言说："马老师好棒！""马老师威武不减当年。"

说起来都是一些凡人小事，它却让我想起了一句话："我们常常无法做伟大的事，但我们可以用伟大的爱去做小事。"

13

时光如梭，每个日子的消逝，都让我无比慌张。只有我自己知道，我是如何承受着内心深处每时每刻都发生的战栗。

不知不觉，我的驻村生活就过了半年时间。

在夏日温暖的阳光里，生命内部，是那么遥远，它以更接近真实的状态对抗着身外的虚空和假象。

不知道什么原因，2019 年夏天，鸣沙村的雨水特别多，只要天空中有点云，就会飘下几滴雨。下雨的日子，就是鸣沙人忙里偷闲的日子，当然，也有人冒雨在自己的三分自留地里忙碌。

下雨的时候，是读书的最好时光，在风声雨声的陪伴中，度过一段安然的时光，再好不过了。手头有一本从文联同事那儿借来的《瓦尔登湖》，翻开扉页，有一段文字吸引着我的眼球："你必须活在当下，乘着每一个波浪前行，在每一刻找到你的永恒。""有时间充实自己的精神生活，这才是真正的休闲。"这些能拨动心弦的文字，似乎很适合我当时的心境。

在读书方面，我一直有一个习惯，那就是端坐在书桌前，手捧书本，边读边写读书笔记。近几年，我已经写了好几万字的读书笔记。前不久，我和知名作家石舒清在微信里交流，他告诉我，他一直坚持写读书笔记和日记，已经写了200多万字，这着实让我震惊。相比之下，感觉自己在读书方面实在是少得可怜。

曾经有一个文学杂志的编辑跟我说过一件事，她说有个作者给她发过许多文章，可是没有一篇能够达到刊发的水准。后来，这位作者问她是什么问题，她就毫不客气地回答道："你最大的问题就是写得太多而读得太少。"

雨过天晴，鸣沙村的天空碧蓝如洗，广场那边传来一阵阵欢呼声。我走出宿舍，看到篮球场上孩子们正在比赛。

2019年暑假，鸣沙村显得分外热闹，一批又一批游客从全国各地蜂拥而至。这些年，鸣沙村利用毗邻沙坡头5A级旅游景区的独特位置，着力打造特色旅游村，吸引着游人慕名而来。

有一个住在童家园子的上海籍老奶奶，组织了好几拨来自上海的朋友和亲戚到鸣沙村体验西部风情，并义务教鸣沙村的孩子们吹竹笛，和村子里的孩子们一起做游戏、演课本剧。

听村子里的人说，这个上海老奶奶每年都要来鸣沙村做公益，鸣沙村的孩子们亲切地叫她"水果奶奶"。我见过这位"水果奶奶"，很想为她写点东西，可是她拒绝了。她只告诉我，她是一名退休医师，她的家人都在国外，她喜欢孩子，尤其喜欢鸣沙村的孩子。她说，这里的孩子率真朴实、憨态可掬，目光清澈如水，没有受到丝毫的污染。

与"水果奶奶"的接触是短暂的，但她留给我的印象却是深刻的。看着"水果奶奶"满头银发和渐行渐远的背影，我的内心盈满纯粹的敬意。在这个喧嚣的世界，总有一些人默默无闻地为他人做着善事，不张扬、不造作，不图虚名，不谋私利。他们所做的一切都是为了敲打心灵、呵护善美。

2019年暑假，鸣沙村还来了一位特殊的客人，她就是来自非洲的埃米尔。在鸣沙村村部前的旗杆下，我们碰巧相遇。通过简单的交流，我知道她来自塞内加尔（Senegal），来中国已经好几年了。这次来鸣沙村，不是旅游而是在银川一家教育培训机构担任英语老师。那是一家专门针对中小学生进行篮球培训的机构，叫做"篮球语言吧"，负责人叫马乾，是鸣沙村村民马举的亲弟弟。马举住在村部南边的B65号。整个"篮球语言吧"的孩子和老师都吃住在马举和他的邻居马福忠家，而且一住就是十多天。

埃米尔的到来，给鸣沙村带来了许多新奇与欢愉。村子里的人都凑过来和她照相。遇到这样的事情，她总是不厌其烦地摆出各种动作，满足村民的好奇心。

我问过埃米尔对鸣沙村的感觉，她竖起大拇指说了好几声："Good, very good。"而且她还告诉我她拍了许多有关鸣沙村生活的照片和视频，发到她的家乡。那一刻，我也很自豪，我们的鸣沙村已经走向世界。

我把与埃米尔的合影也发到朋友圈里，有一个朋友调侃道："马老师真白啊！"然后，就是几个龇牙的表情。我知道她的言外之意。

埃米尔在鸣沙村的会议室里给孩子们教英语，鸣沙村的孩子们跟着沾了外教的光。在孩子们的心里，不管是谁，只要书教得好，就是一个好老师。

14

时间过得真快，不知不觉就到了秋天。立秋这天，下了一场不大不小的雨，天气立刻凉爽了许多。季节的变幻，对那些奔波在生活中的人而言，并没有多大的意义。村子里的人照样早出晚归，为生活而忙碌着。

在生活的逼迫下，村子里的人都是这样的殚精竭虑却又井井有条，再贫穷的生活都有丰富的细节。不管什么时候，无论时代如何变迁，人类生存的根本法则都不会轻易被改变。

最近几天，我看见老王总是笑眯眯的，他的三轮车也开得像小车一样，在平整的村道上奔来跑去。我问他："老王哥，有什么喜事？"

"你猜猜。"老王故意卖关子。

前几天，我听说老王的妻子在看守所找了一份看大门的工作，工资不是很高，但相对清闲和稳定，对于一个50多岁的女人来说，再好也不过如此。

老王的妻子在鸣沙村也是颇有名气的，主要是因为她的油饼炸得好。我曾经在老王家尝过她做的油饼，咬一口酥软香甜，味道与众不同。说实话，我吃过无数个油饼，但从来没有吃过这么好的。我忍不住夸赞了几句。我看见老王的脸上乐开了花："兄弟，不是老哥吹牛，你嫂子炸的油香，不仅在鸣沙村，就是在全迎水桥镇也找不出第二家。"后来，老王告诉我，炸油饼主要在油和面粉，还有发面的时间。油是从老家带来的正宗胡麻油，面粉是从市场上挑来选去的适合炸油饼的面粉，食品加工全靠真材实料和诚实守信。老王的妻子非常本分，不会弄虚作假，所以，她的油饼就做得实在，味道当然与众不同。这几年，老王家的收入主要还是靠卖油饼。

在鸣沙村，还有一些女人靠着自己的手艺养家糊口，日子过得有滋有味。有的人擅长做凉皮，有人擅长做凉粉，也有人做干粮馍、炸馓子。

即便没有一技之长，女人们也没有窝在家里吃闲饭，她们到村子附近的宾馆、饭店打扫卫生、端盘洗碗，每月也有 2000 多元的收入。

驻村生活，让我对农村妇女有了更进一步的认识，她们的确无愧于"半边天"的称号。

鸣沙村的女人支配不了运气和机会，但是她们完全可以支配自己的劳动和努力，她们不只是依靠男人，更重要的是依靠自己，凭着自己的一双手，她们活得一点都不消极。

在沙坡头旅游新镇的几家酒店，我经常遇见一些鸣沙村的女人。她们有的当领班，有的站前台，有的帮厨，有的跑堂，只要有事做，就会有收入。没有人看不起这些为了生活而拼搏的女人，相反，她们追求最简朴的生活方式倒是值得歌颂的。一个人未必要充当某种角色才活得有意义，尤其是女人，如果没有自己的人生追求，没有贴近自己生命本身的生活，即便衣食无忧，一生中也不会有一点光亮。

15

寒露过后，天气越来越冷，村子里的人依然忙着各自的光阴，没有人因为季节的变化而停下匆忙的脚步。

住在村部后面的罗永华，也和村子里其他人一样，起早贪黑地出外打工。本来他应该如其他老人那样，安度晚年，可是他却闲不下来。白天，我几次去他家，想找他聊聊，每次去都见不到他的身影，家里只有老伴和几个尚未入学的小孙子。他的老伴告诉我："老罗最近和村子里的十几个人到外面去剪果树，清早出去，晚上才能回来，两头见不着日头。"

晚上，我住在村子里，老罗悄无声息地来到我的宿舍，并且给我带了几个苹果。我们在明亮的灯光下聊了许多过去的事情。老罗也是一个怀旧的人，说起过去老家的一些事，他的眼睛里闪耀着晶莹的泪花。他告诉我，老家有许多事情，他到如今都忘不了，每年他都要回去上坟，看一看埋在土里的亲人，看一看老家的沟沟坎坎。

我知道，这就是我们常说的乡愁，每一个告别故乡的人，都有这样的情愫。有人说，乡愁就像一张甜蜜的网，让人深陷其中而难以自拔。

鸣沙村的夜晚，极其安静，这也是乡村夜晚特有的景致。窗外的月光像水一样浸润着寂静的村庄，晚秋的风轻轻拂过，树上的黄叶像雨点，纷纷落在地上。

送走老罗之后，我独自躺在床上，无论怎样努力，我都无法入睡。村子里的一些老人，就像一本本无字书，潜移默化地教育着我、滋润着我。

驻村的这一段时间，让我学到了许多书本上不曾有的知识，生活中有许多人都可以成为我的老师。他们的品行和坚韧，时时刻刻提醒着我，人活着，不只是为了活着而活着，也不是为了自己而活着。

鸣沙村村支书杨生宝是一个充满了朝气和生机的年轻人，为人十分质朴、坦率。其实，来鸣沙村驻村之前，我们曾经见过一面，彼此之间没有过深的交往。

驻村之后，通过一段时间的接触和交流，我们成了无话不谈的忘年之交。年轻的杨书记对我非常尊重，每每遇到一些棘手的问题，他都非常谦和地征求我的意见。平时，他也和村子里的其他人一样，称呼我马老师，我已习惯了别人对我的这种称谓。无论在什么地方，我只要听到有人叫我老师，心里就有一种难以言表的甜蜜。我曾经当了十几年的中学英语老师，老师这样的称呼于我而言，再合适不过了。

年轻有年轻的好处，当然也有年轻的弊病。有时候，因为工作的缘故，杨书记也会脾气暴躁，每当看见他火气旺盛，我就委婉地提醒他："冲动是魔鬼，要克制自己，千万不可让火气烧毁自己。"

杨书记读书少，据他说，他只读到初中二年级，而且还读得马马虎虎。但是，他明事理，做事干练通达，不拖泥带水。他不会掩饰自己，所有的情绪都写在脸上。

村支书是一个村子的带头人，村民有什么不满，都来找他。有几次，我目睹了老百姓情绪激动地向他发难。我长期在机关工作，这种惊心动魄的场面实在少见。

曾经有一段时间，杨生宝对我说："马老师，这个村支书我不想当了。"我问他为什么，他说："吃力不讨好，村子里有些人总是不近人情。这些年，为了全村人能过上好日子，我几乎放弃了自己的小家，说实话，我出去干点自己的事，都比当这个村支书强。"

我知道杨书记说的是实话，这几年，他的确为村子里的老百姓办了不少的实事，村子里有许多人都是他帮着找的工作。他和朋友在沙坡头旅游新镇开了饭店和商场，所以，他就千方百计地安排村子里的人去那里打工，帮助村民解决收入问题。2019年，他被评为"两个带头人"。"两个带头人"指的是"农村致富带头人"和"农村基层党组织书记带头人"，这对于一个村支书来说，就是最好的褒奖。

我不止一次地劝说过这个年轻的村支书："今天，我们所有的付出不一定能得到及时的回报，但是你要相信，播种和收获永远不会在同一个季节，要耐得住寂寞，经得起时间的考验，日久见人心，迟早有一天，鸣沙村的老百姓会理解你的。"

在和杨书记闲聊的时候，我借用了日本作家东野圭吾的话："如果自己不想认真地生活，不管得到什么样的回答都没有用。"

但愿，这个年轻的村支书能够理解这句话的内涵。

16

第一次见到王文红书记，是在迎水桥镇的二楼会堂里。

初次见面，第一书记留给我的印象是随和、亲切，仿佛是我的一个久违的朋友。因为都是驻村干部，我们有缘相会在鸣沙村。

王文红书记是中卫市委党校的一名副教授，也是党校发展研究部主任，担任驻村第一书记已经好几个年头，先是在迎水桥镇的南长滩村，后来又调整到现在的鸣沙村。

王书记是一个典型的知识型干部，浑身上下散发着知识分子的味道，做事认真严谨。驻村之后，我从他那里学到不少东西。他对鸣沙村的人和事已经做到了心中有数，我刚到村子里，人生地不熟，他就带着我挨家挨户走访，他认识村子里的人，村子里的人也认识他。在鸣沙村几年的驻村生活中，他真心实意地为村子里的老百姓办了许多好事，从而赢得了群众的认可和爱戴。

"第一书记"是一个不太好扮演的角色，村子虽然不大，但是各种关系错综复杂，与村"两委"班子的关系、与群众的关系、与其他驻村干部的关系，甚至与上级的关系，每一种关系都要处理得恰如其分，实在是一件不容易的事，可是，他却处理得游刃有余。能够把复杂的事情简单化，需要的不只是工作热情，更要有一种超凡的工作艺术。

几个月的朝夕相处，我与王书记成了无话不谈的朋友，在好多方面，我们推心置腹，相互补台。

事实上，我们几个驻村干部在协作共事方面步调一致，这不仅表现在工作上，也体现在日常生活中。鸣沙村没有食堂，吃饭就是一个大问题，每次到了饭点，我们几个淘米的淘米、切菜的切菜、剥葱的剥葱，一顿饭就是同事之间默契协作的成果。饭好吃，锅难洗，可是我们几个并没有等谁靠谁，每次吃完饭，大家都是你争我抢地去洗锅。

驻村期间，第一书记时常给我们几个开小会，除了传达上级有关会议精神，他还不时地强调驻村工作纪律，也多次提醒我们注意自身安全，特别是交通安全和住宿安全。这些事情听起来微不足道，却折射出一个人的品行和情怀，真可谓细微之处见真情。

基层工作不是人们想象的那样简单，尤其是到了村这一级。上面千条线，底下一根针，所有的线都要从基层这个针眼里穿过，特别是一些杂事，占用了基层干部大量的时间，耗费了大量的精力。

王书记是一个很有耐心的人，一些令人头疼的事情，在他那里都得到了很好的处理。我有时候思忖，如果换作我，肯定没有他做得好。

在鸣沙村的集体宿舍里，王书记和我是上下铺，他比我年轻，自然就住在上铺。高低床都是从旧货市场淘来的，质量不太好，住在上面颤颤巍巍的，如果睡觉不老实，就有可能摔下来，后果不堪设想。

王书记是一个非常谦和的人，他的言行举止既有知识分子的睿智，也有农民兄弟的厚道。驻村期间，我们时常会遇到形形色色的人。有一天，村子里的一个年轻人，刚刚走进村部，就像一串点燃的炮仗，噼里啪啦地炸开了花，火气直冲屋顶。他高声责问："你们这些干部说话不算数，说的是脱贫不脱政策，可是结果呢？"在场的我们都感到莫名其妙，不知道他的葫芦里卖的什么药。后来，经过王书记的耐心询问，我们才知道他的孩子要上幼儿园，可是学校里并没有按照规定免除有关费用，也就是说他没有享受到建档立卡户脱贫之后的待遇。本来，按照政策，我们一直强调脱贫不脱政策。弄清楚他的意思，王书记立马给有关部门打电话说明情况，终于解决了这个问题。第一书记的耐心和诚心打动了这个浑身冒火的年轻人，他只好红着脸道歉。像这样的事情发生不止一次，王书记就像一把灭火器，让那些熊熊燃起的无名大火很快熄灭。

17

上面一再要求，驻村干部一定要住在村上，实际上我们这些驻村干部基本上都是住下来的。我在中卫市区没有家，平时住在交流干部生活中心的公寓里。住在村里和住在市区并无多大的差别，睡在哪里都是睡。

驻村之后，村里给我们四个驻村干部腾出了一间差不多 20 平方米的房子，买了两套高低床。其实，住在村上也不是什么大问题，只不过到了冬天要生炉子，一直担心煤烟。我们几个人相互提醒，相互关照，尽量做到小心谨慎。

住在村上，也有许多好处，能够和鸣沙村外出务工的人多一些交流的机会。那些白天在外的人，到了晚上就像倦鸟归巢，各回各家。

当夜的帷幕降临，鸣沙村的夜晚安静得很，所有的嘈杂，似乎都被淹没在深沉的夜色中。行走在铺满落叶的村道上，脚下发出簌簌作响的声音，我喜欢这种氛围，这个时候，唯有庄重和虔诚在心头萦绕，自然界的一切都让人心存敬畏。

每一个孤寂的夜晚，我都感到格外珍贵，我不想浪费这么美好的时光，一个人静悄悄地坐在笔记本电脑前，书写自己内心的万水千山。

在一个孤独者的行程里，冷暖自知，将自己置于一个无烦扰的世界，做一点自己想做的事情。所以，我还是喜欢住在村子里，或许，我已经把这里当作自己的家。

我喜欢这样一句话："无论你在哪里，你都会遇见你心目中的另一个自己。"

鸣沙村的夜空，繁星点点，我的思绪也像这些闪烁的星星一样，绽放出奇异而撼动自我的光芒。

夜深人静的时候，最适合胡思乱想，各种各样的想法不期而至，回顾自己走过的路，内心早已波澜不惊。

没有经历过风雨的人，就没有资格说"淡泊明志，宁静致远"这样的话。我知道这是诸葛亮写给他儿子的《诫子书》里的一句话"非淡泊无以明志，非宁静无以致远"，诸葛亮之所以要求儿子不追求名利，生活简单朴素，不追求热闹，心境安宁清静，那是因为他自己经历了人生的坎坷之后所悟出的智慧之言，一般人又怎能领会其中的含义呢？

一个人的房间，就是一个自由的世界，你完全可以天马行空地去臆想，许多古怪的思想突然之间就会冒出来。牛顿坐在苹果树下，发现了万有引力定律，这是偶然也是必然，这是寂寥的独处带给他的惊喜。

热闹的地方不长草。自古以来，总有那么一些人，算是孤独中自我献身的探索者。因为罕见，所以悲怀。浊流之下，众人皆醉我独醒，司马迁、苏格拉底、凡·高，这些闪闪发光的名字，至今留在时间的长河中而变成永恒。

天气冷了，就得有一个暖和的地方。在鸣沙村的宿舍里，炉火正旺，炉盘上的水壶滋滋滋地冒着热气，窗外的月光投射到清冷的树梢上，呈现出美好的梦幻色彩。

关了电脑，穿上外衣，独自漫步在秋风习习的夜色里，村庄周遭的树木立在瑟瑟的风中，如多年的旧友，相视默然。思绪流淌在无边无际的夜色里，回首以往的日子，驻村生活并不像别人想象得那么艰难，每一个从容淡定的过往都值得慢慢品味。

深秋的北方，花草凋谢，树叶飘零，万物在寂静中等候又一个轮回。

18

时间过得飞快，从立秋到立冬，仿佛就是一瞬间。

立冬意味着进入寒冷的季节，沙坡头旅游景区的游客越来越少，鸣沙村几家开农家乐的村民，几乎在同一时间关门歇业。我有意识地了解了他们 2019 年的收入情况，他们给我的答案几乎也是统一的："不错。"简单的两个字让我的心里有了底，我希望能够有这样一种结果。说实话，到鸣沙村驻村，我们几个驻村干部最关心的就是老百姓的收入，只有收入稳定了，鸣沙村才会稳定。

北方的冬天，打工极其艰难，村子里的一些青壮年纷纷走出家门，奔赴更远的地方，为了家人的生活，他们的脚步永远也停不下来。

村子里的一些女人也约好了去阿拉善左旗的工厂里打工，为了每天130 元的收入，她们早出晚归，披星戴月，她们的坚强和不屈超乎了我的想象。

其实，每个人都有活得更好的权利，生活要靠自己的双手去改变。只有在合适的时间去合适的地方，才会做出一些合适的事情。岁月是一棵枝干遒劲的大树，而生命就是飞出飞进的小鸟，人活着，脚步永远都停不下来，不是在这里就是在别处。

村子里的闲人越来越少，留在家里的基本上都是一些几乎丧失了劳动能力的老人，他们就像一群忠诚的卫士，守护着各自的家门。

鸣沙村的老人们依然眷恋着过去的生活，只要有一个温暖的热炕、一口可口的饭菜，就别无他求。他们总是早早地上炕，却很难睡着，第二天天没亮又早早地起来。他们在这个世界要做的事情越来越少，醒着的时间却越来越多。

天气暖和的时候，有一些老人也会自然而然地走出家门，紧紧地靠着一棵杨树，静默地站着。老去的人，老去的树，相偎相依的样子，成为最常见的风景。这种场景，总是让我情不自禁地想起自己即将来临的未来，但愿到了那一天，还有一棵大树与我相依偎。

鸣沙村的老人们仍然保留着一种从老家带来的"土气"，他们说着老家的土话，他们面带土色，额头上的褶皱深如沟壑。他们曾经都有一段辉煌的历史，曾经在老家的土地上老老实实地挣得自己的食物。如今，他们只能望着儿孙后代渐行渐远的背影，小心翼翼地活着。

鸣沙村的广场上也安装了一些健身器材，时常光顾的人不是老人就是放学回家的孩子，孩子们不是为了健身，而是娱乐，他们把健身器材当作玩具，玩得毫无章法，玩得兴致勃勃。

鸣沙村的孩子们活得无忧无虑，柴米油盐与他们无关，他们最在乎的就是口袋里有几个零钱，然后到超市里买一点喜欢的零食，上学的路上边走边吃。人生最快乐的时光莫过于童年，童年的时光心无羁绊，不管过去也不顾将来，该笑的时候笑，该哭的时候哭。

在村部前面的水泥地上，经常见到一些更小的孩子，他们还没有到上学的年龄。大人们出去打工了，这些穿着开裆裤的孩子就像一群散养的小鸡，在村子里晃来晃去。我特别喜爱这些牙牙学语的孩子，一有空闲就逗他们玩，把他们一个个高高举起来，孩子们在空中咯咯咯地笑着，手舞足蹈。后来，他们认识了我，虽然不知道我是干什么的，每次见面他们只管叫我爷爷，突然之间有了这么多的孙子，我的内心充满欢喜。

19

驻村之后，我的党组织关系也转到了鸣沙村，每次交党费的时候，村子里的党员很羡慕我，他们说："马老师，你一个月交 90 多元的党费啊！"

鸣沙村党支部共有 32 名党员，除了我们几个驻村干部之外，其他都是农民。农村党员每人每月只交五角钱的党费，相比之下，我的党费就高出很多，可是，我的收入也同样高出他们很多，而且，按照他们的说法，"月月都有个麦子黄"。

农村党组织是党的最基层组织，"基础不牢，地动山摇"，这样的说法一点都不夸张。

多年来，我一直在机关工作，参加党组织活动也是在机关。来到鸣沙村以后，我发现农村党组织和机关党组织之间还是有一些差别，最大的差别在于党员人数。农村党支部每次活动，都有不少党员请假，你在他不在。每次开会或者学习，总有一些人缺席，不是不愿来，而是根本就来不了。为了生活，他们在遥远的他乡打工，有的人甚至在几千里之外，所以，只好在微信群里请假，这些情况在农村极为普遍。

在家的党员，几乎没有不来的，特别是一些老党员，他们依然保持着一个党员的党性修养，尽管有些人目不识丁，发言时也不会咬文嚼字，他们用非常朴素的语言表达自己对党的忠诚，他们常说的一句话就是："听党的话，坚决跟党走。"用时下最流行的一句话来说，他们仍然

"不忘初心，牢记使命"。

在鸣沙村驻村，我参加了不少的活动，每次活动都让我受益匪浅，感触颇多。特别是民主生活会上，农村党员的发言可以说是直言不讳，他们不会闪烁其词，也不会云山雾海，他们说的每一句话都是一针见血，有的放矢。

自第二批"不忘初心，牢记使命"主题教育活动开展以来，我们遇到的最大问题就是部分老党员不识字，有几个人甚至连自己的名字都写不好。针对这种状况，第一书记王文红带头去他们家里，面对面地朗读学习材料，并且实时交流学习体会，虽然耗费了不少时间和精力，收到的效果却是不错的。

农村党员学习或开会，基本上都在晚上，白天他们忙着各自的营生，忙着自己的生活。所以，村党支部就因人而异，合理安排，尽量让更多的人参加。

村子里有好几个党员都已经过了"人到七十古来稀"的年龄段，可他们没有一点倚老卖老的意思，每次开会，他们早早地来到村部的党员活动室，像一群懂事的小学生，等候老师来讲课，似乎没有什么能够阻挡他们对党的忠诚、对组织生活的向往，他们的脚步正在坚定不移地迈向自己最初选定的终点。

马正安是鸣沙村最老的一名党员，80岁了，他的胸前时常佩戴着一枚闪闪发亮的党徽，他瘦弱的身体散发着一股共产党员的正能量，党员活动他从不缺席，特别是在"不忘初心，牢记使命"主题教育活动中，他的表现尤为突出，他克服了重重困难，在自家的炕头上坚持写下了几万字的学习笔记。他没有进过学堂，没有受过系统的学校教育，所有的笔记都是一笔一画描出来的。每次去他家里走访，看见他坐在热炕上，像一个小学生一样认真地抄写笔记，我的内心不由自主地升腾起由衷的敬佩之情。

驻村之后的生活不知不觉地改变了我的一些想法和习惯，过去我一直以为农民的思想比较落后，我们驻村的任务就是要教育他们，实际上，从鸣沙村许多人的身上，我真正学到了不少东西。

20

在鸣沙村，有一些人起得比鸡还早。

天麻麻亮的时候，我就听到窗外传来咳嗽声和扫帚划过水泥地面的声音，我知道这是村子里的保洁员正在打扫卫生。初冬时节，村子里到处都是枯黄的落叶，刚刚扫过的地面，不一会儿又落满树叶，两个年过70岁的保洁员，认真地重复着自己的工作。

罗永林是一名老党员，也是村子里聘用的保洁员。到鸣沙村不久我们就认识了，并且慢慢地熟悉了。后来，通过多次接触，我了解了他的一些情况。他告诉我他今年72岁了，三个儿子都已成家，大儿子在红寺堡，另外两个都在鸣沙村。

做一个月的保洁，只有800块钱的工资，实在不算多。可是，老罗却没有一点抱怨。按照他的说法："多少是个够，有一点总比没有强。我老了，出门打工没人要，只能在家门口干点小活，挣一点算一点。"

除了村庄里的环境卫生，罗永林和另外一个保洁员田玉林还负责村庄外一条柏油路的卫生保洁。每天都能看见他们骑着电动车，带着扫帚和铁锹，忙碌在飘满落叶和灰尘的柏油路上。两个70多岁的人，为了简单的生活，依然是"黎明即起，打扫庭院"。

农民是一个容易满足的群体，他们不会有过高的奢望，一辈子的努力，只求吃得饱、穿得暖、有房住，这也符合脱贫工作的基本要求，就是我们常说的"两不愁三保障"。

到了冬天，天气越来越冷，还是有人早出晚归，忙于生计。冬天也有冬天的活计，有人在工厂打零工，有人在周边的葡萄园里干农活。葡萄树怕冷，每到冬季，树根要深埋在厚厚的土里，保证葡萄树不被冻死，到了春天再挖开。这些活都需要有人干，所以，鸣沙村的一些老人和女人，就有了每天 100 元左右的收入，靠这些补贴，他们的生活维持了下来。

驻村生活让我又一次身临其境地体验到农民的艰难之处，也让我更加坚定信心去为他们做一些事情。

我的工作单位是中卫市文联，谁都知道这是一个清水衙门，不管经费也不管项目。我们唯一能够做的事情就是"文化扶贫"，听起来很虚，实际上这也是一件很有意义的事情。就在 2019 年 8 月，中卫市文联主席谈柱亲自带队，组织机关干部和市摄影家协会以及美术家协会、书法家协会，给鸣沙村公益书屋送来了一些图书和杂志，并且给村子里的老百姓送了许多书画作品，活动现场人头攒动，整个村庄沉浸在一种祥和喜庆的氛围中。

鸣沙村的老百姓不仅仅需要物质生活，他们也需要精神层面的关照，正如有人所说的："就算贫穷，听听风声也是好的。"如今，说这样的话，似乎有些不合时宜。可是，他们何曾懂得精神生活在整个生命里所占的比重。在这个喧嚣的世界，总有一些人活得从容不迫，自尊地做着一份平凡的工作，灵魂世界却广阔无边。

冬天昼短夜长，就像一首"花儿"里唱的："西边的日头落下了，夜长着啥时间亮呢……"

每逢夜晚，总会想起许多事情，如今我已经开始把一些不重要的事过滤掉，径直坐在电脑前，静静地敲打心中的欢喜，感觉时光慢下来了，渐渐地获得精神上的宽慰，每一段时光都不可以辜负。

早晨醒来，听到鸡叫，才知道这里依然有村庄的味道。

鸣沙村的许多人至今保留着原来的一些生活习惯，他们喜欢冬天睡柴火烧起来的热炕，喜欢用坛坛罐罐腌制咸菜和酸菜，喜欢吃黄米糁饭和荞面搅团。

眼下，随着乡村振兴战略的开展，旨在提高农民生活品质的环境治理正在兴起，乡村面貌焕然一新，成效大显。但是一些地方脱离现实，不顾农民的生活实际，强推一些高大上的做法，农民对此很有意见，社会上也颇多微词。

只有实实在在，脚踏实地，尊重现实，因地制宜，让农民真有幸福感，才是乡村振兴战略的要义所在。

一盏盏路灯彻夜亮着，它们就像一群尽职尽责的哨兵，守护着鸣沙村寒冷的夜晚。

这些天，我总是不停地写，突然想起自己的年龄，恐惧、沉痛、纠结、焦虑……很多的时间都碌碌无为，虚度而过，往事如烟，不堪回首。

21

冬日的阳光极其贵重，但凡投照下来，必定暖意融融。

行走在纵横交错的村道上，随处可见的是冬日的冷意与萧条，村子里的人很少，即便是冬天，他们还是忙着各自的营生。

村庄的树木早已脱掉昔日的盛装，清瘦的身子立在料峭的寒风里，瑟瑟发抖，稀疏的枝头，几只喜鹊喳喳喳地叫着。

我的驻村生活即将满一年，回想这段日子，所有的过往历历在目，生命中有了这些经历，值得回味。

在鸣沙村，认识了不少人，由陌生到熟悉。

在这个移民新村，人们已经远离四季分明的农事，他们不再像自己的先辈那样，在贫瘠的黄土里寻找生活，单纯的传统农业成为历史。因此，许多人开始另外一种谋生的方式，除了打工，有人跑运输，有人开出租，有人开商铺，有人开饭馆，为了生活，他们四处奔波。

和村子里的人相处久了，日常生活也受到影响，即便是粗茶淡饭，素面朝天，也不会有什么怨言。有时候去他们家里走一走，看见他们清淡而自足的日子，对自己的灵魂就是一次洗涤。

人生在世，每个人都在追求自己的幸福生活，但很多人终其一生，都不曾明白，到底什么才是真正的幸福？对于农民来说，最简单的幸福就是"有家回、有人等、有饭吃"。

鸣沙村的多数老人对幸福的理解仍然停留在过去的说法里："老婆孩子热炕头""鸡鸣狗叫娃娃吵"。他们活得简单而明白，这是一个人经历了世间的种种，返璞归真时才懂得的道理。他们的期望只不过是有一个温暖的家，家中有自己爱的人，一起吃饭、一起聊天，安然度过每一个平常的日子。也有人把幸福归纳为："白天有说有笑，晚上睡个好觉"。

鸣沙村有 73 户建档立卡户，几乎占了村庄总户数的一半。驻村之后，我们的工作重点始终围绕着建档立卡户进行，每天的入户调查都是针对老百姓的收入问题，没有稳定的收入来源，一切都是空谈。

据统计，2020 年上半年鸣沙村的建档立卡户享受的各种政策性补贴总计 73 万，也就是说，平均每户得到国家的扶持资金 1 万元。党的政策就像阳光雨露一样，滋润着这个移民新村。为此，村"两委"班子和驻村扶贫工作队专门制作了一张 2019 年度鸣沙村建档立卡户政策性收入明细，其中包含了低保、养老、在校学生补贴、高龄补贴、残疾补贴、医保补贴、雨露计划、贷款贴息、大学生补助、培训补贴、驾照补贴、产业奖补等，并且在村民大会上予以公布，让所有人都明白，为了脱贫攻坚，国家每年补贴贫困户多少钱。通过一目了然的明细，很多人感叹："不算不知道，一算吓一跳，我们真是活在福中不知福。"

住在 B72 的王治福，是一个非常质朴憨厚的老人，老伴双目失明，老两口没有一点劳动能力，生活主要依靠低保、养老金和残疾人补贴，虽然还没有脱贫，但他懂得感恩，每次和他谈话，他总是念念不忘共产党的好处。他常说的一句话就是："吃水不忘挖井人，党的恩情比海深。"

这世间，没有谁能真的超越平凡的生活，不都是活在一个又一个被世俗掩埋了的日子里吗？一些人越活越明白，他们经历了世事，饱尝了生活百味，所以，他们懂得滴水之恩，当以涌泉相报。

22

我喜欢静，有时候也喜欢几个合得来的人一起热闹一番，然后又喜欢小热闹之后的那份孤独。

鸣沙村实在是个清静之地，村庄不大，没了人与人之间的冷漠，村道上来来往往的都是熟人，彼此相见打个招呼，有时候到了吃饭的时间，也有人请我到家里吃饭，我知道这不是虚假的客套，是村子里的待人之道。

住在 A22 的马永山，原是海原县李俊乡永丰村人，家中 6 口人，其中 3 个女儿还在上学，家庭负担重，拖累大，日子过得紧紧巴巴，可是，他很少在别人跟前诉苦。

我刚到鸣沙村的时候，入户调查村民的基本情况，在马永山家里看见他正在帮着妻子做凉皮。第一次见面，他就直接喊我马老师，这让我有点吃惊。接着，他告诉我他以前在海原回民中学上过学，说起来也是我的一个学生。虽然我没有给他上过课，他还是把我当成自己的老师。

这都是 20 多年前的事了，无论我怎样回忆，总想不起来他当时的模样，时间真的是一把无情的刻刀，把我们彼此雕刻得面目全非。

马永山的妻子也是一个很能干的女人，她的凉皮做得很好，村子里的许多人都吃过她做的凉皮。特别是天气热的时候，来她家买凉皮的人络绎不绝，每份凉皮 5 元钱，除了成本，一天也能赚 100 多元，这对于一个贫困家庭来说，就是一种雪中送炭的补贴。为此，他们两口子也极其知足。

坐在马永山家的炕头上，我们聊了许许多多过去的事情。一个人想要忘记过去是需要时间的，有时候我们误以为自己早就从历史中走了出来，其实鞋底依然沾着过去的泥巴。我们说着老家土话，吃着凉皮，喝着飘满枸杞和红枣的热茶，忘记了时光。

到了中午吃饭的时候，马永山的妻子又端上来一盘热气腾腾的洋芋包子和一盘酸菜，这都是我喜欢的食物。我吃得很仔细。

多年来，我的味蕾依然停留在过去的时光里，无论天涯海角，每每想起家乡的一些食物，不由得垂涎欲滴。童年时代的伙窑，也就是我们说的伙房，是我最向往的地方。母亲坐在木墩上，拉着风匣，灶膛里的火光把她的脸映照得红彤彤的。不管是什么吃的，我总是吃得津津有味。小时候的食欲特别好，吃嘛嘛香！至今想起母亲做的饭菜，内心充满无限的亲切和情趣。世间的道理就是这样，它总会在寡淡之中安放异美。

正午的阳光透过明亮的玻璃窗，暖暖地洒在马永山家的热炕上，我们两个就像多年未见的挚友，话题如黄河之水，滔滔不绝。

关于中学时期的一些事情，马永山的记忆特别清晰，比如说我当时穿的一件风雪大衣，一头浓密的卷发，以及抽的"凤凰"牌香烟，整个楼道都能闻到那股味道。

马永山的话就像一颗石子，投进我平静的内心，顷刻间泛起一层又一层情感的涟漪。说实话，我至今忘不了在海原回民中学工作的那段岁月，它纯净得犹如一泓透亮的溪水，涓涓不息，没有一点杂质。多希望还能回到那个书声琅琅的校园、那个充满青春气息的足球场，为一群求知若渴的孩子"传道授业解惑"。

总以为，一些往昔的人和事，会随着时间的流逝而遗忘，但每每再度追溯时，却发现，其实，那些过往的岁月，从没有离开过，它们只是静静地躲在内心的某个角落，兀自散发着陈旧的香味。

通过驻村，我感觉到自己并不孤独。那些似乎从我的生活中消失的人，突然之间又走进我的生活，一切好像是冥冥中注定，一切都是最好的安排。

23

到了初冬，西北风刮得邪乎，风带着尖利的哨音，穿过每一个角落，村子里的尘土和落叶被卷了起来，飘到别的地方。脸皮碰见风，像是被小刀子割，生疼生疼的。

冷风穿过村部前的小树林，依然有一些不怕寒冷的麻雀站在摇晃的枝头，随风荡漾，像是荡秋千的孩子。村部灰色的屋顶上，有几只白鸽迎风而立，洁白的羽毛被风吹起，像一把把扇子，呼啦啦地扇个不停。大风中也有一些喜鹊，在树林间飞起来又落下。

每逢吹西北风，屋子里的烟筒就开始打倒烟，整个房间弥漫着一股呛人的煤烟味。我们几个驻村干部不得不把安好的烟筒调换到向南的位置，炉子里的火苗又开始呼呼地燃起来。

驻村生活让我们这间不足 20 平方米的宿舍洋溢着一种久违的烟火气。第一书记王文红亲自掌勺，为我们几个驻村干部准备一口简单的热饭。一盘酸菜土豆丝、一碗大米饭，就是我们日常的午饭，即便这样，我们心满意足，乐以忘忧。偶尔有这么一段生活经历，像一本书里面的插图，至少可以赏心悦目。

对待生活，我历来都是随遇而安。生活中有几个志趣相投的朋友或同事一起共进午餐，倒也是一件很有意义的事情，值得怀念。

闲暇时刻，总会想起远在家乡的母亲和妻子，这两个女人，可以说是我生命中最重要的两个人。一个生我养我，把我拉扯成人；另一个默默无闻，静静地站在我的背后，做我坚强的后盾。

这些年，我以交流干部的身份，来往于家乡与单位之间，与家人离多聚少。回顾以往，内心装满愧疚。所有的家务都是妻子一个人干的，她买菜做饭、洗碗拖地，接送孙女、照顾老人。

母亲虽然是一个大字不识几个的农村妇女，但她明事理、识大体，从来不拖我后腿。如今她已步入耄耋之年，心中依然装的是儿女的冷暖安危。我曾经写过一篇《我的母亲》，把对母亲的感激流露在文字之间。有熟悉的朋友说我孝顺，实在让我汗颜，相比于母亲的恩典，我所做的一切都微不足道。

每个周末，母亲的电话如约而至，"回来吗？你想吃点啥？"每个周末，妻子也会打电话，"回来吗？回来的时候，把你的脏衣服带回来。"亲人的关怀，让我了却了许多后顾之忧。

前阵子，我的母亲和妻子同时生病住院，母亲住在海原县中医院，妻子住在县医院，我请了一天假，匆匆忙忙地安排她们住院，然后又急急忙忙回到村上。临走之前，我对儿子说："请你照顾好你妈，也照顾好我妈。"

说实话，这些年出门在外，我早已习惯了饭来张口、衣来伸手的生活，也习惯了来来往往的奔波，个中滋味只有我自己最清楚。

当听到母亲出院和妻子病情好转的消息，我一颗悬着的心终于落定。

前不久，我在微信朋友圈里看到一篇写基层扶贫干部的文章，感触颇多。文章的题目是《请善待基层扶贫干部》，实不相瞒，鸣沙村的群众确实不错，他们依然保留着农民兄弟的淳朴与敦厚，每一次登门入户，他们总是满面春风，笑脸相迎。碰到饭点，他们也会把我们让到自家的热炕上，端上一碗冒着热气的洋芋面或浆水面。

我时常听到一些帮扶干部埋怨帮扶对象，说他们不近人情。可是，让我们扪心自问："如果老百姓都像你们想象的那样，他们还需要你来帮扶吗？"人是有感情的，你给他一点阳光，他一定会灿烂。

组织上派我到鸣沙村驻村，是对我莫大的信任，也是对我最大的考验。

2019年，关于脱贫攻坚的所有考核接踵而至，帮扶干部压力很大。特别是到了年底，基层干部几乎放弃了所有的周末和节假日，白加黑、五加二，似乎成了常态，好在我们每个帮扶干部早就做好了攻坚克难的思想准备。

驻村之后，我始终把自己定位在基层帮扶干部这个位置，所有的心思都放在鸣沙村老百姓的脱贫上。平日琢磨的都是老百姓的收入和柴米油盐酱醋茶，一枝一叶都与老百姓的生活有关。

驻村之后，我坚持写驻村日志，有部分内容已刊发在《中卫日报》《沙坡头》《黄河文学》等报刊上，这些文字的发表，对鸣沙村的宣传起到了积极的作用，为此，我的内心是踏实的。能够为自己所在的村庄尽一份绵薄之力，甚感欣慰。

夜深人静的时候，我常常坐在笔记本电脑前，回想驻村生活的点点滴滴，回想与鸣沙村的父老乡亲朝夕相处的每个片段和场景，我就情不自禁敲打键盘，用文字记录内心的激越与豪情。

我承认，自己的能力有限，没有什么特别的礼物送给我的村庄，希望有些许炙热的文字留在鸣沙村。这是我唯一可做的，也是我能够做到的。

"一个真正的作家永远只为内心写作。"这句话不知道是谁说的，暂且搬来以表我的心绪。

如果将来某一天，我离开鸣沙村，我会想念鸣沙村，就像想念我的家乡一样，这里的一草一木已经融入我的生命之中，它们将陪伴我度过之后每一个阴晴圆缺的日子。

一些海外观察家认为："中国脱贫的巨大成就蕴含多重世界意义，其探索与实践给解决贫困这一世界难题提供了中国思路，为共建美好世界贡献了中国智慧。"

37年来，中国脱贫攻坚战成就之大，世界罕见。作为一名驻村干部，我们责任重大，同样也无比自豪，每一个成就的后面，都有我们的一份付出和辛劳。

24

鸣沙村地处沙漠腹地，气候变幻无常，夏天特别热，冬天特别冷，而且夏天少雨，冬天也很少下雪。

刚刚搬迁来的老百姓，很难适应这里的气候，一些人就像候鸟一样，飞来飞去，总是稳定不下来。至今仍然有一些空巢，大门上挂着一把锈迹斑斑的锁子。当然，也有一些人为了生活，拖家带口远走他乡，有人在外地开店，有人在他乡打工。

住在 A37 的马敏玺，一家人长期在西吉，听说他们一家在那里开馍馍店，我给他打过一次电话，问他生活怎么样，他说还可以。

在鸣沙村，我经常听到有人说"还可以""能凑合"。这些充满地方特色的话语，听起来含糊其辞，其实，我心里很清楚，他们的日子过得还不错，这也是我们驻村干部的希望所在，只要老百姓的日子过好了，我们心里就踏实。

住在 B70 的李耀成，是一个"80 后"，头脑灵活，办事稳妥，他平时很少在村子里。第一次在鸣沙村见到他，他告诉我，他和我外甥是同学，他知道我的情况，也知道我以前是老师，所以，他也叫我马老师。李耀成在中卫市沙坡头区鼓楼南街开了一家装潢店，名字叫"跃升广告装饰"，听说生意还可以。他在市区租了房，主要是为了孩子上学。在鸣沙村，还有一些和李耀成一样的人，为了做生意，也为了孩子们的学业，租房住在城里。按照他们的说法，再苦再累，也要为自己的儿孙后代铺一条路。这种观念代表了很多鸣沙人的心声，再苦不能苦孩子，再累也要让娃娃上个好学校，他们无论如何都不能让孩子重走父辈走过的老路。我时常思考这个问题，要隔断代际贫困，教育就是最好的投资。如今的鸣沙村，家长重视孩子的教育已经成为一种必然的选择和共识，很多人把自己未完成的梦想寄托在孩子们身上。

驻村以来，我一直观察鸣沙村老百姓日常生活中的一些细节，这也是文学所表达的意图。文学，应该使人获得生活的信心。淡泊，是人品，也是文品，一个甘于淡泊的写作者，才能真诚地写出自己所感受到的那点生活。

马金莲，是一位"80后"回族女作家，她的《1987年的浆水和酸菜》荣获第七届鲁迅文学奖，这是典型的从生活到文学的范例。马金莲是离我们最近的作家，她的作品更贴近我们的生活。有位南方的文友问我浆水是什么？我告诉他："酸菜和浆水是宁夏、甘肃和陕西部分地区一种独特的生活味道，只有经历过的人，才能真正懂得它的滋味。"

我一直喜欢吃母亲腌的酸菜、做的浆水面，特别是炎炎夏日，吃一碗浆水面，浑身上下十分舒坦，这种味道刻骨铭心。本来打算写一篇《母亲的酸菜和浆水》，一看马金莲写了，就不敢再写了，写出来肯定没有人家的那种味道。相比之下，我们只有生活，没有文学。

关于生活与文学，张抗抗有一个形象的比喻，她说："芝麻是很多很多的生活细节、生活故事，但芝麻还不是文学，你把芝麻磨成香油的时候，它才成为文学。"

所以，只有芝麻还不够，你得把它变成香油。

其实，写作者最大的问题就是只看到生活的表象，缺少更深更好的挖掘，好的东西总是深藏不露。

有人说，散文容易写。但是我想说，写好不容易。散文不是卿卿我我，风花雪月，不是个人情绪里的小情调，它应该有自己的格局和筋骨，有自己的温度和意境。

在鸣沙驻村期间，我也会碰到一些吃浆水面的人，每逢这个时候，我的脚步就无法挪动，眼睛直勾勾地盯着人家那盆漂着油花和香菜的浆水。主人家看到我的馋相，一定会给我盛上一碗。这时候，我也顾不上面子，拿起筷子，一扫而光，一碗香喷喷的浆水面就到了我的肚子里。

每到一个地方，食物可以成为人与人之间一个不错的话题，无论什么身份，食物是每个人都能触手可及的东西，即便是生活不济之人，也能说出一些让人饥肠辘辘、垂涎欲滴的家乡菜来。

王治国家经常做浆水面，他时常给我打电话，叫我到他家去吃。每一次我都无法拒绝浆水面的诱惑，里子有时候比面子更重要。吃完饭，我给老王掏钱，他红着脸说："兄弟，你这不是打我的脸吗？你是我们请都请不到的客，吃一碗浆水面，收你的钱，你是让村子里的人笑话我嘛！"后来，我就找机会给他几包烟。

驻村久了，有许多人都知道我喜欢吃浆水面，也知道我这个人和他们的口味差不多。但凡谁家做了浆水面，总是不忘到村部来告诉我一声。

"最食人间烟火色，且以美食慰风尘。"于我而言，酸菜和浆水面就是美食。

在鸣沙村的这段日子，酸菜和浆水面是绕不过去的一段存在，它必将保留在我的记忆深处，成为永恒的内存。

25

年关将至，各种考核蜂拥而来，让人应接不暇。尽管中央三令五申，要求为基层减负，把基层干部从一些无谓的事务中解脱出来，让基层干部把更多的时间和精力用在抓工作、抓落实上。可是到了下面，形式主义依然存在。在鸣沙驻村，我亲身体会到村干部的苦衷和无奈，他们为工作付出的辛劳，根本没有办法说清楚，也没有什么仪器能够度量出来。装在档案盒里的数据和资料，只是一种表象，根本反映不出真实的情况。

鸣沙村的村支书杨生宝、村主任罗进宝，是典型的"敏于行而讷于言"的人，他们只知道埋头干活，却不知道如何表现自己，即便给他们一次登台表演的机会，他们也可能把事情搞砸，因为他们根本就不会演戏。

两个土生土长的村干部，全心全意为了鸣沙村的老百姓，默默无闻地奉献自己的劳动。村支书主外，开着自己的车，跑来跑去、跑上跑下，私车公用，为老百姓办事。村主任主内，每天坐在村部办公室里，接待村子里的群众，耐心细致地解决一个又一个问题。

　　在讨论村主任罗进宝预备党员转正的党员大会上，村子里有个老党员提出了不同意见，罗进宝转正的事情搁置下来。党员大会上，我忍不住说了几句话，不只是为罗进宝打抱不平。

　　我说："作为一名党员，我们说的每一句话，都应该为党负责，为同志负责，也为自己负责，切不可信口开河，听风便是雨。"会上，我带着感情说了许多话，得到了鸣沙村全体党员的认可，他们对我的发言报以一阵热烈的掌声。

　　经过了解，我知道那位老党员因为自己的低保被取消，把问题看在村支书和村主任的身上，误以为是村上的干部从中作梗，所以就一直耿耿于怀。实际上，低保的取消是系统里自动生成的，他的儿子有营业执照、有小汽车，按照规定他是不能享受低保的。

　　这件事之后，我找罗进宝聊天，本想安慰他几句，没想到他却看得很开。他若无其事地告诉我："马老师，村子里就是这么个情况，好多事情我们都经历过，被老百姓误解是经常的。但是，我相信组织，相信大多数人的眼睛，总有云开雾散的那一天。"

　　不知道为什么，我突然想起了一位名人说过的一句话："你可能在某一段时间蒙蔽某些人，但不可能在所有的时间蒙蔽所有的人。"

　　在驻村之前，我没有在基层工作过，对村干部的情况知之甚少，只是耳闻了一些有关村干部的负面信息，因而就对他们产生误解。到了基层，通过与鸣沙村的干部一起共事，才知道他们的酸甜苦辣，我觉得应该为他们说几句公道话。

　　多年来，一些村干部被人误解太多，理解太少，他们有口难辩，有苦难言，流血流汗又流泪。他们拿着微薄的工资，干着繁杂的工作，吃力不讨好，吃苦不吃香。

常有一些不明事理的人，百般刁难村干部。我不止一次目睹了村民指着村干部的鼻子骂娘的情景。这样的事情，对于村干部而言，似乎成了家常便饭。我有时候很佩服杨书记和罗主任的涵养，他们读书不多，胸怀却广阔，肚子里能够容得下一切难容之事。

去迎水桥镇开会，认识了不少其他村的村干部，他们抽着廉价的香烟，穿着朴素的衣服，生活的状态和村子里的农民差别不大，甚至还不如一些家境好的村民。可是，他们肩上的担子一点都不轻，既要养家糊口，还要为全村服务，而且动辄被问责追责，既殚精竭虑又如履薄冰，实在令人同情。

驻村生活，让我重新认识了不少的人和事，许多事情潜移默化地影响着我，甚至教育着我。生活就是一面镜子，你以什么样的心态去面对，它就以什么样的结果反馈。

26

一个热爱生活的人，永远也不会被生活欺骗。生活也不会亏待任何一个努力的人。

在鸣沙这个移民新村里，越来越多的人逐渐从"穷日子穷过"的浑浑噩噩里走了出来，他们不等不靠，凭着自己的双手，把生活过得红红火火。

村子里的人，都是一些普普通通的人，他们的生活就是这样，该吃的苦要吃，该走的路要走。哪怕再难，也要咬着牙去赚钱，在他们的词典里根本找不到"容易"这个词，真实的生活就是如此，奔波劳碌，一刻不休，处处都是琐碎和慵常。

住在 A18 的白占明，也是鸣沙村的建档立卡户，老两口一个有低保，一个依靠养老金，每年享受国家政策性补贴将近 8000 元，如果没有什么意外，能够维持正常的生活。可是，老白并没有窝在家里坐享其成。每年春暖花开的时候，年过花甲的老白和村子里的其他人一样，远走他乡去打工，有时候也在村子周边的农田里干点粗活，每个月或多或少都有一些收入，按照他的说法："拾到篮篮里面都是菜。只要能动弹，就要干点事，穷死不能睡着吃。"

天气冷了，没有活计干的时候，老白就和村子里的其他老人一样，拿个马扎，坐在广场温煦的冬日阳光里，打捞那些明明灭灭的往事。到了吃饭的时候，听到老伴喊一声："吃饭了。"老白立刻站起来，拍拍身上的尘土，提着马扎，慢腾腾往家的方向走去。

老白的家，离村部很近，一抬腿就能到他家。驻村期间，我没少去他家，也没少吃他家的洋芋面和黄米糁饭，当然，还有酸菜和浆水面。

每次去他家，他总是把我让到他们家的大炕上。柴火烧的炕，坐在上面暖意融融，我没有丝毫的拘谨。每逢这个时候，我就自然而然地想起小时候在老家的日子，母亲用羊粪填热的土炕，是我记忆中最温暖的地方。

人生只有经历了足够的风雨，才能明白这样一个道理："我们这么努力，不过是为了成为一个普通人。"想到自己曾经在某一篇文章里读过的这句话，心中陡然酸楚，热泪盈眶。

鸣沙村的大多数人家，都有一盘热炕，如今虽然没有羊粪和牛粪，但家家户户的房前屋后都堆积着一些柴草棍棒，还有一些干透枯朽的树根，这些都是冬天烧炕的材料。天气冷了，炕洞里塞满柴草棍棒，用不了多久，一盘土炕就被烧得热气腾腾，一个冬天便在波澜不惊中悄然度过。

村医马德义盘的热炕与众不同，他们家装了地暖，所以，炕看起来不像是炕，倒像是一个"榻榻米"，地面离炕不到一尺高，腿稍微一跨，就上了炕。炕很大，足以睡得下十几个大人，这可能是鸣沙村最大的炕了。

马德义的儿媳妇生了孩子，娘家人来鸣沙村贺喜，也就是民间流行的过满月。村子里也有许多人到他家去凑热闹，一时间家里挤满了人，幸亏有这么一个大炕，才能让来客有个安身的地方。

打发走了客人，马德义就到村部，专门请我们几个村干部到他家去坐一坐。尽管我们再三推辞，最终还是拗不过他的实诚。

马德义不是建档立卡户，他是村医，也是鸣沙村建档立卡户的签约医生。平时，村子里的人有个头疼脑热，都要到村部旁边的医务室来找他，他随叫随到，热忱对待每一个患者，从而赢得了村民的好评。

盘腿坐在马德义家的热炕上，我们边吃边聊。炕桌上摆满了酥软的油香、馓子和花卷，还有地方风味的烩菜，这些都是我们熟悉的食物。

村民们有自己的待客之道，家里来了客人，他们总是把客人让到炕上，只有这样，才能显示对客人的尊重。在鸣沙村，我们时常会享受到这样的待遇。这让我们心存感激，同时，也让我们忐忑不安。作为一名驻村干部，为鸣沙村的老百姓做任何事情都是应该的。

27

我在《宁夏日报》客户端看到一篇文章，题目是《农民摄影师光影中的岁月变迁》，文章是这样写的："马德是沙坡头区迎水桥镇鸣沙村的一位摄影爱好者。1996年，马德带着自己的第一架相机，从给村民拍全家福和1寸照开始，当起了村民的'专属摄影师'。"

2012年10月，马德和鸣沙村的其他村民一起搬迁到移民新村，成为鸣沙村的第一批移民。8年来，马德时时处处用自己的镜头记录着中卫市的发展变化，记录着鸣沙村的村容村貌以及群众生活的时光变迁。

我和马德并不陌生，他是我的学生，我是他的英语老师兼班主任。从1983年到1986年，我们在海原县回民中学一起度过了三个春夏秋冬。

马德留给我的印象是聪明调皮、性格开朗，学习成绩中等，属于比较"玩闲"（方言，指淘气）的那类学生。高考落榜之后，他没有复读，直接报名参军，到遥远的新疆当了一名军人。

说实话，按照马德的资质，如果他坚持补习，考取一个大中专院校，也不是没有可能的。只可惜，这世间没有那么多的如果。

命运的安排，让马德由一名军人变成农民。4年的军营生活，是马德人生中极为重要的一段时光，在戈壁滩的营房里，他学到了不少的东西，摄影就是其中一项。

1991年底，马德从新疆回到自己的家乡罗川北梁，除了耕田种地，他渐渐地喜欢上摄影，用镜头记录生活成为他生命中一项重要的内容，从此，许多转瞬即逝的场景，在他的镜头里变成永恒，那些用真心真情聚焦过的温暖底色，在流年里历久弥新。

来鸣沙驻村之前，我和马德见过几次，知道他搬迁到鸣沙村，也知道他是一名摄影爱好者，而且在摄影方面取得了不错的成绩。

马德错过了踏进大学校门的机会，但是，在社会这所包罗万象的校园里，他像一只勤劳的蜜蜂，采撷万紫千红的芬芳。

生命中所有的失去，都会以某种方式悄然归来，只是时间未必会马上告诉我们答案。

在马德的QQ空间和微信朋友圈里，经常会看到一些美轮美奂的摄影作品，给人们的视觉带来强烈的冲击。他的摄影作品不断地刊登在各种报刊上，并且在各级各类摄影大赛中获奖。

谁都知道，摄影是一件既辛苦又烧钱的事情，没有一定的经济基础，很难支撑下去。马德的日子过得并不好，他的摄影装备大多是低档货，有的甚至是别人淘汰下来的。每一次出门远行，马德不得不精打细算着，为了自己钟爱的事业，他几乎没有给自己买过一件像样的衣服，没有给过家人一次说走就走的旅行。

尼采说过："一个人知道自己为什么而活，就可以忍受任何一种生活。"

一个人只要怀揣梦想，再远的路都不在话下。经历了人生的风风雨雨之后，马德的坚守终于有了回报。

多年来，马德凭着自己的"小米加步枪"，在摄影领域取得了一个又一个辉煌的胜利。

在马德家里，我看见了各种获奖证书和收藏证书，其中有国家级的、省部级的、市级的，也有县（区）级的，琳琅满目，数不胜数，每一份荣誉的后面，都有一份沉甸甸的付出和汗水。

在鸣沙驻村，我和马德之间有了更多的接触和交流，有时候在村部，有时候在他家，师生之间，没有忌讳，没有隔阂，正如世人所说："生命是一场又一场的相遇和别离，是一次又一次的遗忘和开始。"时光如水，绕着我们流淌而过，很多人和事慢慢后退，但是，留在镜头里的记忆一定会日月常在。

28

冬至这天，鸣沙村的好多人家都包了饺子。我和第一书记王文红入户走访的时候，问过几家人："饺子是什么馅的？"有的人家用的是青萝卜和牛肉，有的用白菜和羊肉，也有大葱和肉的。随着生活水平的提高，老百姓的饭桌上也是琳琅满目。按照民间的说法："谁家过年不吃顿饺子？"实际上，饺子不再是过年和冬至时的美食，平日，村子里的许多人家都能吃上饺子。

鸣沙村是一个各民族杂居的移民村，村子里 151 户居民中有 20 户是汉族。这 20 户汉族都是从海原县甘城乡搬来的。在这个新的村庄里，各族群众和睦相处，互相尊重，逐渐形成谁也离不开谁的意识。

2019 年 9 月，鸣沙村被评为全国民族团结进步模范集体，受到国务院的表彰奖励，这些成绩的取得来之不易，这是鸣沙村的光荣，也是鸣沙村各族群众共同努力的结果。

去银川市领奖的那天早晨，村支书杨生宝来找我，他说："马老师，你有西装吗？借我用一下，上面要求领奖的时候要穿正装。"我说："有，但不知道合不合身。"我回到宿舍，找出多年不穿的一套"报喜鸟牌"西装。杨生宝试了一下，正好合适。他就高高兴兴地去了银川，然后，抱回来一块沉甸甸的奖牌，并将之放在村部会议室最醒目的地方。

住在 B26 的乔永银，也称得上是一个有手艺的人，主要做木工、搞装修。家中两个孩子，一个上初中，一个上职高。上初中的女儿乔如钰患有先天性心脏病，享受国家的低保。平时，学校对这个孩子也是格外照顾，允许她迟到早退。乔永银早出晚归，忙着挣钱养家，家里的事情都是乔永银的老母亲照料，家庭条件虽一般，一家人倒也其乐融融。冬至那天，他母亲也包了饺子。我们和她聊了聊家常，及时掌握家里的生活现状。

村子里的人吃肉不再是多么奢侈的事，但是肉的来源却非常单一，主要靠开超市的罗小金买来一头活牛，然后请人宰了。每次听到宰牛的信息，村民们便像潮水一样涌到罗小金家门口，排队等候称肉，有买三五斤的，也有买十几斤的，家家户户都有冰箱，吃不完了就存在冰箱里。肉很鲜嫩，不掺假，也不可能注水，而且价格也比市场价便宜，村民们十分放心。罗小金从中赚点辛苦钱，他告诉我："马老师，我的钱赚在明处，村子里的人都知道，都是乡里乡亲，没有什么不可告人的。"这是罗小金的聪明之处，做生意贵在诚信，唯有诚信，才可以把一件事做得长久。

村子里经常来一些开着客货车的小商贩，他们的车子缓缓行驶在纵横交错的村道上，车上绑着一个电喇叭，喇叭里飘出"辣子、茄子、西红柿""芋头、鸡蛋、手擀粉"的叫卖声，录制好的叫卖声在村子的上空随风飘荡，每每听到这些喊叫声，村子里的人便忍不住从各自的家里走出来，围在客货车前讨价还价，价钱说好了，就买一些自己需要的东西带回家。

如今，鸣沙村许多人家的大门口都挂着一个牌子，这是中卫黄河农村商业银行颁发的"信用农户"的牌匾，这是一个金字招牌。正因为村民的诚实守信，鸣沙村被黄河农村商业银行命名为"信用村"，也被沙坡头区扶贫开发办公室命名为"扶贫小额信贷诚信村"。

这些听起来也不是什么惊天动地的事情，但的确是世间最美好的存在。

29

以下我要叙述的内容，看起来似是流水账，但至关重要，我的驻村笔记不能绕道而行，这是根本，相当于一棵大树的根，其他都是枝枝叶叶。

鸣沙村隶属中卫市沙坡头区迎水桥镇，地域面积 1289 亩，有耕地 774 亩，西距国家 5A 级旅游景区沙坡头 1.5 公里，东距中卫市区 15 公里，是"十二五"规划生态移民村。

2012 年 10 月和 2013 年 10 月分两批从海原县李俊乡、甘城乡以及李旺镇搬迁 151 户 704 人，其中回族 131 户 604 人、汉族 20 户 100 人。

全村共有建档立卡贫困人口 73 户 297 人，至 2018 年脱贫 69 户 287 人，剩余 4 户 10 人未脱贫；2019 年脱贫 1 户 2 人，新增贫困人口 1 户 2 人。主要是因病、因学、因技术、因资金致贫。

2017 年以来，村"两委"班子和驻村扶贫工作队开展了服务、沙瓶画、驾照等技能培训 15 期，增强了贫困群众发展能力；挖掘地理位置优势，培育乡村旅游产业，有 5 户经营农家乐，93 户依托旅游景区长期务工，53 户在外从事种养殖、餐饮、运输、建筑等行业。义务教育阶段适龄儿童在沙坡头小学和黑林学校上学，无辍学学生；村级卫生室配备村医及设备，家庭医生签约率达 100%；全村通自来水、户户通广播电视、村子里通班车、村巷道建成水泥路和柏油路。

近年来，我们做的工作主要有以下几个方面。

一是宣传脱贫攻坚各项方针政策和工作措施。二是加强基层组织建设，推动落实管党治党政治责任。培育贫困村创业致富带头人，打造"不走的工作队"。三是开展贫困人口精准识别、精准帮扶、精准退出工作，拟定年度脱贫计划。四是参与实施特色产业扶贫、劳务输出扶贫、贫困户危房改造、教育扶贫、科技扶贫、健康扶贫等精准扶贫工作。五是推动发展壮大村集体经济。六是注重扶贫同扶志、扶智相结合，做好贫困群众思想发动、宣传教育和情感沟通工作，激发群众摆脱贫困的内生动力。七是加强法治教育，推动移风易俗。八是推动金融、交通、水利、通信、文化、社会保障等部门和行业的专项扶贫措施落实到位。

驻村扶贫工作队入住鸣沙村以来，遍访建档立卡贫困户，摸清基本情况，宣传脱贫攻坚各项方针政策和工作措施。我们始终如一地配合村"两委"班子，并且与帮扶干部积极合作，根据建档立卡户的家庭实际，精准对接扶贫政策，让党的阳光雨露滋润每一户困难群众。

驻村工作，让每一个帮扶干部都有了一些新的思想认识，特别是通过学习习近平同志有关扶贫工作的论述，我们更加坚定了打赢脱贫攻坚战的信心。

"人民对美好生活的向往，就是我们的奋斗目标。""以造福人民为最大政绩，想群众之所想，急群众之所急，让人民生活更加幸福美满。"习近平总书记的亲切教诲，时常回荡在我们的耳畔，从而成为我们扶贫工作的灯塔，指引我们不断向前。

实践证明，没有落后的群众，只有不会工作的干部。与其埋怨别人，不如让自己变得更加优秀。

驻村以来，我们通过有奖竞答、入户提问、微信转发等多种形式，让鸣沙村的每一个群众都懂得党的惠民政策，通过一张鸣沙村建档立卡户政策性收入明细表，让所有人都明白：没有共产党的好政策，就没有我们现在的好生活。

人都是有感情的，只要我们把工作做到实处，对群众晓之以理，动之以情，就没有跨不过去的坎、翻不过去的山。

<h2 style="text-align:center">30</h2>

不知道为什么，最近我的脑子里一片乱麻，许多事情纠缠在一起，剪不断理还乱，该记的记不住，该忘的忘不掉。或许，这也是人生必须经历的一个过程。随着年龄的增长，许多问题接踵而至，老眼昏花，记忆衰退，身体就像一部老爷车，到处都是毛病。

想起中学语文课本上学过的苏轼的一首词《念奴娇·赤壁怀古》中的几句"大江东去，浪淘尽，千古风流人物……故国神游，多情应笑我，早生华发。人生如梦，一樽还酹江月。"

回想自己的过去，自然不是什么"风流人物"，但至少也是"千军万马争过独木桥"中的佼佼者。高考改变了我的人生，让一个农民的孩子成为国家干部，这一切应该说得益于我的记忆力，也是我引以为豪的看家本领。可是，最近的一次考试，让我颜面扫地，没齿难忘。

这是迎水桥镇组织的一次精准扶贫脱贫工作知识考试。考试的时候，迎水桥镇领导、鸣沙村的包村干部亲自监考，考场气氛异常严肃，在这种场合作弊显然是不能的，只好硬着头皮任凭考官们"烤烤烤"，结果勉强考了70多分。

"桌上有两张纸，一张是试卷，另一张也是试卷。寒冬，天气颇冷，脊背上却一层又一次热汗。题目照例是不会做了，先生的讲义上全然没有见过。责任似乎并不在我，譬如使惯了刀的，这回要我耍棍，能行吗？"这是模仿鲁迅写作特色发布的关于考试的搞笑跟帖。这段话真的很有意思，用来描述我在考场上的情形，再妥帖不过了。

考试结束后，镇党委书记在全镇干部会议上宣布考试成绩，尽管我的考试成绩不是最低的，这已经让人无地自容。事后，我自嘲道："人老了，弦也调不准了。"这是某部电影里的台词，我借用以表达我的无奈。实际上，我的意思是：人老了，脑子不好使了，人不服老是不行的。

这次考试，虽说是一次脱贫工作基本知识的检测，但足以看出我的短板，平日虽然多次给老百姓宣传有关扶贫工作的知识和政策，但多数都是照本宣科，理解力当然没有问题，只不过记忆力确实今非昔比了。

2019年的脱贫工作验收，采用省（区）级交叉考核的形式，是国家层面检验沙坡头区扶贫工作的重大事项，从上到下，从下到上，所有的干部都精心准备，每一个人、每一个村，都不敢掉以轻心。按照上级的说法，我们代表的不是某个人、某个村，而是整个中卫，乃至整个宁夏，上升到这样的高度，大家的压力可想而知。有些事，我们有可能做不到最好，但是通过努力，我们应该做到更好。否则，就真的"无颜见江东父老"了。

为了迎接"国考"，我们放弃了所有的周末，大家任劳任怨，无怨无悔。村部办公室成了我们备考的主战场，总觉得某些方面还不够完善，还需要进一步查漏补缺。一盒盒档案资料摆在我们的面前，所有的努力都是为了一个目标，顺利通过"国考"的检验。

村支书和驻村第一书记的压力明显比我们的压力更大，尽管做了一切该做的事情，尽管一次又一次地走访建档立卡贫困户，我们还是没有十分的把握。该做的功课都做了，考好考不好，我们说了不算。

最近几天，我重温习近平总书记关于脱贫工作的重要讲话，内心更加澄明。每一个困难群众都是习近平总书记心中的牵挂，脱贫攻坚的鼓声时刻响在他的心中。凡是重要的会议、时间节点，习近平总书记都不忘对脱贫攻坚作出布局和指导。

"全面小康路上一个都不能少。""脱贫攻坚越到最后时刻越要响鼓重锤，决不能搞急功近利，虚假政绩的东西。""基本医保、大病保险、医疗救助是防止老百姓因病返贫的重要保障。这个兜底作用很关键。"

习近平总书记的这些讲话语重心长，充满了对贫困群众的深情厚谊，这些蕴含着真理的名言警句，直击人心，令人难忘。

2020年，我们将完成脱贫攻坚目标任务，眼下正是最关键的时候，每个环节、每个步骤都至关重要。

大道至简，实干为要。让我们在时代的号角声中，冲锋陷阵，攻坚克难，以脱贫攻坚的扎实业绩造福人民，为全面建成小康社会奠定坚实基础，向党和人民交上一份满意的答卷。

31

幸福的家庭大致相似，不幸的家庭各有各的不幸。

这是托尔斯泰说过的一句话，用这句话来形容鸣沙村尚未脱贫的建档立卡户，也是非常恰当的。

在鸣沙村的73户建档立卡户中，仍然有4户未脱贫，究其原因，确实是各有各的难处。

驻村期间，我对这几户贫困家庭特别关注，时常到他们的家里走一走、问一问，看看他们生活得怎么样，家里有没有余粮。除了B31的罗成有之外，其他三户长期住在村子里。

罗成有的户籍上只有他和妻子两个人，两个人都有低保，都到了领养老金的年龄，按照2019年的收入情况，罗成有应该符合脱贫条件。但是，贫困人口"五个不能退"中有一条明确规定："贫困户家庭成员当年患大病并需持续用药治疗的，不能退。"由于罗成有患病，需长期治疗，自然就不易脱贫。

第一次见罗成有是在村部办公室，不知道为了什么事，那天罗成有的火气很大，话语中有一股浓烈的火药味。后来经过了解，他发火是因为不知道听谁说要收回他的房子。他的房子长期没人住，他和妻子在固原某单位找了一个看大门的活儿，一个月1000多元的工资，这收入对他而言极其重要，他需要这份工作。

情况搞清楚之后，罗成有的火气就消了，脸上有了一丝笑意。我问了一下他的病情，他告诉我他的病情没有什么大的变化，只能靠吃药勉强维持现状，活一天算一天，活着还得往前奔。我理解他的心情，即便千难万难，也要竭尽全力。

每次路过 B31 这栋锁着的房屋，我总会想起罗成有憔悴的面容，不知道他现在过得怎么样。

住在 B72 的王治福，是鸣沙村年龄最大的未脱贫的建档立卡户，老两口都年近 80 岁，而且妻子双目失明，生活不能自理，两位老人相依为命，步履蹒跚地行走在风雨飘摇的人生道路上。每次谈及他的情况，王治福老人都会对自己享受的各种政策如数家珍，言语中流露出对党和国家的感激之情，他的话出自肺腑，一片真心。只有共产党的好政策，才能让像他这样的丧失劳动能力的人过上衣食无忧的日子。

杨生月一家两口人，是 2019 年新纳入的建档立卡户，原因当然是收入未达到脱贫标准。

年轻时，因为一次车祸，杨生月的腿摔坏了，不得不装上钢板。为了生活，他拖着一条残疾的腿，风里来雨里去。如今，这块钢板依然镶在他的骨肉里。随着年龄增大，日子过得越来越难。虽然有低保，生活还是没有保障。鉴于这种状况，经村委会提名，村民代表大会评议以及审核、公示等相关程序，杨生月家最终被列为建档立卡户。

谁都希望自己的日子像芝麻开花，没有人愿意走回头路。通过走访鸣沙村几户未脱贫的建档立卡户，我进一步理解了动态管理的好处，生活中会发生许多不可预料的天灾人祸，足以摧毁一家人的信心。

周末去罗成虎家，正是吃午饭的时候，炕桌上摆着一盘土豆丝、一盘酸白菜。罗成虎的妻子丁发麦，还有两个孩子正准备吃饭。我问丁发麦："掌柜的去哪里咧？"她告诉我："出去了，可能去超市了。"

罗成虎也是鸣沙村未脱贫的建档立卡户，家中 4 口人，两个孩子，大女儿上初中，儿子正在上小学，家庭收入主要靠低保和打工，日子过得勉勉强强。致贫原因是丁发麦患尿毒症，我在前面写过她的情况。每周两次透析，长期治疗，花费很大，如果没有政府的救助，这家人的生活不可想象。

我问过丁发麦一些关于帮扶人、政策性收入、产业补贴、学生上学补贴等情况，她都能说清楚，对于一个没有上过学的农村妇女来说，记住这些琐碎的事项，实在是不容易。看来她牢记着国家扶贫政策的好。

临走时，丁发麦问我饭在哪里吃？如果不方便，就到她家吃。这些朴实的话，让我内心温暖，除了感谢，更是感动。

在鸣沙村，村民们把我们驻村干部当作自己的亲人。不管他们的日子过得多么艰难，他们的心里依然留着一些空间，装着别人的冷暖。俗话说，天上最美是星星，人间最美是温情。

我曾经看过一则新闻，也可以理解成是一个故事：一个骑三轮车收废品的老大爷，不小心撞上了停在路边的一辆豪车，撞破了一盏尾灯。

老大爷手足无措地站在原地不知如何是好，知道是自己的错，却又无力赔偿。此时，一位衣着考究的男士走过来，看到车子被撞坏，便问："你撞的？"老大爷搓着手点头："对，对不起……"男士又问："赔得起吗？"老大爷满脸愁苦地说："赔不起。"男士说："赔不起，还不走？"

看着老大爷慌不择路地走远了，男士这才掏出钥匙，开着那辆尾灯被撞坏了的车到修理厂。

人生在世，各有各的不易，各有各的难肠，只有将心比心，才能彼此谅解。一个真正有涵养的人，应该懂得换位思考，懂得宽容。

32

睡到半夜，感觉浑身发冷，宿舍里的温度很低。揭开火炉的盖子一看，炉膛里的火早就灭了。隆冬时节，鸣沙村的夜晚极其寒冷，尤其到了数九寒天，滴水成冰。

一个人的夜晚孤寂、漫长、单调、无聊，一床薄被抵挡不住刺骨的冷。穿上羽绒服，我独自走出冰冷的宿舍，漫步在鸣沙村的夜色中。

一排排白墙灰瓦的农舍，沐浴在清凉的月光中。

脚下的树叶在寒冷的夜风里扑簌簌的响，冷风从衣领处钻进来，浑身上下弥漫着彻骨的寒气。这样的情景，最容易让人怀念一个温暖的家，怀念童年那盘用羊粪烧的热炕。

弗拉基米尔·纳博科夫说："生动地追忆往昔生活的残留片段，似乎是我毕生怀着最大的热情来从事的一件事。"他的意思是，记忆是一个人一生最重要的精神资产。

不知道为什么，我总觉得越近的事情越容易忘记，越久远的事情反而越记得清楚，这算不算人们所说的初老症的症状。

一生再长，或许都是童年的某种延续。

转眼即耳顺之年，据说，到了60岁，听别人说话便可判断是非真假。我的理解是，到了耳顺的年龄，能够听得了逆耳之言，也能够喝得下苦口之药。

夜半三更回忆旧事，有一种恍若隔世的感觉。

有诗曰："只要想起一生中后悔的事，梅花便落了下来。"

我感觉一生中所走过的路，虽然风雨飘摇，坎坎坷坷，却没有什么可以后悔的。不管是曾经的教书育人，还是如今的驻村扶贫，都是值得回味的。

走着走着，鸣沙的夜，不再寒冷。

走着走着，脚下的路，铺满温馨。

一年的驻村生活，串联成几万字的驻村笔记。想想自己在临近退休的时候，走进鸣沙，书写鸣沙，内心就有一股欢喜油然而生，这是一段不可忘记的经历。

记忆是定向的，把一些记忆关闭的同时，另外一些记忆便被悄悄地打开。定格下来的记忆，似乎超越了现实的存在而成为一幅独立的画面，成为某种隐喻。

我抓紧行走，在这条熟悉的村道上，村庄的灯火稀稀拉拉，却格外地亮。

回到宿舍，我一如既往地坐在笔记本电脑前，认真地敲打每一个炽热的文字。

我想，无论如何，在往后的日子里，对所有被我珍惜的物事，我都要以一种从容与认真的态度去对待。

33

接近年关，天气越来越冷。村子里外出打工的人，陆陆续续回来了。但也有少数人依然留在南方，为了生活四处奔波。因为他们知道，还不是停下脚步的时候。

一些平时很少见面的人，在鸣沙村的广场上游荡。也有人躲在自家的屋子里玩游戏、耍"快手"，还有人聚在罗小金的商行，盘腿坐在热炕上，聊天、抽烟、打扑克。忙了大半年的打工者，难得有一段忘我的悠闲时光。有时候，我也会加入到他们中间，询问一下他们在外面打工的情况，譬如在什么地方打工、收入多少、吃住咋样？

鸣沙村的大部分人文化程度不高，出门打工只能干一些体力活，有人在建筑工地搬砖、背水泥和沙子，有人装货卸货，凭体力挣钱，一个月赚几千元。但也有人身怀一技之长，给别人开大车，跑运输，每月收入过万。

罗进虎和罗进祥是亲兄弟，哥俩都是司机，罗进祥在内蒙古一家公司开拖挂车，收入不菲，一个人养活一家。罗进虎给别人开大车，足迹遍布全国各地。

第一次见罗进祥是在沙坡头旅游新镇的杨记手抓餐厅，他和妻子马玉花正一起吃饭。我认识马玉花，她是沙坡头区的人大代表，平时在家照顾孩子，旅游旺季时，在村子里的一家餐厅打工，一个月也能挣 2000 多元。我们几个驻村干部经常在马玉花打工的那家餐厅吃饭，时间长了，彼此便熟悉了。

罗进祥个子很高，人也帅气，消瘦的脸庞流露着灿烂而自信的光芒。在杨记手抓我们边吃边聊，他告诉我在外面跑车的艰辛和危险，跑长途运输的司机，是在拿命挣钱，为了养家糊口，真的不容易。

杨记手抓的老板是一个 30 多岁的年轻人，名叫杨瑞，也是搬迁到鸣沙村的移民，老家在海原县李俊乡。

杨瑞十几岁就走出家门，在外面学习厨艺。搬迁之前，他在迎水桥镇开了餐厅，取名"杨记手抓"。他的餐厅生意不错，主要经营手抓羊肉、烩肉、炒菜以及各种面食。由于饭菜味道不错，加之为人厚道本分，很快赢得顾客的青睐和好评，一时间门庭若市，就连住在中卫市区的人也开车来他的餐厅吃饭，真有一种"酒香不怕巷子深"的意思。

沙坡头旅游新镇建成之后，杨瑞在新镇重新开了餐厅。餐厅里雇用的服务员基本上都是鸣沙村的人，每年给打工的鸣沙人支付的工钱接近 10 万元。按照他的说法，他也为鸣沙村的脱贫攻坚贡献了力量。

确实如此，杨瑞没有忘记自己的父老乡亲，他用自己的方式帮助村子里那些需要帮助的人。

来鸣沙驻村之前，我曾经和几个海原的朋友到杨瑞的餐厅里吃过一次饭。我们要了几碗烩羊肉，他给我们送了一盘泡菜，并且说这是他们餐厅独有的，用自家的秘方腌制。起初，我们几个人半信半疑。可是尝了之后，不得不信服。泡菜主要用黄瓜条和萝卜片制作，看起来很一般，吃起来却与众不同，香脆味美，沁人心脾。

驻村之后，我和杨瑞接触的次数逐渐多了起来，有时候在他的餐厅，有时候在鸣沙村。我们几乎无话不谈，相互留了联系方式、加了微信。每次打电话或者见面，他都叫我"马叔"，我和他的父母年龄相差无几，这样的称呼，倒也合乎情理。

驻村期间，我给杨瑞帮过几次忙。他自己病了，我联系中卫市医院一个熟悉的医生给他检查。他的侄女患病，我又联系在银川市医院工作的亲戚帮忙检查。只要他有需要，我总是不厌其烦地帮助解决。

我一直认为，作为一名驻村干部，帮助鸣沙村的老百姓，是我的职责，我没有理由推脱。

其实，在鸣沙村，我也尽心尽力地帮助过其他村民，我始终认为老百姓的事，就是我的事，为他们做任何力所能及的事情，我心甘情愿，乐此不疲。

34

第一次见到买玉龙是在罗成旺家的商店门口，他骑着一辆摩托车，车后跟着一只体型高大的黑狗，看起来很是凶猛。狗看着我，我也看着狗，谁也不敢靠近。看到这种情景，买玉龙说："没事，狗不会咬你的。"然后，他又喊了一声："闪电，过来。"黑狗就乖乖地跑到他跟前。这时候，我才知道狗的名字叫"闪电"。

买玉龙买好东西，跨上摩托车，油门一轰，车子飞速地行驶在村里的柏油路上，身后扬起一股烟尘。"闪电"撒开腿紧随其后，不离不弃。

买玉龙个子不算太高，身村偏瘦，但给我的初次印象是精气神很充足。

买玉龙住在 B61 号，平时很少在家里。他在吴忠市开了一个家电清洗的店铺，专门清洗抽油烟机、太阳能热水器、电冰箱以及供暖管道，收入还算不错。

有一天，我独自去买玉龙家走访，碰巧他不在家。

我站在他家门口，"闪电"似乎不认识我，对着我汪汪汪地叫个不停，狗被一条铁链拴着，但气势汹汹，让我胆战心惊。我小时候被村子里的狗咬过，至今心有余悸，见了狗，总是躲得远远的。

听到狗的叫声，屋里出来一个女人，是买玉龙家的亲戚。她告诉我家里没人，两口子出门去了。

春节前，买玉龙又一次出现在村子里。我们在村部见面，聊天时说起他家那只叫"闪电"的狗。他说："这是一条德国牧羊犬，也叫黑贝，它很聪明，也很听话。只要好好地饲养、训练它，它就通人性，而且还能帮你做好多事情。"

在疫情防控期间，村子里设了监测站，许多人都加入到防控队伍之中，买玉龙也是其中一个。当然，也包括他的"闪电"。

买玉龙一到村口执勤点，"闪电"就尾随其后。特别是到了晚上，值夜班的人困得打盹，只有"闪电"精神抖擞地盯着远方。一旦有什么风吹草动，它就忍不住发声。它的叫声十分响亮，引得村子里所有的狗在不同的院子里狂吠，整个村庄淹没在一片犬吠起伏的波涛之中。

有一天，村口来了一个外村的人，他开着一辆白色的福特，非要让值班守卡的人放他过去。理由是他家在鸣钟村，以往都是通过这条路回家。值班人员不放行，他嘴里就不干不净地骂个不停。

那天，恰好"闪电"也在场，它不太清楚究竟发生了什么，疑惑地盯着被栏杆拦住的这个人。

尽管村子里值班的人反反复复地讲道理，那人还是不依不饶，大有一种不达目的决不罢休的意思。碰到这种不讲理的人，只有一个办法，那就是让"闪电"对付。

买玉龙拍了一下"闪电"的脊背，轻轻地说了一声："闪电，上。"接到命令的"闪电"，嗖的一下蹿到卡口的栏杆前，势如破竹。

看到如此凶猛的气势，开福特的人吓得面如土色，赶紧开着车灰溜溜地跑了。

在村口值班的这段时间，"闪电"渐渐地认识了我。它看到我和买玉龙亲密交谈，也在我的身边转来转去，甚至表现出一副温顺的样子。突然之间，我对"闪电"不再恐惧，倒有几分喜爱。我不由自主地摸了一下它的脑袋，这家伙仿佛害羞了，低着头走到主人跟前，怯生生地望着我。

我特意为"闪电"拍了一张照片，把它放在我的 QQ 空间里，照片的背景是鸣沙村监测站。我给这张照片命名为《忠诚的卫士》。我想，如果"闪电"知道，它一定会感激的。

狗是人类最忠实的朋友，给它一点温暖，它一定会陪伴你一生。

在鸣沙村的疫情防控工作中，许多老百姓做出了令人钦佩的举动，他们舍小家顾大家，不计报酬，不求回报，心甘情愿为全村人的安全守护大门。有些平时懒散的人，都积极行动起来，主动参与到执勤中来。

买玉龙在这次防控工作中，看到了村党支部的凝聚力和号召力，他被身边的党员感动了。在这个特殊时期，他向村党支部递交了一份入党申请书，期望能够早日加入到党组织之中。

35

驻村期间，我一直想用文学的形式记录脱贫攻坚这个时代的主旋律以及参与其中的每一个人。作为一个热衷于文学的写作者，自觉书写时代是一件非常崇高的事情。

当我意识到自己的写作无法离开乡土或者基层，离不开接触到的人和事，我的笔就没办法停下来。不知道多少个孤寂的夜晚，面对电脑屏幕，我的思绪像春天的一缕清风，穿行在鸣沙村每一个角落。

立春后，天气一下子变得温润起来。迎面而来的风，不再凛冽。春阳暖暖地洒在村庄的各个角落，麻雀和喜鹊在柔软的树枝上晃荡，村子里的孩子也像小鸟一样，在村子中央的广场上唧唧喳喳。

憋了一个冬天的村民纷纷走出家门，开始在自家的菜园里忙活。习惯了土里刨食的农民，到了春耕的季节，总想做点什么。村子里的土地全部流转了，他们便把体力投入到眼前的三分地里。

我最先看到马志奎在翻地，他拿着一把铁锹，把沉睡中的泥土唤醒，脚下湿润的黄土散发出一股清新的味道。我忍不住走到他身边，用手机拍了几张照片。

马志奎笑眯眯地看着我，额上渗出细密的汗珠。他一边翻地，一边气喘吁吁地说："时间长了不动弹，浑身硬邦邦的，一点都不舒服，吃饭不香，睡觉不好。哎，没办法嘛，农民就是天生受苦的命。"

这些相信命运的农民，无论在十年九旱的老家，还是在搬迁之后的新家，他们不等不靠，把美好的希望寄托在生机勃发的土地上。

我理解他的心情，也理解每一个农人对土地的深情与挚爱。这是一个怀念故土的老农，不忍心土地被撂荒，即便是面积不大的园子，他也没理由让它荒芜。

园子里有两个低矮的小拱棚，上面覆盖着透亮的塑料薄膜，前几天撒下的菜籽已经破土而出，星星点点的绿点缀着春天的意象，像一行行小诗铺展在温润的纸张上。

离开马志奎的菜园，我随意漫游在村庄的小道上，环顾四周，到处都是繁忙的景象。村子里在家的人都在整理自家的土地，他们的劳作构成一幅幅美丽的田园风光图，整个村庄笼罩在一片春意盎然的诗境里。

家家户户的园子里都种了几棵树，有苹果树、桃树、杏树、梨树、枣树，还有葡萄树。再过一段时间，各种果木的花儿依次开放，一个盛大的春天粉墨登场。

鸣沙人对土地有着无法割舍的情感，特别是一些上了年纪的人，他们对待土地的态度十分虔诚，犹如自己的信仰。铁锹、锄头、镰刀、铲子、耙子以及砍柴的斧头，都被他们擦得锃亮，安置在院子里的某个角落。

2019年春天，我们几个驻村干部，在村支书杨生宝家的园子里试着种了几畦蔬菜。从平整土地开始，然后起垄、铺膜、插苗、浇水，忙得满头大汗，腰疼腿酸。说实话，我们几个都算不上种菜的行家，平日也不曾干过什么农活。几畦蔬菜折腾了我们一天。事后，我更加深刻地体悟出"谁知盘中餐，粒粒皆辛苦"的内涵。

几周之后，园子里的西红柿、辣椒、茄子、黄瓜结得丰硕，模样可爱，格外诱人。看到自己的劳动成果如此美好，我们的内心充满欢喜。劳动虽然是一件辛苦的事，但也是一件愉快的事，只有身体力行，才会有诸多感悟。

36

春节假期还没有结束，一场新冠肺炎疫情席卷神州。举国上下，人心惶惶，一时间微信群里各种有关疫情的信息铺天盖地，面对这场突如其来的疫情，鸣沙村的群众和其他地方的人一样，内心充满了恐惧和无奈。

接到上级通知之后，鸣沙村村支书杨生宝很快召集村"两委"班子成员，安排部署疫情防控工作。宣传疫情防控知识、设卡检查、登记来往人员、测量体温、入户排查、上报有关信息、密切监控外出返回人员、安排部署监测站昼夜值班人员，所有的工作有条不紊地进行。

随着时间的推移，形势越来越严峻。鸣沙村"两委"班子和驻村扶贫工作队深感责任重大，为了全村百姓的健康和生命，他们责无旁贷，全力以赴。

驻村第一书记刘巍刚刚走马上任，就投入疫情防控工作之中，他一边熟悉鸣沙村的基本情况，一边协助村支书杨生宝积极开展防控工作。没有节假日，没有周末，村干部和驻村扶贫工作队员毫无怨言，他们的努力和奉献只是为了一个目标，保一方平安，让鸣沙村的百姓安然无恙。

这次疫情防控是一场没有硝烟的战争，没有退路，不能犹豫，只有狭路相逢勇者胜。

关键时刻看党员，危难时刻显真情。疫情面前，鸣沙村党支部率先垂范，冲锋在前，充分发挥了党支部的战斗堡垒作用。

村支书杨生宝既是指挥员也是战斗员，无论白天、晚上，他始终如一地坚守在疫情防控工作的第一线，村口监测站几乎成了他的家，每天晚上他都驻守在值班室里，成了鸣沙村的第一守门员。

村干部以身作则，潜移默化地影响了村子里的党员和群众，他们纷纷走出家门，加入防控队伍之中，他们舍小家顾大家，义务承担全村的防控工作，从而赢得了全村百姓的信任和称赞。

为了解决群众生活中的一些实际困难，杨生宝主动承担了全村群众的采购和取快递等繁杂的事务，他开着自己的车到迎水桥镇去购买一些群众急需的生活用品，每天微信群里都有人发来一些买菜、买油盐酱醋和取快递的信息，他义不容辞地跑来跑去，为百姓排忧解难。

疫情，让人与人有了一定的距离，但是，让人心贴得更紧，病毒无情人有情。

村子里有了外来人员，需要隔离观察，杨生宝第一个站出来，承担接送任务，他不是不担心，而是为了其他人的安全，关键时刻，他总是考虑别人的安危。他的爱心在这个特殊时期，有了特殊的意义。

2月4日，一名本村外出务工人员从江西南昌回来，需要有人将其送到中卫市定点医院去隔离观察，杨生宝亲自开车把他送去。

2月11日下午，又有一位从银川市回来的村民，按照规定要居家观察，杨生宝带着几个村干部亲自到他家里部署有关防护措施。第二天，这个村民测试体温，有发烧的症状。情况紧急，刻不容缓，为了确保安全，杨生宝主动拉着他到市区医院检查。临走，他告诉几个村干部："如果我被隔离，不能回到村子里，请你们照顾一下我的家人。"

听到这番话，在场的几个人热泪盈眶。后来，经检查，最后确定是感冒引起的发烧，虽然是虚惊一场，但此事的确彰显了一个党员干部在危急关头无私无畏的品质。

由于群防群控，鸣沙村的情况基本稳定，老百姓的日子一如既往。群众的防范意识逐渐提高，他们从内心深处感激所有为他们默默付出的人。为了表达自己的心意，许多人给值班人员送来了水果、牛奶、饮料和方便面，也有人自发到村口值班室替换值班人员，让他们能休息一下。

灾难面前，人人为我，我为人人。特殊时期，总有一些人无私奉献，不求回报，他们所做只是为了保一方平安。

从来都没有什么岁月静好，只不过是有人负重前行。

37

新冠肺炎疫情防控期间，会议基本取消，有些非开不可的会议，只通知村支书或者第一书记去参加。村子里除了全力以赴防控疫情，其他事情一律让路。

生死存亡面前，所有的事情都是小事。

每天早晨，第一件事就是劈柴生炉子、打扫宿舍卫生。然后，到村口的监测站替换值夜班的人。闲暇时，打开手机浏览一下有关疫情的新闻和信息。

这些天，几乎不写任何文字，不是没时间，而是没心情。如今疫情成了我最关注的事情，各种消息不断地冲击着我的认知。作为一个写作者，我不仅关注自己的内心，也尽力体会别人的内心。

村子里已经没有了以往的热闹，整个村庄显得空旷而宁静。一场突如其来的疫情，让所有人在忙乱中镇定下来，村子里大多数人都把自己隔离在家，他们和全国各地的人一样，期待着疫情早点结束，期待着春暖花开。

一个多月来，中卫有无数医护人员、社区工作者、基层干部、机关公务员，以及各行各业的普通公民，为抗击疫情作出了巨大的贡献，其中不少人和事让我印象深刻。

灾难面前，文学应该承担什么样的责任，写作者应该从哪些角度去书写，值得思考。我想，作为写作者，更应该关注有血有肉的人，通过自己的作品，把人文关怀表现出来，就像在茫茫黑夜之中，给行人点亮一支蜡烛。

中国文联主席、著名作家铁凝说过这样的话："文学应当有力量惊醒生命的生机，弹拨沉睡在我们胸中尚未响起的琴弦；文学更应当有勇气凸显其照亮生命、敲打心扉、呵护美善、勘探世界的本分。"

"那些眼泪，不仅仅是悲伤，也有感恩。它是五味杂陈、百感交集的眼泪。一定要让这样流着眼泪的人去高歌猛进，去意气风发……"

疫情防控期间，有太多的瞬间值得铭记，有太多的感动让人流泪，有太多的故事值得书写。

从疫情发生到现在，有多少医务工作者奔赴荆楚大地，有多少农民工吃住在建设医院的工地。为了每一个需要呵护的生命，他们日夜奋战在抗击新冠肺炎疫情的最前线，谱写了一曲曲与时间赛跑、同病魔较量的英雄壮歌。

在人间烟火背后，总有数不尽的酸甜苦辣。那些琐碎日常，逐步融入我的生命之中。我真的庆幸能有这次驻村的机会，让我走进芸芸众生之中，身临其境地体悟他们的喜怒哀乐，书写一个村庄的日常与命运。

山乡变坦途
——海原县实施交通扶贫纪实

李鸿鹏

　　正在地里劳作的村民王良，指着进山的公路感慨道："如果不是当年党和政府带领我们下决心修路，你们这些城里人根本不会来这里，我们村也不知还要穷到哪个地步！"

　　其实，王良这番话语，道出了海原县交通建设助力众多山里人脱贫摘帽的圆梦心声。

回忆往昔——曾经伤心路

　　"这条路，真难修，全是坎，净是沟，叫汽车到这都打误，全靠毛驴往外肘。这条路，真特殊，这些年来没人铺，春耕化肥运不进，山里的柿子运不出，老百姓急得哇哇哭……"

　　赵本山的小品《三鞭子》中这段经典台词，曾是海原县交通滞后的真实写照。

　　说起村里以前没有公路的情形，70岁的红羊乡建国村村民马本顺似乎有说不完的苦衷："我们村穷就穷在这路上，因路不顺畅，农用物资难运进来，种的土豆难运出去。因居住条件差，村里还有好几个小伙子错过了结婚年龄，至今还打着光棍呢！"

道路的滞后不仅制约了山里人的出行，更制约着农村经济的发展。

穷则思变——倾力铺筑路

摆脱贫困，成了一代又一代海原人的梦想。近年来，海原县坚持"完善路网结构，提升保障能力，服务经济发展，着力改善民生"的交通发展思路，以交通基础设施建设走在前为目标，锐意进取，扎实推进交通建设、服务工作，营造"路畅其通，货畅其流，人便于行"的交通运输环境，为加快海原县经济社会跨越发展作出了积极贡献。海原县委、政府科学谋划，研究确立了"两高两联一贯通"的大交通发展思路。"两高"即建设黑城至海原、海原至同心两条高速公路，"两联"即东线联通关桥（瓦窑河）经贾塘（马营）至李俊（杨明）三级公路升级改造项目、西线联通关桥（瓦窑河）经西安、树台、关庄、红羊至李俊二级公路升级改造项目，"一贯通"即实施 S204 线（原 S202 线）二级公路升级改造项目。在此基础上，积极争取 S305 线海原至平川高速公路，基本形成以县城为中心，辐射南北、东西"十"字形的大通道和布局合理、覆盖城乡、连通内外、衔接顺畅、运行高效、安全便捷的综合交通运输路网。争资立项，干线公路快速发展。累计新改建干线公路 243 公里，完成投资 36.6 亿元。一是黑海高速公路建成通车。项目全长 59 公里，总投资 31.9 亿元。二是海同高速公路全面开工建设。海同高速公路全长 48.4 公里，总投资 25.3 亿元。2017 年建成通车。项目的开工建设，让世人见证了交通基础设施建设的"宁夏速度"，项目建成后，将大大提高海原外出通行能力，提高通行量。三是完成盘甘、潘西、七营环城路等干线公路升级改造项目 64.5 公里，完成投资 2.2 亿元。四是海西 12 公里二（三）级公路升级改造项目建设正在实施，总投资 5810 万元。

五是县内干线公路联通工程东线马营至黄坪段、西线西安至张湾段三级公路已开工建设。务实苦干，农村公路有序推进。累计新改建农村公路硬化路 821.5 公里，完成投资 6.48 亿元。实现了全县 168 个行政村等级公路全覆盖。

一路通，百业兴。在初尝交通带来的实惠后，海原人更是举全民之力，大兴交通。"敢想敢干，实干快干"的海原人，借助西部大开发带来的新机遇和政策扶持，用发展的眼光看得更高，更远。一是全力推进高速公路项目建设。加快 S103 线海同高速公路项目建设。创新思路，通过 PPP 等模式全力推进海原至平川、海原至中卫高速公路项目，力争早日建成东接福银、西连京藏的高速通道，打通至甘肃兰州、青海、新疆乌鲁木齐等地的交通物流大通道，有效解决海原县群众北进中卫市区问题，方便公路沿线农副产品外运，加快群众脱贫攻坚。二是全力推进干线公路升级改造项目建设。加快 S204 线（史店至李俊）二级公路升级改造项目，全长 62 公里，概算总投资 3.4 亿元；加快 G341 下小河至史店段、G341 三河至（固原）寨科二级公路改建项目建设，全长 43 公里（下小河至史店 23 公里，三河至寨科 20 公里），概算投资 2.15 亿元；积极争取东线联通工程，关桥（瓦窑河）经贾塘（马营）至李俊（杨明）公路，计划总投资 8800 万元，西线联通工程，关桥（瓦窑河）经西安、树台、关庄、红羊至李俊。三是全力推进铁路项目建设。新建环县经海原至中川铁路，全长 392 公里，海原境内 144 公里，概算总投资 432000 万元。新建太阳山至海原铁路，全长 171 公里，海原境内 64 公里，概算总投资 192000 万元。四是全力推进农村公路项目建设。今后五年，新改建农村公路硬化路 300 公里，完成投资 2 亿元。紧紧围绕脱贫销号目标，大力争取实施农村公路通畅工程，到 2018 年全面完成贫困村通硬化路的托底性目标，实现贫困村和贫困人口交通基本公共服务全覆盖，不断提升农村公路服务能力，加快群众脱贫致富进程。同步实施农村客运网络工程，着力改善贫困村群众出行条件。全面推进路运一体化建设，实现贫困村居民"出门有路、上路有车"。

喜看今朝——希望在路上

如今，这一条条公路，织成了新农村四通八达的交通网，铺就了海原人脱贫致富的小康路。

路通了，流通活了。"现在就是方便，随时都有商贩把化肥、农药、饲料和各种小商品送到家门口，家里种养的小茴香、蔬菜和牛羊，再也不用人力背运就可运进城。"关庄乡庙湾村村民陈先兰说起交通带来的便捷，心里更是乐开了花。

路通了，民心顺了。"过去我们读书那个年代，要走一个多小时的山路，一遇雨天，更是满身稀泥，想起都心酸。"回忆起交通带来的今昔变化，史店乡苍湾村村民马永江更是激动不已，"现在路修好后，通了客运班车，学生娃娃乘上了'幸福快车'，安全、便捷，大家心里很是舒坦！"

路通了，村民富了。关庄乡庙湾村组自 2015 年把这服务群众的"最后一公里"的通组公路修好后，贫困户陈方伦次年借助交通优势，将原来喂养 1 头母牛扩大到 5 头，当年增收就达 2 万元，一举摘掉"穷帽"。

面对交通带来的大发展，海原人依然责任在肩，将依托现有的交通基础体系，着力打造综合交通网络，加速推进海原县向和谐、美丽、开放、富裕的目标迈进。

安得广厦千万间

马卫民

唐朝大诗人杜甫在他的《茅屋为秋风所破歌》的结尾写道："安得广厦千万间，大庇天下寒士俱欢颜！风雨不动安如山。呜呼！何时眼前突兀见此屋，吾庐独破受冻死亦足！"

杜甫一生颠沛流离，生活贫困。公元 761 年的春天，诗人求亲告友，在成都浣花溪边盖了一座茅屋，总算有了一个栖身之所。可是，天有不测风云，当年的秋天，大风破屋，大雨接踵而至。杜甫彻夜难眠，感慨万千，写下这首脍炙人口的诗篇。

诗写的是自己，表现的却是忧国忧民的情感。

如何才能得到千万间宽敞高大的房子？让天下贫寒的读书人安身。

几千年之后的今天，杜甫的"安得广厦千万间"终于有了答案。

每次回二沟老家，路过耙子洼、刺儿沟、野狐坡、菜园、水沟洼、田家渠、张沟，一直到我的老家，沿途看到的最美丽的风景，就是老百姓盖的新房子。那些拔地而起的红砖红瓦房，气定神闲地矗立在水泥路边，玻璃门窗在阳光的映射下闪耀着金色的光芒。高高的屋顶上雕刻了一些栩栩如生的白鸽，一副展翅欲飞的样子。地面铺了瓷砖，墙面贴了各种图案的瓷片，家家户户都装了太阳能热水器，通了自来水，水龙头一拧，清亮亮的水便哗啦啦地流了出来。大多数人家的院子路面都硬化了，也有人家留了一些空地种菜养花。春末夏初，菜圃里的蔬菜郁郁葱葱，院子里的花儿开得五彩缤纷，牛羊的叫声在棚圈里此起彼伏，一派新时代的田园风光，让人感慨不已，流连忘返。

那些曾经居住在崖窑、箍窑、土坯屋里的贫困农民，如今都搬到开阔的平地上，盖起了"广厦"，过上了让人羡慕的幸福生活。

这是一个"天翻地覆慨而慷"的时代，这是一个"大庇天下寒士俱欢颜"的社会，只有中国共产党领导下的新中国，才能实现这样的宏伟目标。

发生在海原县的战贫故事是中国脱贫事业的一个生动的缩影，是芸芸众生安居乐业的一个鲜活的样本。

行走在海原县大地上，看到日新月异的农村图景，我的内心无比震撼。在这片曾经被定义为"不适宜人类生存"的土地上，世世代代的海原人，历经千难万险，终于走向时代的康庄大道。这个奇迹完全可以写进波澜壮阔的脱贫攻坚的史书中。

海原县没有海，海原县十年九旱，是"西海固"核心区，土黄色是它的主色调。

海原县的居民祖祖辈辈依"土"而生，依"土"而居。100年前，一场大地震把居住在窑洞里的人们逼出深山丘陵，大兴土木修建土坯房，直到2016年底，仍有3万多户居民住在"危"字号的旧房里，成为"西海固"脱贫攻坚的硬骨头。

住房安全保障是脱贫攻坚"三保障"之一，也是可视性最高、群众获得感最强、评估考核份额最重、真正保障到位最难的项目之一。

到2020年稳定实现农村贫困人口住房安全有保障，是对六盘山集中连片特殊困难地区——国定贫困县海原县的重大考验。

海原县委、政府立下愚公移山志，坚决把以习近平同志为核心的党中央提出的"两不愁三保障"重大任务转化为具体工作，紧紧围绕目标，坚定信心决心，压实责任、强化举措、真抓实干，坚决攻克坚中之坚、难中之难，把高质量、高效率解决农村困难群众住房安全问题作为全县头等大事和一号民生工程来抓，利用 3 年时间在这场脱贫攻坚战的主战场，全覆盖实施危窑危房改造和拆旧建新 36926 户，摸索出一个改得动、拆得掉、盖得起、建得好、推得快的海原模式，使 14.6 万农村居民实现了安居梦，住进了安全房、舒心房。

如今，广袤的大山里，一片接一片的红砖红瓦房，已然成为山塬间一道亮丽的风景。这一脱胎换骨的变化，是习近平新时代中国特色社会主义思想在"西海固"大地上的生动实践。

海原县百姓的安居梦是沉重的，有许多难以跨过的坎儿。

海原县地处宁夏中部干旱带，是"苦瘠甲天下"的西海固地区的重点区域，也是宁夏"五县一片"深度贫困地区之一。全县有 150 个行政村、11 个社区，总人口 47 万人，其中农村人口占 78%。有贫困村 126 个，建档立卡贫困对象 26523 户 103163 人，其中深度贫困村 44 个、建档立卡贫困对象 6509 户 24958 人，"一方水土养活不了一方人"曾是这里的真实写照。

1920 年海原县发生的 8.5 级特大地震，是地震历史记录震级最强、伤亡人数最多的一次环球大地震，造成 28 万余人死亡，仅海原县便死亡 7.3 万余人。全县境内房屋全部倒塌，夷为平地，据统计，房屋、窑洞倒塌达 20 万间之多，破坏和损坏更不计其数。自地震之后，人们纷纷走出窑洞盖起新房，但海原县地质灾害较多，每逢下雨，湿陷性黄土地上建起的房子地基容易变形，无论自建房如何迭代，房体结构经常性遭到破坏，久而久之成为危房。

多年来，很多 D 级危房户主对老房子有依恋情结，宁可简单修缮或闲置，也不愿拆除或新建，"墙在宅基在"的陈旧观念很难破除。有一部分家庭将老房子用作老人养老住房和异地居住居民返乡暂住房，"将就将就"的思想依然较盛。有些家庭拆旧建新的愿望较为迫切，但对危房改造、农村环境整治、新农村建设等项目政策期许更高，"等一等"的心态较浓。也有一部分家庭心存顾虑，对拆后临时住房等筹备困难，需要"缓一缓"，等待时机。

危房存量大、建设标准低、地质环境复杂……一下雨，群众忙修补，干部忙入户，这里的乡村成为紧急救援的"战场"。破烂不堪、危机四伏的危房影响了脱贫攻坚战的进度。改善居住环境，住进安全舒适之所，是民之所盼所急，是新时期人民群众对美好生活的最大向往，也是摆在海原县委、政府面前的一张严峻考卷，一项刻不容缓的"生命工程"。

困难虽多而艰，但破局之势渐成。

海原县在脱贫攻坚战役中，大力实施产业富民工程，大力实施饮水、住房、教育、医疗、社保五大兜底保障工程，大力实施专项攻坚行动，构建大扶贫格局，经济发展蒸蒸日上，成绩单不断刷新：2014—2017年，全县农村居民人均可支配收入分别增长12.2%、8.5%、9.8%、11.4%，2017年达到7661元。每年转移就业近10万人，创收10亿元以上，农民工资性收入占到总收入的近50%，腰包渐渐鼓了起来。

海原县连续几年把农村困难群众危房改造工作列为15件民生实事之一，一场规模空前、力度空前、投入空前的农村住房安全保障决战在海原大地全面铺开。危房改造工作坚持目标导向、问题导向，精准聚焦每一户群众，因类因户因人施策。2017年伊始，海原县组织专业航拍机构、鉴定机构、技术人员和乡镇干部，对全县18个乡镇逐村开展影像拍摄，逐户实地鉴定、核查核对，准确识别研判每乡每村每户危房等级、家庭经济状况和个人想法。同时，按照分类排序、分步实施的原则，严格落实审核公示制度，严把入户、登记、照相、审核4个关口，做到不重登、不漏登、底子清、情况明、对象准，不遗漏一户。

为了做好全县的危房改造工作，海原县抽调干部，为每个村配备几名工作人员，成立了工作组。入村工作组把"D 级危房必须拆除，新建房必须于 2019 年 9 月 30 日前完工"的"两个必须"政策要求广泛宣传到每一户。同时，根据摸排情况制定提出了"以拆促建"为抓手，"激励政策""拆除政策""四种建设方式""八个一批"为方法的工作思路，一时间在各个乡村掀起了拆旧建新的波澜。

在史店乡田拐村，我看到整村推进产生的效果。

2016 年，田拐村被海原县列为整村推进村。根据县上提出的因地制宜、因村制宜的差异化要求，村"两委"班子成员挨家挨户宣传动员，统一思想，争取支持，筹工筹劳抓危房改造。由于大多数村民依山而居，家家户户居住的房屋参差不齐，请来的专业设计人员难以编制规划。最后，几个村干部聚在一起，熬了几个通宵，愣是用土办法画出了一张村庄规划图。有了自己的规划图，一场拆旧建新的人民战争在田拐村正式拉开序幕。仅仅几个月的时间，全村就拆除土坯房屋 158 套、8000 多平方米，拆除土围墙 10.3 公里，土棚圈 125 座、5000 多平方米。一些建档立卡户的家直接被夷为平地，在废墟上建起了一个堂皇的新家。

拆旧建新是改变农村人居环境最直接、最有效的方式，不破不立，不动大手术，就不可能"旧貌换新颜"。

在这次整村推进中，田拐村共整合各方面资金 1800 多万元，其中包含闽宁对口帮扶资金。

拆建过程中，村民田志夫老人动员 3 个儿子无偿献出自家的 3 亩宅基地，用于拓宽硬化村道。

我问过老人的想法，老人淡然地告诉我："修路搭桥是积德行善的好事情，何况都是乡里乡亲的，政府为了老百姓投入了那么多，我们尽点心也是应该的。"

如今的田拐村已经脱胎换骨，气宇轩昂。一个崭新的社会主义新农村矗立在世人面前。

在贾塘乡王塘村、郑旗乡吴湾村、史店乡徐坪村以及其他许许多多的村庄，都能够看到新农村建设带来的天翻地覆的变化。

海原县委、政府还通过生态移民、异地搬迁等形式，把那些居住在大山深处的农民搬迁到适合居住、适合发展的地区，为老百姓"拔穷根"奠定了基础。

"以拆促建""破旧立新"是针对农户对居住的危房安全意识不强，危旧房屋拆除、改造积极性不高、抵触情绪大采取的一项举措。为实现全县危房清零，各乡镇积极以村为单位，逐户宣传危房改造、激励、拆除政策。把 D 级危房拆除作为突破口，当驻村危房拆迁队开启"第一拆"后，保守者思想发生变化，观望者下定了决心，报名拆房者接二连三，海原县借势整村推进，拆建局面一下子打开。"激励政策"即根据家庭人口及贫困类型分别给予 600 元、5000 元和 9600 元的奖励。"拆除政策"即拆房后确权，保留其依然享有宅基地使用权的权利，随时可以新建住宅。"四种建房方式"即针对有经济能力改造的农户，采取自拆自建的方式，拆旧建新，严格控制在建设用地范围内进行建设。确需重新选址建设的按程序进行土地审批，严禁占用基本农田和耕地建房；针对经济能力相对差的一部分农户，乡镇将帮扶企业的捐资、捐物按照农户建房情况帮资、帮物、帮助建设；针对经济能力差的另一部分农户，乡镇动员帮扶单位视情况予以帮助解决 2000~5000 元资金困难问题。针对无经济能力改造危房的分散供养户、极度贫困户和残疾户，由乡镇选择有资质的施工队与农户签订建设协议，乡镇与施工队签订统建协议，形成三方协议，并由乡镇监督施工企业高标准、高质量、低成本实施统建。补助资金由乡镇按照工程进度分批报海原县住房和城乡建设局直接拨付给施工队。危房改造三大政策大船已蓄势待发，海原县谋定后动，重磅发布危房改造"八个一批"实施方案，如同 8 支船桨，搅动沉寂的水面，形成水势，顺势起航。"八个一批"实施方案是根据农户家庭经济状况、院落位置、家庭人口结构，分户分类制定的。

一是原址翻建一批。针对农户原住房为 D 级危房，加固难度大、成本高或不愿意加固的 C 级危房，实行拆除 C 级、D 级危房进行原址翻建。临时居住的解决办法是动员农户居住在院内其他用房、搭建帐篷、闲置校舍，或投亲靠友等。3 年来原址翻建达 19445 户。

二是异地迁建一批。针对居住在地质灾害区、基础设施差、配套基础设施难度大的深山沟、移民搬迁村遗留的农户，所在乡镇在就近规划中心村、保留的自然村、道路沿线或基础设施配套完善的中心村选址迁建，建设用地实行迁入区与迁出区指标置换，严格落实"先补后占、占补平衡"的政策要求。待农户住进迁建后的新房后，原村庄的房屋、院落等建筑物进行拆除复垦，并组织验收。先后迁建解决 1560 户。

三是加固维修一批。针对农户住房经鉴定为 B 级，但屋顶有漏雨、内外墙面有返碱脱皮现象，影响使用功能和村容村貌的，采取屋顶换瓦、内外墙粉刷等加固修缮，提升农户居住条件，美化村容村貌。且墙面修缮给予每户 1000 元补助，屋顶换瓦给予每户 2000 元补助，激发了农户加固维修的积极性，一揽子解决 945 户。

四是公租扩面一批。对人均安全住房面积不足 13 平方米，且不愿意扩建的进本县城务工和陪孩子上学的农户，用县城公共租赁住房予以解决，公共租赁住房租金按照 0.5~3.0 元 / 月·平方米收取，且保证租住年限不少于 15 年，覆盖解决 922 户。

五是补偿退出一批。针对居住在城市规划控制区内 C 级、D 级危房中，不宜修缮加固、重新建设房屋的农户，采取征收补偿的办法，农户得到征收补偿款后自行购房，拆除原危房，征收后宅基地转为规划区建设用地，顺利解决 156 户。

六是周转安置一批。针对居住在 C 级、D 级危房中，经济能力差，无意愿新建房屋的农户，各乡镇、村组利用本村插花移民搬迁后留有的安全住房，动员该部分农户拆除自己的院落复垦，无偿住进插花移民留有的安全住房或拆除自己的院落保留宅基地，利用产权归村集体闲置的村部、校舍周转解决。圆满解决 36 户。

七是亲属合住一批。针对居住危房的单、双老户，动员其与有安全住房的儿女合住，拆除危房，保留宅基地，使用权归赡养老人的儿女所有。与儿女合住后安全住房面积不足的，儿女可利用老人的户口在自己院内按照危房改造政策扩建。一举多得解决 260 户。

　　八是直接拆除一批。针对长期在外务工或自发移民的农户，原村住房属于 C 级、D 级危房，不愿意新建房屋，在保留宅基地的基础上直接拆除，涉及 15921 户。

　　如今，农村人的精神面貌焕然一新，生活观念和乡风民风大大改观，海原县山乡间一片接一片的红砖红瓦房格外惹眼。南华山脚下的红羊乡石塘村在群山环绕中，远眺白墙红瓦、飞檐翘角的新建房屋十分气派。走进村庄，水泥路干净笔直，一幢幢新建的房屋窗明几净。关庄乡关庄村，海城镇武塬行政村小源头自然村、水洼行政村双墩自然村……全县的村落焕然一新，建档立卡户精气神十足，老老少少迈着自信的步伐，处处散发着脱胎换骨的新气象。

　　红羊乡石塘村建档立卡贫困户石春虎 2019 年乔迁新居。按照"四种建房方式"政策规定，乡政府组建的施工队高标准、高质量、低成本实施了统建，拆除了石春虎家 3 间破旧的土坯房，建起了装有铝合金门窗和太阳能热水器的新房子。屋里屋外粉刷装潢一新，瓷砖地面干净亮堂，住进新家的石春虎激动坏了，他说："老房子土味大，一下雨就漏个不停。有生之年能住进这么宽敞漂亮的新房子，真得感谢党和政府啊！"

　　海原县安居房的变迁，也是西海固精神面貌变化的生动写实，像石春虎一样仍在艰苦奋斗的人们，活出了新姿态，活出了新希望。干事创业的干部们也有了新收获——干部下去了，问题发现了，原因找到了，方法找对了，事情办成了，群众满意了，干部能力锻炼了，干群关系拉近了。

　　在这次脱贫攻坚战中，"精准"理念发挥了至关重要的作用，是制胜法宝。也是对习近平总书记关于扶贫、脱贫工作"贵在精准，重在精准，成败之举在于精准""要做到扶持对象精准、项目安排精准、资金使用精准、措施到户精准、因村派人精准、脱贫成效精准"方法论的生动实践。

手握法宝，海原县将进一步巩固住房安全保障已经取得的成果，精准细致地推进各项后续工作，不获全胜绝不收兵。

2017 年 6 月，联合国开发计划署前任署长海伦·克拉克说："中国最贫困人口的脱贫规模举世瞩目，速度之快绝无仅有。"中国共产党领导下的脱贫攻坚令世界各国心服口服，中国脱贫攻坚的道路和方案举世称赞。

近年来，海原在农村危房改造的过程中取得了令人瞩目的成绩，为脱贫攻坚的住房保障提供了鲜活的"海原样本"。

历史从来都不是史实和数据简单而冰冷的堆砌，而是人民群众有血有肉的自觉书写，是芸芸众生反复打磨的集体记忆。这些鲜活扎实的伟大实践，让我们铭记心中且终生难忘。

"忆往昔，峥嵘岁月稠；看今朝，旖旎风光秀"。

未来的海原必将昂首阔步，意气风发，迈步在新时代的康庄大道上。

老金脸上的笑容

黑占财

1

在第一次去见单位结对帮扶贫困户老金之前，我心里多少有些忐忑。从徐套乡政府给我的资料来看，老金名叫金正有，住在中宁县徐套乡下流水村，老两口都做过大手术，属于典型的因病致贫户，而且夫妇俩都60岁左右了。老金家恐怕不是那么容易脱贫的。

沿撒布滩一路北上，水泥路还算平坦，七弯八拐之后，镇上的干部老杨带我来到了老金家，眼前的场景令我心酸。一排建于20世纪七八十年代的土坯房，部分墙体已经坍塌歪斜；正屋的泥顶变薄，屋顶漏水，沿着泥墙壁流下来几道深黑的小水槽；门窗早已变形，关不严实，大开着……由于屋里实在难以坐下几个人，老金只得拿出两条板凳，招呼我们在院子里坐下。而在我们的头顶上，罩着一块遮雨的塑料薄膜。

看到老金家的牛圈空空如也，我试探着问他："喂头牛吧？育肥后出售可以增加几千元钱的收入。"老金没有直接回答，他的老伴却在一旁应了句：“我们不喂牛！”语气还有点硬，似乎不容商量。

“那，喂养几只羊如何？”我还是希望老金家通过发展养殖，尽快提高家庭收入。“羊也不喂。”这次是老金拒绝了。声音虽然小，语气却同样坚决。

“那你们愿意喂什么呢？”“我们家，什么都不愿意喂！”一时间场面有点尴尬。当时天快黑了，我决定不再勉强老金夫妇，而是要尽可能多地和他们接触，找出他们拒绝喂养家畜的原因，再来“对症下药”，帮助增收。于是，相互留下联系方式之后，我们离开了老金家。

2

第二次去老金家，老金夫妇热情多了。老金端出板凳招呼我坐，他的老伴赶紧小跑去院子另一角，将刚蒸好的土豆用双手捧了一大盘过来，非要我们吃。

在去金家之前，我分别给老金夫妇打过几个电话。几次电话交谈，终于弄清楚一些情况。

一是思想上有包袱。老金家里经济收入虽然不高、他的老伴还长期患病，但是老两口都特别淳朴，对接受扶贫帮助有思想压力，认为接受帮扶是不光彩的事。用他的老伴的话来说：“虽然我在生病，但是又不是病倒了下不来床，还是能坚持干几年的，怎么都不会给国家拖后腿。”

二是经营上有问题。老金家耕地不多，打的粮食自然有限，要是喂牛，缺乏玉米一类的精饲料；如果不用自家粮食，靠去集上买饲料，往返40多公里，需要投入不说，交通运输同样是问题。之前当地农户当中，曾经发生过喂养的羊被盗的情况，因此老金家也不愿喂羊。

三是实际上另有隐情。其实最能切实改善老金家生活环境的，是翻修年代已久的破旧土坯房屋。在这个问题上，老金夫妇存在分歧，老金希望靠自己的积蓄，加上国家的危房改造补助，修间简单的小平房。他的老伴却认为，修房补助要去找村干部、镇干部"欠人情"，还不一定能办成，而且小女儿刚从学校毕业，尚未成家，积蓄应该留给子女。

因此，在这次去老金家之前，我一边给老金夫妇做思想工作，一边瞒着老两口和乡土地所的同志联系协调，请他们及时协助老金两口子办理申请手续，并及时纳入近期的危房改造补助备选范围中。

当我和镇政府、村上的工作人员，将上述原本瞒着的情况告诉给老金夫妇后，老两口的眼里都闪现难得的惊喜。"太感谢你们了！"老金说。同时，我们又分头给老金夫妇做工作，请他们放下担心给孩子增加负担的顾虑，小女儿毕业有工作了，日子会越过越好，说不定以后还能力所能及地帮助父母呢。"既然这样子，那我们家修房子的意见就好统一了。等修好了房子，再请你们来喝茶！"

很快，老金夫妇一致表示，会尽快从种养殖中选择一种方式，增加家庭收入。"决不让你们这些干部，再这样跑来跑去地操心！"老两口略有点不好意思地说道。

3

后来，我们又去了老金家几次，送些面粉、大米、香油等生活用品，忙前忙后，帮他家争取扶贫项目和无息贷款，为他家的脱贫出谋划策。2015年春节即将到来的时候，我再次来到下流水村，来到老金家。只不过，老金并不知道和他通话的我，此时正站在他家对面的马路上，遥望着这个曾经陌生，如今却异常熟悉的小山村。

远远看过去，老金家的土坯房并没有怎么改变。但是，老金夫妇不再为此着急了，"乡上来量过尺寸了，等2015年的国家危房改造补助款下来，我们家就开始修新房子。"

原本空寂的牛圈旁边，传来几声咩咩的羊叫声。原来，徐套乡在老金家附近招商引资来了银川一家大型养殖公司，利用"公司＋养殖户"的经营模式，利用补助给他家的扶贫项目，从公司定向养殖10只基础母羊，生崽后由公司统一回收销售，"每年增加五六千元，肯定没有问题！"

令人欣慰的是，老金终于听取了我们的建议，不再进行大面积农作物种植。除了栽种一两亩玉米、蔬菜"权当锻炼身体"外，其余时间就和老伴侍弄羊。"人要轻松一些，收入也不比种粮来得少。"老金的脸上露出了灿烂的笑容。

更难得的是，通过多次接触、了解，老金夫妇和我们对话完全没了拘谨和顾虑，变得大方坦然起来。原来，他们就像我仍在农村老家务农的父老乡亲一样，尽管物质条件并不充裕，但却有不容置疑的骨气和自尊——不愿拖累子女，即使年过60岁，且患病，仍没想过享清福颐养天年；不愿依靠别人，即使病着也只想通过自己的双手养家糊口；不愿麻烦政府，即使房屋破旧也没有主动向村干部说过一句。

通过这次的扶贫对接，我也深深感受到，在基层、在农村，还是有这样一群淳朴、善良、勤劳、自尊的人，需要我们的关怀与帮助。要做好农村工作，关键在农民。因此，基层干部在与农民打交道时，应该遵守三条准则。一是要尊重他们的自主意愿，才能真正朝他们走近，这是交流沟通的基础。二是要帮助他们理解政策。对新近开展的"精准扶贫"等国家政策，他们或都有一定程度的猜疑、适应期，需要有人耐心地宣传解释。谁真心实意帮助他们解决或多或少的困难问题，谁就能得到他们的充分信任。三是要尽可能解决他们的一些问题，力所能及改善农村的基础条件，让这群可爱的人生活得更好。

"完成了扶贫任务以后，你们还是要多来我家耍啊！"老金在电话那头邀请我。"肯定要多来的。"说出了这句话，我心中突然泛起了一阵激动，后面有几句想说却没说出的话，没有切身体会的人可能会觉得是"假大空"的大道理，但每当我在城市楼房的阳台上，遥望老金家所在山村的方向时，便在我心中清晰发出一种激励的回响：

"农村原本就是生我们养我们的地方，只有多回到这片土地深处汲取营养，我们才能更加茁壮地成长，我们的事业才能更加充满希望！"

红梅杏儿熟了

马卫民

2020 年 6 月下旬，一个晴朗的上午，我联系了史店乡的杨生礼书记，准备坐他的车去红梅杏基地看看。几年来，我一直牵挂着这片火热的土地。对于史店乡田拐村这个万亩红梅杏基地，我已经非常熟悉了。记得第一次去是 2017 年的春天，正是红梅杏花开放的时刻，站在山巅，极目远眺，一树树杏花开得轰轰烈烈，气势恢宏。

由于临时有其他的事，杨生礼书记委托田拐村第一书记虎平陪我去山上。小虎书记和我一起漫步在杏林之中，抬眼仰望，漫山遍野的红梅杏像一群即将出嫁的少女，红扑扑的脸蛋上激情昂扬。6 月下旬，正是红梅杏将熟的时节，当然也有早熟的杏子，风一吹，就落在树下松软的泥土里，随便擦擦，放进嘴里，甘甜爽口，味道美极了。

第一次来田拐村，我写了一篇《红梅杏花开》的纪实散文，曾获得中卫市"扶贫故事征文"一等奖。

牌路山东麓，有一个名不见经传的小村，叫田拐村。村子不大不小，843 户，3000 多口人。田拐村村部位于双涝子自然村。这是一个刚刚改造过的小村庄，新建的红色砖瓦房，矗立在阳光充足的山坡上，高低起伏，错落有致。

我问村子里一个姓田的老人村子为什么叫双涝子，老人含糊其辞地告诉我村子以前有两个盛集雨水的涝坝，所以就叫双涝子。

双涝子是一个只有几百口人的自然村。十几年前，我来过这个村子，村貌很差。村子里有许多游手好闲的小青年，不读书也不种地，成天在村子里晃荡，游手好闲的，他们好像已经完全习惯了眼前的一切。长期的贫困能够轻而易举地摧毁一些人的生活意志，让他们安于现状。没有吃穿，就等着政府救济。

坐在田成岐老人家大房的热炕上，浑身热流涌动。春日的暖阳透过硕大的玻璃窗，把整个房间照得暖洋洋的。炕桌上的盖碗茶散发出一股沁人心脾的清香。我和老人慢慢地聊着村子里的一些往事。老人虽然快70岁了，精神矍铄，谈兴十足，脸上的笑意如春花一样灿烂。

田成岐老人家的院落位于村子的高处，在这里能够看到整个村庄的面貌。阳光下的双涝子像一个脱胎换骨的新人，屹立在我的眼前，西装革履，底气十足。眼前的一切恍若梦境。午饭时分，家家户户的屋顶上炊烟缭绕，饭菜的香味在村庄弥漫。园子里的杏树、梨树的枝头已是硕果累累。孩子们像小鸟一样，在新修的水泥巷道里蹦蹦跳跳，鸡鸣狗叫的声音此起彼伏，不绝于耳。在这个阳光灿烂的日子里，村庄的所有事物格外生动，格外活泼。生活的滋味像一杯陈年老酒，浓郁而醇厚。经历了昔日的苦痛，村庄的人们如释重负，美好的蓝图正在一天天绘制。为了这一天，村子里的人们已经做了十几年的准备。

时间的确能够改变一切。没有彻骨的痛楚，就不会有穷则思变的信心和决心。

在史店乡田拐村25.8平方公里的土地上，有9个自然村，它们像9个难兄难弟一样，谁也不比谁好多少。恶劣的生存环境让生活在这里的人捉襟见肘，朝不保夕。

世界就像一个广场，如果你只知道左右，而忘了站在高处张望，是很难找到方向的。只有敢于向当下的困境挑战，才有可能走出一条柳暗花明的道路。为此，史店乡党委、政府审时度势，依据田拐村的地形地貌和现状，作出了一个前所未有的决定，将田拐村的万亩山坡地退耕还林，种上红梅杏。

起初，村子里的老百姓并不理解，也不支持。他们的理由很简单，失去了土地今后的日子怎么过？自古以来，土地就是农民的命根子，没有了土地的农民靠什么养家糊口呢？蓝图与现实之间的反差的确存在，这些问题无法回避，只有积极面对，方能化解。

自古好事多磨。为了这个项目能顺利推进，分管领导多次调研，反复论证，苦口婆心地做群众的思想工作。

对于习惯了扛锄头、握锹把的农民，习惯了日出而作日落而息的农民，土地是他们的希望和未来，即便是这样一个十年九旱的地方。只有与土地相依为命，他们的内心才会踏实安稳。

一下子退出万亩山地，对于惜土如金的农民来说，无异于割他们身上的肉，当时的境况可想而知。乡上的干部为此作出了常人难以想象的努力。为了推进项目，他们不辞辛劳，废寝忘食。

精诚所至，金石为开。经过反反复复的晓之以理，最先开窍的是村子里的青年一代，他们渴望着能够尽快逃离这片贫瘠的土地。外面的世界充满了诱惑，或许对他们而言，离开土地才有出路。

经过大半年的多管齐下，第一批红梅杏终于落户田拐村的山坡梁峁，近6000亩的杏树在春风里生根。为了保证成活率，林业、水利、农业、扶贫等相关单位，与乡村干部群众一道起早贪黑，一条蜿蜒的水泥硬化路通向山顶，三座蓄水池修在高坡之上。第二年又有3000多亩红梅杏站立在群山的怀抱之中。

离开土地的年轻人，像候鸟一样，飞往村庄以外的各个地方，有的开饭馆、有的跑长途，有的上新疆、有的下广州，几年光景，家家户户的收入直线上升，生活发生了翻天覆地的变化。一栋栋新居拔地而起，一辆辆小车开进了村庄，有了钱，日子过得越来越滋润了。有的人甚至在县城买了房，把老人和孩子接到了城里。

站在田拐村万亩红梅杏基地的观光台上，内心波澜起伏，感慨万千。万亩红梅杏齐刷刷地站在太阳底下，枝头的杏花安静地开着，一朵挨着一朵。当然，我们并不急着让眼下的一切给予生活所有的答案。但是，我还是坚信未来的田拐村一定会层林尽染，万山红遍。田拐村的红梅杏一定会为你站出一种春天的气象，一点一点靠近你。是的，只要你肯等一等，生活的美好总会在不经意的时候，盛装莅临。

将近三年的时间，红梅杏种植，杏树挂果，草木茂盛。最值得一提的是，红梅杏种植基地产生的生态效益无法估量，一棵棵挨挨挤挤的杏树，让昔日光秃秃的山坡披上了绿装。

在红梅杏种植基地，我碰巧遇见我的堂妹夫田凤明，这些年，堂妹夫妇一直在甘肃酒泉开饭馆，挣了一点钱，在县城买了商品房，做点小生意，日子过得还不错。

堂妹夫的家就在田拐村双涝子，2020年他回到自己的家乡，承包了1000多亩红梅杏，目前，他和另一个合伙人已经投资了十几万，对原来的供水系统做了维修和养护。我问他："投资这么多钱，能收回来吗？"他告诉我："大哥，说实话，我的心里至今也没底，但是，我还是想闯一闯。这是我的家乡，我还年轻，即便是交了学费，我也不后悔。"

堂妹夫的话，突然让我想起一位名人曾经说过的一句话，大致意思是，世界上真正的英雄主义，就是认清生活的艰难之后，依然热爱生活。

我很佩服他的勇气，凡事都应该闯一闯，这是年轻人的长处，他们最大的资本就是年轻。他想做的事，他可以甩开膀子加油干，他不会像我们这般年龄的人，做事瞻前顾后，患得患失。我鼓励他好好干，说不定哪天理想就实现了！

第一书记虎平也给他加油打气。

在杏林里，我们边走边谈，脚踩在绵软的土地上。我给堂妹夫建议："杏树下的土地不错，你们可以考虑种点紫花苜蓿或其他牧草，再养几头牛或几只羊，可以走多管齐下、多种经营的路子。"虎平书记也随声附和，说这个建议不错。

天气特别好，尽管是盛夏，山上的气温凉爽宜人。蓝蓝的天空飘着像棉絮一样的白云，灿烂的阳光透过杏林的空隙，照得大地兴致勃勃，林子里不时出现一些羽毛鲜亮的山鸡，它们扇着翅膀，从一个地方飞到另一个地方。林子大了什么鸟儿都有，有好多鸟儿我叫不出名字，问身边的人，他们也和我一样一无所知。有了树林和草原，就有了各种飞禽走兽，道理很简单，物竞天择，适者生存。

近几年，田拐村在美丽乡村建设方面，力度特别大，村道都被硬化，巷道两侧种了不少的花草树木，特别是那些迎风而立的金叶榆，黄灿灿的树叶在阳光里闪着金子般的光芒。村民的房子一家比一家阔气、一家比一家豪华，这种场景让人无法想象田拐村曾经是一个贫困村。

在田拐村村部，各种健身器材齐全，一个标准化的篮球场为村民提供了方便的活动场地，村子里有医务室、党员活动室、为民服务中心，甚至还有一个村史展览馆。在展览馆里，村支书杨彦俊给我详细介绍了田拐村的过去、现在以及未来。并且，还给我讲了田拐村的"四大产业"：红梅杏、劳务输出、交通运输和种草养畜。说实话，我对海原各个地方的情况还是比较熟悉的，哪个区域适合种什么，适合搞什么产业，心里比较明白。我顺便告诉杨彦俊书记，田拐村还是要在红梅杏上做文章，一定要做大做强，至于劳务输出、交通运输以及种草养畜，这些都是大同小异，海原县各个村都在做，而且都做得很好。看着一幅幅新旧对比的照片、一件件村民手工制作的小物件、新时代涌现出的一个个模范人物，我的内心无比欣喜，这是一个多么好的时代啊！

在虎平的办公室里，我见到了田拐村村主任马德国，他口口声声叫我老师，我确实记不起这个曾经的学生。看着我疑惑的表情，马德国告诉我，他是海原县回民中学毕业的，我给他教过一段时间的英语。时间真的如流水，离开学校都20多年了，有好多事，随着时间的流逝而烟消云散。在感叹岁月蹉跎的同时，我知道这个学生如今已是村子里的致富带头人，养了100多头肉牛。马德国说他的书没念好，心里一直遗憾。我笑着说："你的牛养得好，日子过得也好，这就行了，人的一生，各有各的路要走，没有必要耿耿于怀已经过去的事情。"

在田拐村，一提起第一书记虎平，老百姓的言语中都是赞叹。每每说起田拐村的事情，年轻的第一书记就滔滔不绝，对村里的人和事他早已了然于胸，谁家养了几只羊，谁家养了几头牛，谁家的孩子考上了重点大学，谁家的男人跑长途，谁家种了几亩洋芋，谁家种了几亩油菜，这些家长里短的事情，在虎平的心里明镜似的，一目了然。

虎平刚过而立之年，正是干事创业的黄金期。2017年9月，虎平受党组织委派，从海原县委组织部到田拐村担任第一书记，在这个岗位上一干就是3年。刚到田拐村，虎平也迷茫过，他有干事的劲头，但缺乏农村工作的经验。面对杂乱无章的村级工作，一切都需要从头做起，一切都需要从零开始。脱贫攻坚责任重大，虎平的心里有一块沉重的石头，压得他气喘吁吁。田拐村的老百姓憨厚朴实，他们对这个年轻的第一书记寄予厚望，从生活到工作都给予极大的关怀。每逢谁家过大事，第一书记都是座上客。

时间的确能够改变一切。驻村的岁月让虎平学到不少东西，田拐村的父老乡亲潜移默化地影响着这个年轻的书记。3年来，虎平已经适应了这里的一切，田拐村已经成了他永远也无法忘记的地方。驻村期间，虎平心系百姓冷暖，关心贫困户的生产生活。虎平家在同心，平日一直住在村部一间十几平方米的办公室里，在这间办公兼住宿的小屋子里，他不断地学习、思考，不断地谋划田拐村的发展和未来。

人的成长就是战胜自己不成熟的过去。

有付出，就一定有回报；有耕耘，就一定有收获。这是亘古不变的真理。

2019 年 5 月，虎平被评为自治区扶贫帮扶先进个人，受到自治区扶贫开发领导小组的表彰奖励。

荣誉来之不易，成绩实属难得。

在走访村民的过程中。虎平一直陪着我，刚开始，他称呼我"老领导"，我纠正道："我不是什么领导，你的这个称呼让我很不自在，你还是叫我马老师吧。"

这些年，我喜欢到老百姓当中，了解脱贫攻坚的各种情况，每到一个地方，都能遇到曾经教过的学生，他们称呼我老师，让我倍感亲切，我已经习惯了这样的称呼，其他的早已不顺耳了。有人说："到了耳顺之年，听别人的言语便可以判断是非真假。"

每到一户村民家里，老百姓都认识虎平，他们一口一声"虎书记"。我问他们："你们熟悉吗？"他们就笑着说："太熟了，熟得米汤气呢。"我懂海原这句方言，"熟得米汤气"就是非常非常熟悉，熟透了的意思。

走进村民田玉福家时，临近吃午饭，男主人不在家，听说在外面做生意，专门从事货车买卖，就是老百姓说的"放大车"，也就是做按揭销售大车。这些年跑长途运输的人越来越多，很多人都做这门生意，我有个表弟也在做，生意做得红红火火。

田玉福家有一棵高大的杏树，树上结满了杏子，这棵树看起来有些老，老树新枝，枝条上的杏子结得密密麻麻。女主人说："这是本地的'六月黄'，不是红梅杏。树上的杏子大半熟了。"田玉福的妻子边说边找来一根棍子，从树上给我们打杏子，随着噼噼啪啪的敲打声，树上的杏子像雨点一样落在园子里的草坪上，杏子又大又甜，味道好极了。我忍不住拍了视频，发到朋友圈，有朋友开玩笑说："你是又采风又采杏。"园子里种了好多蔬菜，有辣椒、西红柿、茄子、黄瓜、豆角，还有韭菜和白菜，整个园子就是一个大菜圃。这种田园风光是我非常喜爱的。不得不说，这家人的生活已经算得上是小康了，特别是几间红砖红瓦的房子，盖得很气派，硕大的玻璃窗在夏日的阳光里闪闪发光，屋子里的装修也很有特色，即便是在县城，也毫不逊色。我情不自禁地夸赞了几句，女主人笑颜如花，并且一再邀请我们在她家吃午饭。我们推辞了主人家的盛情，离开的时候，我看见大门外的空地上种了几垄薄膜玉米、几行土豆，玉米长得半人高，绿油油的叶子随风荡漾，土豆正在扬花，紫色的花儿开得极其内敛，一副羞答答的样子。

中午，我和虎平在堂妹夫家吃了午饭。说起来是亲戚，但平时都各忙各的事情，走动得少。在田拐村，好多人都能攀上亲戚。"亲苦子蔓的根，扯着扯着，就扯成了亲戚。"

在田拐村，我又一次来到田玉林的"花儿农庄"，田玉林是田拐村比较有名气的一位"花儿"歌手，"花儿"唱得不错。在田玉林家里，我碰巧遇见中卫云舟技能培训学校的刘玲老师，她正在给田拐村的一些妇女上课。据了解，这里正在进行"海原县2020年贫困劳动力职业技能育婴员（五级）"培训，学员大多是田拐村的村民，也有其他村子的，40多个学员，培训20天，学员每人每天补助40元，这是2020年海原县就业创业和人才服务局的一个培训项目。

我随即走访了几个学员，她们对这次培训很重视，大家学习的兴趣都很大。其中一个叫马哈治的小媳妇告诉我："我的几个孩子都是糊里糊涂养大的，没想到带孩子还有这么多的学问。学到的这些，只能用到别的孩子身上，或者将来带孙子的时候也能用上。"

刘玲老师告诉我："这期培训班主要是培养月嫂，月嫂这个职业市场需求量很大，收入每月七八千元，这是一个阳光产业，我尽力推荐她们到银川或其他城市就业。"

在培训教室里，我看见许多"洋娃娃"静悄悄地躺在桌子上，也有被人抱在怀里的，刘老师认真地讲解抱孩子、喂奶以及其他育儿知识，学员们听得很认真，不懂的地方，随时向老师提问。

田玉林不在家，听说到外面跑演出的事情。在一间小屋里，我看到田玉林的"快手"直播现场，设备很简陋，主要是两部手机，对于"快手"这种时髦玩意，我知道得不多。

田玉林的园子里种了好多花，有牡丹、芍药、山丹花、马兰花、月季、大丽花、格桑花，还有好多我叫不出名字的花。

"花儿农庄"鲜花盛开，五彩斑斓，在这里看花开花落，听田玉林唱一首家乡的"花儿"，吃几盘海原特色农家饭，的确是一种不错的选择。

6月，是海原县最好的季节，云淡风轻，漫步在田拐村的大地上，心情格外舒畅。

离开田拐村时，虎平一再邀请我："过几天，我们准备搞一个红梅杏采摘节，到时候您一定要来。"

我笑着说："该来的时候我一定来，该来的地方我一定来。"

我和一家两代人的扶贫故事

黑占财

　　2014年8月，我被学校选派到关庄乡鸦儿湾村当驻村扶贫工作队员。

　　说实话，刚接到工作任务的时候，长期在学校教书的我，对即将开始的新工作，一头雾水，真的很茫然！

　　茫然之一，不知道自己该干些什么？中卫市自实施精准扶贫、精准脱贫以来，上有中央出台的一系列扶贫政策，下有市、县两级党委、政府的高度重视、相关部门的全力配合，以及乡党委、政府的快速响应，村"两委"的积极作为，从顶层设计到基层的大力实施，已然形成推动精准扶贫的强大合力，我去干什么呢？

　　我实在不知道该从何下手。况且，在精准扶贫、精准脱贫的关键时期，我担心自己不能担负这个重任，辜负了学校师生，耽误了鸦儿湾村的百姓。虽然已经对驻村扶贫工作队职责作了充分了解，但我仍是忐忑万分。

　　鸦儿湾村位于海原县关庄乡的最西边，一个隐居在黄土高原腹地的村落，一个紧挨甘肃省白银市会宁县种田乡、离海原县城90多公里，对住在中卫市区的人来说是个远在天边，伸手可摘星辰的地方。我想，这大概就是村子命名"鸦儿湾"的来历吧。第一次进村，从关庄乡驻地启程，是村主任用摩托车送我上山的，出发前，他没有告诉我路有多远，也没有说路有多难走，只记得从山脚下开始，一路颠簸上山，感觉自己的五脏六腑都快被颠错位了，好几次差点摔下车来。每次看到前面沟壑纵横、布满大小石头的路，我不忍心看，担心村主任骑不过去；但又不得不看，总怕一眨眼摩托车就会跳离路面，飞下山去。就这样，在紧张、担心和恐惧中过了近一个小时，摩托车终于停下来了，但我却下不来，死拽后座的双手麻木，全身僵硬疼痛，我忍不住哭了。一位村民走过来说这是因为我很少坐摩托车，习惯了就好了！可我发自内心想打退堂鼓。

我第一次来到对接帮扶困户家中。走进农家小院，那黑黢黢、脏兮兮的破木门边儿上，一个老人佝偻着身子，一张饱经风霜的脸上满是皱纹；另两个中年男子衣衫褴褛、不修边幅，目光呆滞地望着我这个不速之客。院子里，郁郁葱葱地长着几尺高的野草，几包看起来早已失效的水泥，一些破旧的农具东倒西歪地散落着。走进屋里，锅未刷碗未洗，墙角散乱着破旧的衣物，炕上是灰黑色的被子、泛黄的枕头，时时飘过一股股刺鼻的味道。破败腐朽的家，着实让我心头发酸。

"张志福，80 岁高龄的老党员，老伴早年因病去世；53 岁的大儿子结婚不到一年媳妇就走了，至今单身；48 岁的二儿子至今未婚，全家低保。"听着村干部的介绍，我有点懵了，一家三个老光棍儿，这是一个什么样的家庭啊？让我一个教书的来帮扶一家三个老光棍？

当得知我是结对帮扶干部时，张志福老人叹了口气："我都这个岁数了，两个儿子痴傻，还指望脱啥贫？"两个儿子张口第一句话就是："你帮扶我们，就帮我们修新房娶媳妇吧！"

听着这话，看着这一家子，面对着这样一个看似无可救药的家庭。我心里久久不能平静，甚至想抽身离去，可我是一名帮扶干部，更是一名党员帮扶干部，必须恪守责任，勇于担当。我开始盘算着，如何因势利导地带领他们脱贫。

从那以后，我住了下来，刚开始，这三个大老爷们都不太愿跟我这个城里人谈及生活中的困难处境，更不愿在我的面前谈论囊中羞涩的尴尬。于是我主动套近乎：一声声"张大叔、张大哥、张二哥"地叫着；一次次提起扫帚帮助他们清扫院子，自掏腰包去买洗衣粉、洗发膏等生活用品，帮助张大叔洗头；一次次地邀约周围邻居到院子里拉家常，开导鼓励这三个大老爷们逐步立起脱贫志……过了段时日，他们颓丧的心灵也开始发生了变化。有一天，张大叔把我拉到一旁，指着打扫院子的两个儿子，乐呵呵地说："老侄儿，你可是让这俩小子快把自己脸上的皮都给洗破了。"顺着手指的方向一眼望去，一件件洁净的衣裳整齐地晾在屋旁的杏树下，哥俩的脸确实干净了许多，在那儿憨笑着。转过头来，竟发现张大叔的脸好像也不再那么蜡黄蜡黄的了。

万事开头难，张家逐步发生的一些变化，着实让我兴奋不已。我知道，脱贫有戏了，是时候给他们派活了！我和这三个大老爷们开始规划起来：张大叔有芨芨草编织手艺，鸦儿湾村的山里到处都是茂密生长的芨芨草，拔来可以编些背篼、筐子，栽芨芨草笤帚一类的东西去集上卖，我还可以在各单位帮忙销售；海原县的产业扶持资金和学校挤出的帮扶资金，就用来买羊羔、兔崽和小鸡，由张大哥负责饲养；我到乡上的建工队好说歹说联系好了建工队在附近的工地，让张二哥去做活计简单的小工！

说干就干，三个光棍的"脱贫戏"终于开演了。

通过半年多的努力，这个家竟悄然发生了变化。2015年初，当我再次来到他们家时，眼前的情景让我顿感欣慰：破败的小屋子敞亮整洁了许多，新做的笤帚静静立在墙角，十几只绵羊正在院边的羊圈里吃着草，兔舍里几十只獭兔在嬉戏追逐，几只看起来长得还算不错的小鸡在院子角落的栅栏里觅食……

张大哥走到我面前，神秘地打开了一个小布口袋，利落地数着一张张 10 元、50 元、100 元的钞票，好家伙，足足有七八百！张大叔握住我的手念叨着："真没想到，我这两个傻儿子还真挣了钱了！"看到这一家子的变化，村支书由衷地感叹："真是赶上了好时代，遇上这么好的政策、这么好的帮扶干部！我们几个邻居正张罗着要给他们两兄弟说媒找媳妇呢！"听到这，我心里着实为他家的变化高兴，张家两兄弟也乐开了花。

2015 年春天，我又联系海原县扶贫办和学校为张家筹措帮扶资金 1 万多元，帮助他们新规划发展了 1 头肉牛犊、30 只土鸡崽、3 只山羊羔子，对张家的承包地全年分季种植玉米 3 亩、小茴香 3 亩、马铃薯 4 亩、红葱 1 亩、蔬菜 1 亩。按照这个规划，2015 年这个家庭的收入能够达到 12000 元左右，一定能实现脱贫"越线"的目标。

虽然我的扶贫工作只有短短的一年时间，虽然这父子三人目前还不富裕，虽然张家未来的扶贫致富还有很长的路要走，但他们已经站在脱贫致富的舞台上。我相信，只要继续坚持引着他们往前走，这台脱贫大戏必将会越唱越精彩！脱贫致富修新房和娶媳妇的梦想也一定会实现！

"扶贫路上，不能落下一个贫困家庭，不能丢下一个贫困群众。"作为一名党员干部，每每想起习近平总书记这句话，心中就有一种沉甸甸的责任感。我默默发誓，我一定要恪守责任、勇于担当，带着坚守与执着，继续行走在扶贫路上，努力帮助贫困群众早日脱贫致富，让自己在扶贫工作实践的历练中快乐幸福地前行！

产业扶贫激发贫困地区活力

马卫民

第一次听说华润集团是 1986 年，那时候我在海原县回民中学当老师，有个学生高考成绩不错，考了固原地区文科第二名，最后，受华润集团委托培养，被北京对外经济贸易大学录取，毕业后直接到香港工作。我记得很清楚，这件事在当时曾引起过海原这个小县城的轰动。

再一次听说华润集团是 2012 年，听说华润集团要帮扶海原县。

2012 年底，华润集团接到定点帮扶海原县脱贫攻坚的任务，作为一家央企，公司决策层高度重视，他们通过前期调研，最后决定通过开发式扶贫与综合保障性扶贫相结合的策略，帮助海原县稳步实现脱贫致富的目标。

我已经记不起什么时候听说"基础母牛银行"，只记得听到这个词语的时候，内心满是疑惑。说实话，刚开始的时候，很多人和我一样，都是满怀疑虑，我们习惯了"人民银行""农业银行""工商银行""建设银行"，根本不习惯"基础母牛银行"。后来，经过朋友的解释，才知道这是华润集团在海原县扶贫的一种模式，这个模式独具一格，从而引起了我的兴趣。

海原县是位于六盘山集中连片特殊困难地区的国家级贫困县，严酷恶劣的自然环境，让生活在海原县的群众举步维艰，贫困发生率居高不下。

祖祖辈辈的海原人，为了吃饱肚子曾经想了好多办法，但受天时地利的制约，只能勉强度日。"年年盼着年年富，年年穿的没裆裤"，这是海原人过去经常说的一句话。

我出生在海原县南华山下一个贫困的小村庄，从小就经历了贫困的生活状况，那些不堪回首的岁月至今深埋我心中。

2020年春末夏初，受中卫市文联党组的委派，我去海原县挖掘脱贫攻坚的故事，带着简单的行装，漫步在这片熟悉的土地上，通过三个多月的实地采访，我目睹了许多脱贫路上发生的事情，行囊里装满了沉甸甸的素材。

蓝天白云，绿水青山，溪流清冽，山歌曼妙，这是海原人梦寐以求的生存家园。多年来，海原人民为了这样一个理想的乐园，奋力拼搏，生生不息。

2019年，海原县顺利脱贫摘帽。这是跨入21世纪以来，发生在海原这片土地上最令人振奋的重大事件，消息传来，万众欢腾，群情激奋。

2019年10月1日，中华人民共和国成立70周年庆典在北京天安门广场隆重举行，群众游行环节特别设计了脱贫攻坚方队，用中国脱贫攻坚的耀眼成绩，向祖国母亲生日献礼。彩车上的5个图标，分别代表着"两不愁三保障"，彩车上的13个人，都是为脱贫攻坚作出重大贡献的模范人物。当彩车经过天安门广场时，深深打动了中国人民特别是刚刚走出贫困泥潭的群众。

在走访海原县的过程中，我见证了海原县脱贫攻坚的故事，历历在目，多彩耀眼。由于受时间及其他因素的限制，我无法将所有的事情一一罗列，只能是取沧海一粟。

2020年盛夏，我和中卫市摄影家协会主席王恒德以及海原县曹洼乡书记周玉宁一同走进海原县华润农业有限公司。在公司办公室里，我看到一面墙上挂满各种奖牌。"扶贫龙头企业""社会帮扶先进集体""脱贫攻坚工作先进帮扶单位""脱贫攻坚优秀龙头企业""扶贫示范合作社"，每块奖牌都凝聚着华润集团帮扶海原县的心血。这些奖励像一部部史书，书写了华润集团心系海原县脱贫攻坚的往事。

华润集团定点扶贫工作开始之时，便遇到了"怎么扶"的老问题。最简单的方式无疑就是给钱，但为了真正激活"造血"功能，在前期精准调研的基础上，华润集团决定走产业化扶贫的路子。

华润集团最终将产业定位于养殖业，目标是高端肉牛市场。

2014年底，华润集团与海原县人民政府合作的草畜一体化扶贫项目在海原县曹洼乡正式推广。华润集团引进的是西门塔尔母牛，这种牛的特点是体型大、吃得多、长得快，海原县老百姓给它起了个好记的名字，叫"大花脸"。

海原县历来就有养牛的传统，有土地和丰富的饲料。另外，华润五丰有限公司和华润万家拥有资金、技术和销售优势，市场也需要好的牛肉。所以，海原县可以成为华润集团优质高端肉牛的生产基地，这是一举两得，两种优势互相结合，可以创造更大价值。

确定高端肉牛为华润集团扶贫产业定位之后，为了寻找最适合海原的肉牛品种，华润五丰有限公司助理总经理濮实在2014年跑遍了东三省、内蒙古、河南、山东、新疆、山西和甘肃，最终将引牛点定到了甘肃张掖。

作为世界500强企业，华润集团对于市场的嗅觉乃至风险的掌控都很灵敏。这是一个优秀企业赖以生存和发展的根本，华润集团应该具备这样的潜质和素养。

可以说，华润集团的决策者是精明的，他们在海原县定点扶贫的过程中，创造的"基础母牛银行"帮扶模式非常成功，除了自己的投资，他们整合了政府以及农户的资金，通过"基础母牛银行＋托管代养"模式，帮助海原县发展开发式扶贫产业。

在海原县华润农业有限公司的周边，有数千亩的紫花苜蓿，盛夏时节，正是苜蓿开花的时候，紫色的花儿齐刷刷地绽放在一望无际的田野里，蜜蜂和蝴蝶在花丛中飞来飞去，嗡嗡嘤嘤的声音回响在辽阔的大地，像一首优美的乡村交响曲。

民以食为天，牛以草为主。没有优质的牧草，就没有优质的肉牛。正是因为这样，华润集团在曹洼流转了几千亩的土地，种上了紫花苜蓿和玉米，为肉牛繁殖和育肥提供了可靠的保证。

在华润农业有限公司常务副总侯永强的引领下，我们参观了肉牛育肥基地，几十栋气势恢宏的牛棚耸立在蓝天白云之下。在午后炎热的阳光里，几千头"大花脸"在宽敞透亮的大棚里走来走去，神态淡定，它们似乎早已习惯这种迎来送往的场面。刚刚吃完午饭的公牛，三个一群，五个一伙，散步的散步，交流的交流，也有耐不住寂寞的，仰望天空，哞哞哞地叫个不停，声音里充满怅然与无奈。

我问身边的侯总："场子里没有母牛吗？"侯总说："母牛有一些，都在隔离舍里圈养，大多数赊销给了农户散养，肉牛繁殖都是通过人工授精完成的。"

侯总告诉我："通过对比，我们发现西门塔尔肉牛非常适合在海原县生长繁育，因而，公司决定在海原县发展这种品牌的肉牛。"

西门塔尔肉牛原产于瑞士的阿尔卑斯山区，并不是纯种肉用牛，而是乳肉兼用品种。西门塔尔肉牛在20世纪70年代之前就被引进到国内，并在黑龙江生产建设兵团成功饲养。其实，早在20世纪初，中国就引进过此类品种的肉牛。早期生长快是该品种的主要特点，因此非常适合牛肉生产。

刚开始在海原县投放西门塔尔基础母牛的时候，遇到了不少问题和麻烦，最主要的是资金。一头母牛，市场价大约1万元，很多老百姓有养牛的愿望，但是苦于资金制约，只能"望牛兴叹"。针对这种状况，华润集团开启了"基础母牛银行"帮扶模式，他们垫资从甘肃引进西门塔尔基础母牛，再把母牛以赊销的方式投放给贫困农户开办家庭养殖场。针对每头价值1万元的基础母牛，华润集团提供6000元的赊销款，海原县政府提供2000元的扶持资金，农户自筹2000元，这样，养殖户就可以领回一头基础母牛。以此类推，条件好的还可以领回2~5头，完全可以建起一个小型的家庭牧场。

通过"赊销投母""基地收犊"，华润集团帮扶海原县发展肉牛养殖产业路线图基本形成，这就是"基础母牛银行"，海原县的老百姓把这种模式形象地比喻为抱了一只鸡回来，把鸡蛋还给人家。

投放到农户家的母牛产下牛犊后，经过一段时间的饲养，以还款的形式返还到华润农业有限公司，母牛继续留在农户家里繁衍后代，相当于存在银行里的本金。在这种模式下，农户养殖的风险很低，养殖的积极性高涨，一时间，华润农业有限公司门庭若市，前来"抓牛"的群众络绎不绝。

几万头西门塔尔肉牛走进寻常百姓家。

前不久，海原县第五小学老师、宁夏作家协会会员冯华然写了一篇小说《抓牛》，写的就是一个叫李麦燕的农村妇女到华润农业有限公司领牛的事情。冯华然告诉我，小说里除了人名字是虚构以外，其他都是真实的。

这样的故事不止发生在李麦燕一个人身上。

在史店乡苍湾新村，我采访了养殖大户杨万林。

杨万林今年42岁，在养牛之前，他一直在外面承包一些小工程，积累了一点资金。2019年，杨万林回到家乡苍湾村，和他人一起开办了永盛种养殖专业合作社，专门从事肉牛的繁殖育肥。目前，杨万林的养殖场已经拥有100头西门塔尔肉牛，其中40头是基础母牛。

在濛濛细雨中，杨万林兴致勃勃地陪着我参观他的养殖场。

我们边走边聊。杨万林告诉我，刚开始养牛的时候，亲戚朋友都反对，担心他的投资打了水漂，理由是："家有万贯，长毛的不算。"这句话我也听老人们说过，言下之意就是牛羊不能算作家产，一旦发生变故，一切就都泡汤了。

我以前在海原县工作时，曾经历过口蹄疫的事情，牛羊一旦传染上这种疾病，唯一能做的就是捕杀、焚烧、深埋。遭遇这样的状况，村里的老百姓号啕大哭，我至今记得这悲惨的场景。

我问杨万林有关疫病防治的情况。他自信地说："政府非常重视养殖户，经常来人检查，对大型传染病采取强制免疫，检疫过的都打了耳标。"我看见棚圈里所有的牛都戴着耳标，它们淡定地嚼着槽里的草料。那些聚集在牛棚里的"大花脸"，似乎早已和他的主人建立了一种亲密而默契的关系，看见杨万林，它们抬起头，目光齐刷刷地聚焦在杨万林的身上，含情脉脉，欲说还休。

杨万林说，当几十头西门塔尔肉牛走进他的生活时，他确实担惊受怕，除了操心它们的吃喝，还要关注它们的健康。刚开始起步的那段时间，他几乎和他的"大花脸"们不离不弃，看着它们吃喝、睡觉，白天和它们在一起，晚上和它们在一起，甚至睡梦里也和它们在一起。时间长了，妻子就埋怨："你和你的'大花脸'过日子去吧。"说起这些话，杨万林笑呵呵地说："我真的把这些'大花脸'当作自己的亲人一样操心。"

不知道为什么，我突然想起曼德拉曾经说过的一句话："在事情未成功之前，一切总看似不可能。"

我对杨万林说："你今天养牛，就是来自于你内心的想法和动力，如果当初你选择了放弃，就没有今天这种情况。"

事实上，好多贫困户并不是没有发展的可能，而是缺乏"爱拼才会赢"的信心和志气，他们习惯了等待和观望，从而失去向前走的机遇。

另外，杨万林还告诉我，他的养殖场里还有十几头牛是村子里建档立卡户的，他们家里没有条件养殖，就放在他这里"托管代养"。我说：

"这是好事，你也为建档立卡户的脱贫做了贡献。"

在西安镇范台村村民李成海的家里，我看见几十头体格健壮的西门塔尔肉牛神情淡定地聚在一起，有的站着吃草，有的静卧反刍。

李成海的妻子天生残疾，家里以前种地，下雨了才能有点儿收成，没有雨就吃不上饭，只能去砖厂做苦力，一年的收入只能勉强维持生计。2016年，李成海在搬砖的时候摔伤了胯骨，无法外出打工的他考虑养牛。

2017年，还拄着拐的李成海成为全村第一个去华润农业有限公司"抓牛"的人。

"当时我通过华润农业有限公司贷款买了6头牛，过了一年就产下了6头小牛犊，卖了两头挣了4万元，剩下4头作为基础母牛继续饲养。"李成海说，"如今家里已经养了28头牛，三年多的时间，通过养牛不仅还了贷款还有了10万元存款。"

2018年8月，李成海成为全村第一个主动脱贫的村民。"牛养起来了，没人扶也能自己走，再也不好意思伸手要救济了。"李成海笑着说，"今年准备再卖掉五头牛，估计年收入能达到15万元。"

"只要用心养牛，牛不会亏待人。"在海原县李旺镇新源村，已脱贫的35岁养殖户马小将说，他养牛4年，从两头母牛到5头母牛，不仅母牛数量增加了，而且每年还能出栏2~3头牛，收入约4万元。

现在，马小将有7头牛，其中两头为小牛犊，还有一头母牛待产。在购买基础母牛的时候，他只出了2000元，剩下的都是贷款和政府出的。马小将称赞这种形式"美得很"。马小将所说的"形式"，就是华润"基础母牛银行"模式。

以前养牛是为了耕田糊口，现在要脱贫致富。在曹洼乡买牛沟村马成录的家里，我看到几间新建的砖瓦房和一座宽畅的牛棚。家里接通了自来水，屋顶上装了太阳能热水器，已70多岁的马成录一说起这几年发生的情况，满脸洋溢着幸福。通过"基础母牛银行"产业扶贫模式，他家赊销了3头基础母牛发展养殖业。2019年，他家的人均收入达到8600多元，实现脱贫摘帽。在买牛沟村，像马成录一样依靠养殖脱贫致富的村民达到2/3以上。

近年来，海原县委、政府坚持"以草促畜、草畜结合"和"稳羊增牛"的发展思路，以降低养殖成本、提高养殖效益、增加农民收入为主要目标，因势利导、强力推进，草畜产业呈现良好的发展势头，为海原县脱贫攻坚、产业助推打下了很好的基础。

我至今记得，20世纪90年代，海原县就提出"三个一百万"目标，就是"保一百万亩农田、种一百万亩饲草、养一百万只牛羊"。时过境迁，海原县如今依然沿着这条发展思路，继续前行，这是符合海原县发展的一条光明大道，坚持走下去，必将获得成功。

在走访海原县的一些养殖大户以及建档立卡户的过程中，我切身体会到华润集团的"基础母牛银行"给海原县脱贫攻坚带来的良好效益。

在华润农业有限公司的养殖场里，除了西门塔尔肉牛，还有一大批来自欧洲的安格斯肉牛。相比于西门塔尔，安格斯黑色的皮毛光滑闪亮，浑身上下散发着一股强烈的贵族气息。

安格斯肉牛来自英国，原产于苏格兰北部的安格斯郡，早在1892年就进行了良种登记，宣布良种肉用品种。100多年后的今天，安格斯肉牛辗转万里，来到海原县，成为海原县人民发家致富的依托和希望。世界很大，也很小，有缘千里来相会，无缘对面不相识。

侯永强说："安格斯肉牛早熟易配种，秉性温和，容易管理，体格结实，易放牧，出肉率高，育肥到一定的时候，脂肪就融入肌肉中，形成纹理清晰的雪花肉。"我曾经在中卫市沙坡头区的"夏华肥牛城"涮火锅时，品尝过安格斯的"雪花肉"，味道鲜嫩，尤其是切得薄如纸张的生牛肉，配点芥末等佐料，放进嘴里，入口即化。

采访结束后，我的思绪就像波涛起伏的河水一样，久久不能平静。华润集团的"基础母牛银行"模式，在帮扶海原县脱贫攻坚的过程中，起到了四两拨千斤的作用，这是一个国有大企业的担当和气魄。

华润集团在海原县缔造了国有企业在贫困地区帮扶的新品牌、新模式。

脱贫攻坚事关困难群众幸福生活，事关中华民族伟大复兴。在 2019 年全国"两会"期间，习近平总书记先后参加 6 个地方代表团的审议，"脱贫"是必谈的话题。他多次指出，脱贫攻坚不只是贫困地区的事，也是全社会的事。

摆脱贫困，自古以来就是人类社会梦寐以求的理想。一个真正文明的社会，决不能容忍群体性、区域性贫困长期存在。消除贫困，改善民生，逐步实现共同富裕，是社会主义的本质要求，也是中国共产党的历史使命。

据测算，到 2020 年底，海原县肉牛存栏将达到 30 万头，将成为西部乃至全国高端肉牛重要的生产繁育基地之一，为海原县脱贫富民奠定坚实基础。

我听说，海原县在种草养畜方面的目标是人均一头牛。这个目标不是太高，跳一跳，就能够得着。

蓝图，是那样的壮丽；前景，是那样的美好！

一幅"满山遍野牧草香，千家万户牛羊壮"的美丽画卷，正在海原大地徐徐展开。

清泉流过西海固
——记闽宁对口扶贫协作援宁群体之厦门老师

李晓娟

今天，是我被抽调到最高人民法院第六巡回法庭后报到的日子，站在最高院庄严肃穆的国徽之下，我心绪难平，激动、感慨，五味杂陈。如果没有"闽宁对口扶贫协作援宁群体"这个英雄的群体，就不会有今天的我。恰逢脱贫攻坚收官之年，谨以此文纪念我曾经贫瘠的家乡和我贫困的少年时代，更要感谢闽宁对口扶贫协作援宁群体！感谢这个伟大的时代！

——题记

"海源""海原"

Haiyuan，听上去是一个让人浮想联翩的名字，像是一片汪洋大海的源头，但其实却只不过是贫困至极的人们殷切的渴望和梦想罢了。1988 年，我就出生在西海固地区这个叫海原的小县城。

西海固"苦瘠甲天下"的名号是十年九旱、极度缺水的真实写照。因为缺水，这里自然条件艰苦，生存环境恶劣，千百年来从未摆脱贫穷的桎梏；因为缺水，这里的世界只有两种色彩：短暂的夏、秋时节里会有零星的黄绿色，漫长又寒冷的冬、春季节则是干涸的土黄色；因为缺水，"叫水的地方没水，叫泉的地方没泉"，喊叫水村、苦泉村是最典型的焦灼与干渴的代表；因为缺水，早已经干透的土地几乎没有什么像样儿的产出，收成是干瘪的，稀少的数量勉强够人们果腹。贫困伴随着我整个童年和少年时代，而习惯贫困也成为了一种自然，一代又一代的人忍受着苦难，忍受着干旱，忍受着干旱带来的贫穷……日子就以这固有的节奏行进，干旱——贫穷——更干旱——更贫穷，循环往复，一成不变。

历史的车轮总在滚滚前行，别样的光芒即将照进这片贫困的土地，给予人们拨云见日的力量，贫穷的山城人发现原来人生可以有不同的活法。

不一样的秋天

2000 年秋天，我升入初中二年级。按照惯例，新学期开学第一个晚自习，班主任老师组织召开收心教育会，当他通知我们这学期有一门课程由来自福建省厦门市的支教老师教授时，教室里再也无法平静，窃窃私语声过后就是哗哗的翻书声。我也赶紧打开地理书寻福建、看厦门、找鼓浪屿，这些令人激动的词语，马上要从课本里跳出来出现在我们的生活中，怎能不令人兴奋和期待。"支教老师会如期来吗？是坐火车还是坐飞机？他们生活在大海边，海滩是什么颜色？"各种各样的问题从我脑海里不停歇地往出冒，不安分的好奇心根本停不下来。班主任叮嘱对待老师要有礼貌，新学期要更加努力之类的话显然是再没听进去。随后的日子，我紧盯着课程表，盼望着支教老师的课赶紧开始。

第一堂支教课，在师生们相互自我介绍之后正式开始，老师不断调整着词语，纠正着自己的南方口音，碰上我们迷惑又茫然的眼神，他便径直走向黑板手起笔落，学生们齐声感慨："哦，原来是这个意思呀"平日一直讲方言的我们，回答问题时不自觉地将"土话"说得洋气些，好像带点儿洋味儿就能更接近普通话似的，不用说破更不必追问，点头Yes摇头No万能使用，单调的课堂传来阵阵欢笑声。平淡无奇的学校生活因为厦门老师的到来，悄悄地发生着变化。那个学期我格外喜欢去学校上学，那年秋天，一如诗人所说："草在结它的种子，风在摇它的叶子，我们站着，不说话，就十分美好……"

煎熬的冬天

冬天的海原县城没有任何新鲜蔬菜水果的补给，除了白菜、土豆就是腌制的咸菜，能有几个秋天储存的苹果已经算是稀罕物，这着实让厦门老师的饮食陷入困境。刺骨寒冷的西北风不停地呼啸着，带走一切可以带走的水分，自然也不会放过几位水润的南方老师，他（她）们的皮肤因为缺水开始发红，强烈的紫外线再将其变得黝黑，严重的甚至开始一层层脱皮，整个冬天他们几乎都干裂着嘴唇，嘶哑着声音，全然没有了来时的模样。

城镇里条件尚且如此，更不知道那些分配到农村的支教老师是怎样度过那个寒冷的冬天的。即便这样也没有人退出这场教育帮扶的接力赛，反而越来越多农村的学校出现了支教老师的身影。

厦门老师们学着当地人在屋里燃起火炉，炉上架起锅灶，水里撒一把白米，红薯切块放进去，一锅北方的"红薯米汤"在他们的口中就变成了家乡"地瓜粥"的味道，第一次听到这样洋气的称呼，感觉真的比"红薯米汤"好听许多。他们总会苦中作乐，周末约上支教团的其他老师围坐在火炉旁，炉子里烤上地瓜，唱两句闽南语歌曲《爱拼才会赢》，兴起时忘了烟筒的热度，御寒又轻便的羽绒服烫出大洞报废在众人的惊呼中，第二日只好身着厚实又笨重的棉皮夹克出现在三尺讲台，学生们笃定一定是"西北风"换了"东南风"，冬天已经来了，春天还会远吗？

厦门老师

当年的支教老师，不管姓林，姓倪，或者姓吴、姓黄、姓李……他（她）们都被亲切地冠以"厦门老师"这个称谓，许是因为在我们心中，"厦门"这个词自带光芒吧，厦门老师会微笑着回复每一个向他们投来好奇眼神的学生；厦门老师带来海边的特产分给帮助他们打热水拿教具、生炉火倒煤灰的学生们，海味在干涸的西北内陆绝对是最特别的存在；厦门老师会在周末带着我们爬上洒满冬日暖阳的"牌路山"，说这里也有别样的风景，返程路上教唱正宗闽南语歌曲《爱拼才会赢》，被嬉闹的我们翻译成"爱饼兼爱牙"，惹来一阵哄笑……

少年时的欢乐与忧伤就这样捆绑着厦门老师的到来与离开，每一批厦门老师的返程都伴着学生们泪水涟涟的告别，那种伤离别就像海原一年四季刮不完的风，让人泪流不止，和着满面的沙子和黄土，流进心里堆积出黄土高原的沟沟坎坎。临别前的晚自习大家都去告别，我也在内心无数次地排练着告别的话语，但一张嘴眼泪就会抢先，索性没去。本地老师会假装带着醋意地说："当地老师带你们好几年走咧（了），也没见你们哭成这副鼻涕眼泪的样子！"而我做过更傻的事。第二天清晨，我骑着破旧的自行车沿着宿舍门前清晰的车辙印追到出城的山口，朝着伸向远方的山路使劲地挥手……这般矫情的送行在当年一定是会被笑话的，我藏在心中从不曾与人分享。

谁又想过，为什么厦门老师的离开让我们的泪腺变得如此发达？为什么短暂的相处会让我们对此间时光这般留恋？为什么他们的离开对那时的我们是无法言说的伤离别？偶然看到一篇文章里写道："他们存在的本身，就足以召唤出一个广阔的新世界，就像拽着你的头发，把你拔离了地球，脱离引力的掌控，找寻到飞翔的感觉……"我恍然大悟：厦门老师不就是这样的存在吗？他们就像一束光，神奇地照亮了我们，为我们召唤出了一个全新的世界。

春风化雨　润物无声

想到我的厦门老师们，一切清晰如昨：彬彬有礼的微笑、冬日漫山的暖阳、山路清晰的车辙……不知道当年有多少学生跟我一样都曾在心里默默许下过"好好读书，将来考去厦门上大学"的愿望，也许就是从那个时候起，我们的内心开始萌发出神奇的力量，开始重新打量现实生活，开始想要去看那个更大的世界。厦门老师就像一季又一季归来的候鸟，带来滴滴雨露渗入我们脚下的土地，用闽南温润无声的细雨滋养了北方无数个干涸的心灵。

那个时候，想要跟厦门老师沟通，不管你的普通话多么蹩脚也得硬着头皮说下去，方言再贴切他们也是听不懂的，能自如地用普通话聊天真是不易。

不擅普通话的本地老师有时会卡在那里不知用什么词语表达，只见他（她）眉头一皱，在脑海里急速搜索，数秒后满意地、大声地蹦出那个妥帖的词语，又如释重负地笑了。但也有想不起来、搜索失败的时候，"嗯……嗯……嗯……"不见下文，索性直接改说方言。普通话实在讲不好的老师怯怯地退出了交流，出门看见我们这群偷听的学生，吼一声："看撒（啥）泥（呢），该干撒（啥）干撒（啥）起（去）……"

"哎呀，咱们老师哈（还）是'海原普通话'说滴豪爽，一气呵成么……"

"把你们这些碎仔仔们（小家伙们）……"

"哈哈哈……"

我们说笑着、打闹着、在老师气呼呼的步伐中一哄而散。上课铃适时地响了，学生们鱼贯而入，老师们用各自拿手的语言开始上课，细细听来，山城学校此起彼伏的读书声中，偶尔的"闽南味儿"调剂着单调的"海原普通话"，方言也开始变得"标准"起来。

支教团的吴老师负责给参加演讲、辩论赛的学生开小灶——辅导标准的普通话，我就是那个吃小灶的幸运儿，"海原普通话"不必区分前后鼻音，说话的人也浑然不觉错在何处。那篇演讲稿中的"峥嵘岁月"已经远去，但那苦练发音的小灶课深深地印刻在我的记忆里。任凭吴老师如何绞尽脑汁，我的发音仍然存在问题，更让老师抓狂的是，我成功地带偏了他的发音。我在崩溃的边缘，准备放弃，见他转身从宿舍抽屉里郑重其事拿出一根针来，让我看着这根针好好想一想再读，说完就不再理会我了。

还是第一次见他生气，就为了这么一根"针"。在"针"和"峥"，"真正"和"正真"、"白云"和"白勇"、"英雄"和"因循"对对错错的发音中我拿到了比赛第一名。敬爱的吴老师，您一定不知道就是当年这根"针"扎醒了这个贫困山区的女孩，也是因为这根"针"，让她懂得凡事都要坚持。后来我上了高中，读完大学，考上公务员，成家立业……一路走来，遇到过许许多多的挫折和困境，每每想要放弃时就会想到这根"针"的力量，收起眼泪继续前进，命运何等的眷顾，让13岁的我得到了这根幸运神针。

第 101 个 "时代楷模"

20 多年沧海桑田，山乡巨变，"海源"已不再是原先的颜色，雨水丰美的日子让干涸了太久的土地变得温润如玉，草色如黛，青山绿水成就了五彩缤纷的新生活。"海源"也不再是原来的模样，弯弯曲曲的盘山路间架起了高速公路，满载着希望的车辆呼啸而过；摆脱贫穷的渴望太深，精准扶贫让家家户户都过上了好日子，海原实现了整县脱贫出列。

《马燕日记》里上不起学的作者马燕如今已留学法国；农民作家马慧娟撰写的《走出黑眼湾》走进中央电视台，走向了人民大会堂；而我，大学毕业后考上了宁夏法院队伍，成为了一名光荣的人民公务员，我自己都不敢想象，当年那个贫困山区的女孩今天能有机会站在最高人民法院巡回法庭的国徽下……许许多多的西海固学生都成为了闽宁对口帮扶协作这一伟大决策的最直接受益者，实践验证了那句真理：教育扶贫是阻断贫困代际传递的治本之策。

我到后来才知道，原来"厦门老师"也是习近平总书记在福建工作期间，亲自部署、亲自推动 闽宁对口扶贫协作重要战略决策中的一项任务，承载着习近平总书记的殷切嘱托。我们那一代学生就是最大的受益者，遍及宁夏大地的支医、支农、支教人一茬接着一茬，一任接着一任，我的厦门老师们有了一个全新的、响亮的名字——闽宁对口扶贫协作援宁群体，他们是共和国第 101 个"时代楷模"。

结　语

今天，我在自己的工作岗位上也承担着精准扶贫的光荣使命，看到结对帮扶的建档立卡户家中读书的学生娃就好像看到当年的我，因为有着更深更浓的感触，所以坚定地告诉他们："一定要读书，唯有知识才能改变命运，唯有知识才能让我们摆脱贫困。"当我把厦门老师的故事讲给他们听时，帮扶户家中的四个孩子眼睛亮了。精准扶贫跟进的第四年，拿到大学录取通知书的老三第一时间电话告知我他要去上大学啦！隔着电话都能感受到这一家人的喜悦……我能做的就是替这个贫困的家庭再争取些教育捐款和资助，为即将远行的孩子准备行囊。

我的西海固，我的厦门老师，他们教会了我坚毅与勇敢，时刻提醒着我："不忘来时路，方知向何行。"当清泉流过干涸的乡土，当梦想插上腾飞的翅膀，当岁月镌刻下"时代楷模"的印记……我将那枚神圣的法徽，再次郑重地佩戴胸前，重温"为人民司法"的誓言，去迎接新的任务，开启新的征程！

教育成就未来

马卫民

"知识改变命运，教育成就未来。"这句话我们耳熟能详。如今，在海原县这片辽阔的大地上，这句话已经变成现实，许许多多的寒门学子通过"十年寒窗"，纷纷走出家门，踏上一条通向幸福的阳光大道。

在海原县，无论是县城还是农村，我看到的最美的建筑就是学校。

扶贫先扶智

让贫困地区的孩子接受良好教育，是扶贫开发的重要任务，也是阻断贫困代际传递的重要途径。近年来，海原县紧紧抓住教育扶贫的政策支持，紧盯实现"教育脱贫一批"目标，坚持"扶持到户、资助到生""精准扶贫、不漏一人"的基本方针，强化基础设施建设，改善教学条件，引进新鲜血液，基本消除了因学致贫现象，逐步实现了从"有学上"到"上好学"的转变。

近几年来，海原县为进一步推进精准扶贫工作，切实落实"两不愁三保障"，确保义务教育阶段适龄少年儿童全部完成国家规定的九年义务教育，根据《中华人民共和国义务教育法》和《自治区人民政府办公厅关于进一步加强控辍保学工作全面提高义务教育巩固水平》文件要求，积极落实自治区、中卫市关于控辍保学工作精神，成立了以县长为组长的控辍保学工作领导小组，出台了《海原县进一步加强义务教育控辍保学工作的实施意见》，按照"依法控辍、管理控辍、质量控辍、扶贫控辍、情感控辍"的总体思路，确定控辍保学工作目标，建立"七长负责制"（县长、局长、乡镇长、校长、村长、家长、师长），实行"双线控辍责任制"（县、乡镇、村党政一条线，教体局、学校、教师一条线）。使近3年辍学的795名学生全部重返校园，全县义务教育阶段巩固率达到100%，确保了海原县精准扶贫工作的顺利开展，做到了"脱贫先脱愚，扶贫先扶志"。

在国家惠民政策支持下，在各级领导的关怀下，海原县每一个适龄儿童，都能在阳光下健康、自由、快乐地成长。

大山里飞出了金凤凰

20世纪70年代末，确切来说是1979年高考之前，一个叫田成龙的农村孩子，在宁夏全区的化学竞赛中荣获一等奖。这件事在当时的海原一度引起轩然大波。我记得很清楚，《宁夏日报》记者专门写了一篇报道，题目就是《大山里飞出金凤凰》。后来，田成龙被直接保送上了宁夏大学化学系。我和田成龙同级不同校，他是海原中学的学生，我是海原县西安中学的学生。1979年，我参加了高考，如愿以偿地考上了一所师范院校，毕业后分配到海原县回民中学当老师。

回忆往事，我对"教育成就未来，知识改变命运"刻骨铭心，没齿难忘。

如今，在海原县这片热土上，千千万万个像田成龙一样的"金凤凰"，通过学校教育这样一个平台，展翅飞向神州大地，飞往大江南北。

观察如今海原县农村发生的深刻变化，我得出这样一个启示：没有教育的巨大变革，就没有海原欣欣向荣的今天。

41年前，我考上大学时，我的家乡还没有通电，家家户户使用的都是煤油灯。现在的家乡几乎找不到当年的影子。父老乡亲不仅日子越过越好了，内心世界也变得宽阔了。变化最大的不是口袋，而是脑袋，与摆脱贫困、走向富裕相比，农民思想观念的变化，才是最大的变化。农民对美好生活的向往，对幸福人生的追求，成为农村变革的内生动力。在党和政府精准扶贫的帮扶、影响下，新时代农民不仅改变着生产方式和生活方式，也改变着精神世界。

在我的老家菜园村，越来越多的乡亲已经改变了观念，不管日子是好是坏，他们都坚持把孩子送进学校。因为他们已经懂得，唯有知识能创造孩子的未来，再苦不能苦孩子。

走进书声琅琅的菜园小学，看到一张张充满稚气、灿烂如花的小脸，我的内心无法平静。这个我曾经上小学的地方，如今已发生天翻地覆的变化。一排排整洁的校舍拔地而起，气势壮阔。各种功能室应有尽有，远程教育、优质教育的资源配置非常齐全，农村的孩子和城里的孩子一样，享受到同一片蓝天下的阳光雨露。

遥想我的小学时代，一股辛酸涌上心头。十几个灰头土脸的孩子挤在一孔十几平方米的箍窑里，土窑洞、土桌子、土凳子，里面坐着一群土孩子。箍窑里光线阴暗，特别是遇到阴天，连黑板上的字都看不清楚。

几十年的时间，沧海桑田，海原县教育发生了巨大的变化。

自开展脱贫攻坚工作以来，海原县坚持教育资源配置重点向农村地区和薄弱学校倾斜，向优先发展和重点保障义务教育倾斜。几年来，共投资5.1亿元，用于新建改建扩建义务教育学校和幼儿园，实施"互联网＋教育"网络扩容提速工程，并配齐教育教学设备，改善农村学校基本办学条件，让农村孩子在家门口"上好学"，有效解决"乡村弱"和"城镇挤"的问题，缩小县域内城乡教育差距，不断提高人民群众教育获得感。在改善教育硬件设备的同时，不断推进优质教育资源共享，提高农村学校办学水平。

走进史店乡中心小学，一栋漂亮大气的三层教学楼映入眼帘，操场上是红白相间的塑胶跑道，篮球场、乒乓球台等体育设施一应俱全，教学楼内教室、阅览室窗明几净，设施完备。

史店乡距离县城仅有 5 公里，原来学校校舍破旧、教学质量不高，村民都想方设法把孩子送到县城小学上学。一个孩子到县城读书，房租一年最少需要 2000 多元，加上大人陪读，一年下来一个家庭花费近万元。2016 年，在教育部门和各方力量的共同努力下，史店乡中心小学新建的三层教学楼建成并投入使用，配强了师资队伍、配齐了教学设施，优质教育资源下沉，解决了群众上学难的问题。

夏风浩荡，阳光明媚。

在贾塘乡中心小学的录播室里，一堂以数字化技术为支撑的主题班会正在热闹进行，穿着整齐、坐姿端正、戴着红领巾的三年级的同学们，正在和老师热情互动，这便是近年来海原县推行"互联网＋教育"网络扩容提速工程在贾塘乡中心小学的真实写照。

有一位老师对我说："我们的这个录播教室是 2019 年投入使用的，使用以来，效果很不错。实现了教学数字化，让我们这些老师在录播过程中容易发现问题，也可以和其他小学的老师交流，让他们感受到其他的老师是如何教学的，甚至在录完后，还可回顾课堂发现问题在哪里，效果在哪里，我觉得数字化在教学应用中非常实用。"

从一根粉笔到电子白板，更多新技术、新设备、新教学手段在教学中的应用，减轻了教师教学负担，提升了学生学习兴趣，提高了教育教学质量。

从教 40 多年的蒋正学老师，曾经参与起草了学校的 10 年规划，如今这位已近花甲之年的老教师不仅看到曾经的梦想变成了现实，而且也见证了海原县教育事业的蓬勃发展。

蒋正学老师说："对于我们来说就像是一个梦，当时起草的 10 年后或者 5 年后，有各种功能室，像音乐室、电子琴室、科学实验室以及录播教室等等，不到 10 年都实现了，我们的梦想也实现了。"

在海原县广阔的乡村，越来越多的学校实现了优质教育资源的覆盖，农村孩子的愿望已经变成了现实。

不断配强配优教育设备和教师队伍，让农村的孩子拥有和城里孩子同样的教育条件。现在每个小学都开展大课间活动，学生们根据自己的爱好特长，参加篮球、足球、乒乓球等体育项目，校园里到处洋溢着活力四射的青春气息。教学楼上，每一个班级都有一堂不一样的活动课，有跳舞的、演讲的、绘画的、写书法的、做手工艺品的，原来几乎空白的"小三门"和社团活动丰富了学生的校园生活。

按照孩子们的说法，以前我们没有条件，看到城里的孩子学舞蹈，我们很羡慕，现在我们有专门的舞蹈教室，有专门的舞蹈老师给我们教舞蹈，舞蹈老师教我们的所有舞蹈我们都很喜欢，都能学会。

"教育兴则国兴，教育强则国强。"通过海原教育人的不懈努力，海原县教育事业实现了从"有学上"到"上好学"的转变，展现出学前教育由小到大、义务教育由弱到强、高中教育稳中有进、职业教育逐步完善、特殊教育从无到优的良好态势。海原县教育优先战略在习近平新时代中国特色社会主义思想指引下正在开创着美好的未来。

越来越多的"金凤凰"，从海原的深山沟飞了出去。

丁成秀，中国科学院兰州化学物理研究所研究生，是宁夏海原县树台乡红井行政村刘河自然村的一位普通女孩。

她的母亲很早离世，父亲再婚，全家仅仅依靠几亩薄田维持生计。生活在这样一个家庭里，要是以前，她的命运是只能和父辈们一样日出而作，日落而息，与土地相伴一生。然而，幸运的是她赶上了党和国家的好政策：依靠"两免一补"政策，她没交一分钱的学杂费就顺利度过了九年义务教育阶段；后来她考入银川市六盘山高级中学，又享受着学校发放的每年2000元的国家助学金以及社会爱心人士的资助；再后来进入大学考上研究生，大学生助学贷款政策解决了她的学费问题；上大学第二年她家被村里定为建档立卡户，政府的各种扶贫项目不仅解决了全家的生活问题，中卫市"离土计划"助学政策，每年还资助5000元，帮助她完成学业。就这样，她一个偏远山区的女孩子，乘着党和国家惠民政策的东风，从大山里飞了出去，变成了美丽的金凤凰。

现在，她的两个妹妹在海原一中上学，享受每年人均2000元的国家助学金和每年人均800元的免学费政策，弟弟在义务教育阶段上学，享受国家营养改善计划和"两免一补"政策，沐浴着党的惠民政策茁壮成长。

丁学秀的成功激励着村里大大小小的孩子，使他们重新审视自己的未来，把上学当作改变命运的唯一途径；也影响着村里广大家长的教育观念，他们不再认为读书无用了，而是不管怎样孩子必须要上学！

是的，知识改变命运！特别对丁成秀这样的贫困家庭而言，读书是唯一能够改变命运的途径。正是国家一系列惠民政策的实施，他们才有机会拥有改变命运的机会。脱贫攻坚工作实施以来，海原县紧紧围绕"实施教育精准扶贫，阻断贫困代际传递"的总体要求，坚持"扶持到户、资助到生""精准扶贫、不漏一人"的扶贫方针，全面落实学前教育"一免一补"，义务教育"两免一补"、营养改善计划，普通高中国家助学金、免学费，职业高中国家助学金、免学费，大学生燕宝助学金、"离土计划"等资助政策，助力贫困学生顺利完成学业，真正实现了"教育脱贫一批"目标，仅树台乡就有1454名大学生申请了助学贷款，218人次享受中卫市"离土计划"每年5000元资助金。同时，利用燕宝助学项目为域内考上一本、二本的大学生每生每年资助4000元（共4年）；利用"厚德慈善"助学项目为考上三本的大学新生一次性资助3000元，为一本、二本、三本预科生一次性资助2000元，帮助贫困大学生完成学业，成就人生梦想。

乡村最美的建筑是学校

　　海原县李旺镇李旺小学坐落于银平公路西侧，清水河自学校东侧潺潺流过，学校现有 13 个教学班，在校学生 424 名，教师 21 名。学生主要来自李旺行政村下辖的 9 个自然村及老街居民。

　　校园占地面积 9600 平方米，改造前，学校有砖木结构校舍 1152 平方米。根据李旺小学无法扩征的实际情况，2014 年底，经海原教育局多次现场测量，计划将学校现有砖木结构平房全部拆除，利用 2015 年"农村义务教育薄弱学校改造计划"等项目进行改扩建。

　　2015 年，海原县教育局争取到薄弱学校改造项目，投资 754.66 万元，新建校舍 3840.2 平方米，其中教学楼 1867.8 平方米、综合楼 809.6 平方米、教师宿舍及餐厅 1162.8 平方米，均为框架二层。2016 年，投资 156.5 万元，新建 150 米塑胶操场、校园硬化、供暖改造、室外管网、围墙、大门、厕所、强弱电等附属工程。投资 109.5 万元，配置安装触控一体机 13 套、50 座计算机教室 1 个，音乐室、美术室、体育器材室、科学实验室及仪器、综合实践活动室各 1 个、图书 7300 册、教师办公电脑 21 台等教育教学设备。

　　如今的李旺小学校园旧貌换新颜，音乐、美术、计算机、科学、综合实践等功能室设备齐全，成为银平公路边最漂亮的建筑。走进校园，一幅美丽的风景画尽收眼底，郁郁葱葱的树木、书香校园文化的布置，使整个校园壮观大气，彰显出育人功能。每当经过校园，都能听到孩子们的欢声笑语。由于办学条件的改善和师资队伍力量的不断壮大，学校先后荣获中卫市书香校园、中卫市安全文明校园、海原县少先队工作先进集体等荣誉称号。先后承办了县级以上数学、语文等两次现场研讨会，海原县交通安全宣传启动大会 1 次，海原县爱路护路成果交流活动 1 次，学校校园文化建设教育系统（海原县、同心县）观摩交流活动两次。

海原县凭借国家义务教育基本均衡发展的东风，以打造一流农村学校为目标，以薄弱学校改造工程等项目为契机，抢抓机遇，大力促进义务教育优质均衡发展。李旺小学的变化只是农村学校发展的一个缩影，党的十八大报告指出，教育是中华民族振兴和社会进步的基石，要坚持教育优先发展，大力促进公平，合理配置教育资源，重点向农村、边远、贫困、民族地区倾斜，积极推动农民工子女平等接受教育，让每个孩子都能成为有用之才。如今，乡村学校的一系列巨变，一座座朝气蓬勃的学校逐渐展现在世人眼前。

教育是阻断贫困代际传递的治本之策。补齐贫困地区教育发展短板，让贫困家庭子女能接受公平而优质的教育，是夯实脱贫攻坚根基之所在。

随着学生资助政策的不断完善，在海原县，有许许多多来自贫困家庭的学生能够顺利完成学业，逐渐摆脱贫困，实现人生理想。

在海原县关桥中学的学生食堂里，我目睹了孩子们正在享受的"营养午餐"。人们常说："天下没有免费的午餐。"可如今，海原县农村学校的孩子们却能享受到真正的免费的午餐，而且还是营养午餐，孩子们顿顿都能吃上肉。

关桥中学校长李克俊告诉我："海原县农村学校的孩子都享受营养午餐，早餐一个鸡蛋，午餐按照要求合理搭配，突出营养菜谱，保证每顿饭都有肉。另外，对于建档立卡户、农村低保户、孤儿、残疾学生，县上每年还补贴1250元的生活费，让这些特困家庭的学生有饭吃、有学上。"

这是一个多么好的时代！

百年大计，教育为本。教育扶贫对于拔除"穷根"具有不可替代的作用。在海原县，教育扶贫让贫困学子们享受到了党的阳光雨露，让他们上得了学、上得起学、上得好学，教育扶贫正托起一朵朵希望之花。

成林文体大院

马卫民

认识李成林已经好几年了，从第一次见面到后来的多次接触，这个憨厚朴实的农民兄弟留给我的印象极其深刻，吸引我三番五次去海原县史店乡苍湾村，不仅仅是因为那里有藏书几万册的乡村图书馆，更是源于李成林自身所具有的某种气质，这种气质似乎早已渗透他的骨肉与血脉之中，看不见摸不着，但确确实实存在着。

李成林告诉我，他读书不多，只是一个初中毕业生。可是，我却认为，一个人有没有文化，与学历似乎关系不大，一个博士生不一定就是一个有文化素养的人，而一个没有读过书的人，有时候却让人感觉到他浑身充满文化气息。

几次去苍湾村，几次见李成林，我对成林文化大院印象深刻，看到的最好风景，就是一个人的善良。

1975 年夏天，李成林在海原中学读完初中，回到自己的家乡，一个不谙世事的少年，懵懵懂懂地走向社会。起初，他在苍湾大队机务站工作，主要从事米面加工。后来，又在大队当了几年民办教师。包产到户后，他回了家，帮助多病的父母种地养羊，日子过得云淡风轻。随着时间的推移、年龄的增长，李成林的内心开始激荡不安。他想，一个人活在世上，除了吃饭穿衣，还应该做点别的事情。特别是当他看到村子里的一些年轻人闲暇时刻无所事事，不是打架斗殴，就是打牌吹牛。这一切，李成林看在眼里，急在心上。

他觉得，他应该做点事情了。

2000 年，李成林在自己的家里创办了一个书屋。虽然只有到处募集来的几百本书，但这的确是一个非常宝贵的起点。一时间，他的书屋门庭若市，村子里的人茶余饭后纷纷来到他家借书，特别是一些放假回来的学生，也像小鸟一样，在他的书屋里唧唧喳喳。

几年下来，李成林做的事情像一阵风，吹遍史店乡的沟沟坎坎，乡里的领导来了，县上的领导来了，文化部门的领导来了，宣传部门的领导来了，记者来了，一些爱心人士也闻风而至。

2004 年，李成林的书屋起名"成林文体大院"，县上来人给他挂牌。按照他的理解，一个健全的人，不仅仅要有一个强健的身体，更应该有一个高贵的灵魂。

2020 年的夏天，我又一次走进苍湾村，走进李成林的文体大院，当我看见 3 万多册各类书籍整齐地排列在一间 80 多平方米的房间里，我的内心无比震撼。

我仔细地翻阅了几本借阅登记册，无数个走进成林文体大院的读者形象鲜活地出现在我的脑中，有本村的村民，也有周边的百姓，他们来这里，只有一个目的，那就是让知识充盈自己的人生，让自己不安的心灵停泊在一个温暖的地方。

我一直坚信，教育成就未来，知识改变命运。

我曾经写过一篇《我的高考》，文章描写了我从一个农民的儿子，通过高考走出农村的事情。前不久，我看到我曾经的同事李生信也写了高考改变他自己，以及他的子女命运的文章。他在《高考那些事》里写道："高考不仅成全了我，也成就了我的子女，几个孩子都是通过高考进入重点大学，然后分配到大城市工作，高考曾经是我们家生活的主旋律，现在高考远离我家的生活十几年了，但，每每高考临近，心中都有一阵骚动。"

在李成林家，我们像一对久违的朋友，促膝而谈。外面下着小雨，雨点落在树叶上，窸窸窣窣地响个不停，雨声像一曲曼妙的轻音乐回荡在我们的耳畔。

李成林告诉我，他的几个孩子都很争气，特别是几个女儿，都是通过高考改变了自己的命运。村子里以及周边村庄来他这儿借过书的学生，好多都考上了，有了自己的工作。

我们之间的话题没完没了，一直聊到午饭时候。李成林的妻子做了烩小吃，里面有凉粉、萝卜和土豆，再搭几块牛肉或鸡肉，这种风味小吃很合我的胃口，我吃了不少，李成林笑眯眯地看着我的吃相，说我太实在了，就像是他的家人一样。

这些年，李成林的文体大院办得如火如荼，热闹非凡，除了图书馆，他还承办了十几届农民篮球运动会，效果非常好。

对于脱贫，李成林理解得更加深刻，给人几个钱，只能救得了一时，救不了永远；给人知识，能够改变他的一生。这些朴实的话语里蕴含着极其深刻的哲理。

李成林的文体大院，自 2000 年 11 月创办以来，这个海原县乃至宁夏唯一的农民家庭图书馆，接待读者几万人次，20 多年来，李成林舍小家而顾大家，默默无闻地为村民服务，为读者服务，扶志扶智，为苍湾村脱贫贡献了自己的一份力量，这是值得书写和尊重的。

李成林的图书馆论规模比不上城市里的任何一座图书馆，充其量只是一个书屋，但是他把自家最大最好的上房让给了书，自己和家人住在狭小的偏房里，书在他的心中比什么都重要。朴实无华的房子，装满书籍的房子，却是贫穷山村里一栋最豪华的文化大宅。

这个 80 多平方米的大房间里，纤尘不染。任你左顾右盼，极目之处，书籍连着书籍，杂志连着杂志，书本之外，报纸、海报、挂历、奖牌、奖状、奖章，琳琅满目，让人目不暇接。

书屋里每一张照片记录着图书馆的重要时刻，这些留着图书馆历史痕迹的图片，被李成林当作宝贝精心呵护。

20年来，李成林的文体大院越办越好，越办越红火，藏书从最初的几百种发展到目前的3万多种，最重要的是文化的种子已经植根于芸芸众生之中，这是无法估量的。

在这个独特的乡村图书馆里，我看到的不仅仅是各种书籍，还有信念和希望，我相信，总有一天，这些坚韧不拔的信念，会插上翅膀飞向更远的地方。

我一直认为，李成林就是一个地地道道的文化人。他所做的一切，不是欺世盗名，不是沽名钓誉。他完全可以选择另外一种生活，舒适安逸地度过自己的一生，可是，他偏偏选择了操劳，选择了为他人作嫁衣，选择了做一个传播文明的使者。

除了办好图书馆，李成林还积极操办了苍湾村农民篮球运动会。每年农闲时，苍湾村便成了最热闹的地方，有20支左右农民篮球队慕名参加苍湾篮球运动会，前来看球赛的观众成千上万，熙熙攘攘，摩肩接踵，场场观众爆满。

通过多年潜移默化的影响，李成林一家人都沾了文化的光。大女儿李萍在红羊乡政府工作，喜爱文学，写的一手好文章，书法作品也很棒。我认识李萍之前，就在报刊上读过她的散文，文字很优美，既有小家碧玉的矜持，也有大家闺秀的风范。我很喜欢李萍的文字，通过文字我们成为很好的文友，交往越来越多。二女儿李楠也喜欢舞文弄墨，属于文艺青年那种类型，如今在银川一家信贷公司上班。三女儿李然在银川市兴庆区法院工作。四女儿李珍刚从西北民族大学法学院毕业，已经取得法律职业资格证，找份工作不成问题。让我意想不到的是李成林的妻子，这个小学毕业的农村妇女也非常喜欢读书。那天在李成林家，她告诉我她看过我写的文章，她说我的文章写得自然、朴实，很接地气，特别是写农村的文章。听到她的话，我真的有些感动。

李萍说："我妈是你的忠实读者。"

如今，李成林的妻子，这个叫马兰秀的女人，在苍湾村工作，是文化专干，工资虽然不高，但她干得心满意足、无怨无悔。

好人一定会有好报。多年的无私奉献，多年的默默付出，李成林赢得各种各样的褒奖。

在李成林的书屋里，各种奖牌和荣誉证书数不胜数，我无法把它们一一列出来，只能选择其中一些。

2011年，成林文体大院被自治区文化厅评为优秀社团，被自治区党委宣传部授予全区基层群众文化活动示范点称号。

2014年，成林文体大院被自治区党委宣传部、自治区新闻出版广电局授予首届全区"书香之家"。

2016年，李成林被海原县委、政府命名为"最美乡土艺人"，成林文体大院被授予全国"书香之家"。

2017年，成林文体大院被国家新闻出版广电总局命名为"全国示范农家书屋"。

荣誉来之不易，每一个沉甸甸的奖牌后面都有数不尽、说不完的酸甜苦辣，好在李成林咬牙坚持了下来。

从李成林阳光自信的脸上，我看到农村振兴的希望所在。

李成林告诉我，他这一辈子，最荣幸的是在银川市第九中学给中学生做了一次演讲，他站在讲台上，那时候，他感觉自己脱胎换骨了，他不再是一个农民，而是一个教书育人的先生。他还告诉我，他最向往的是把农民的整体素质提上来。

我被李成林的话感动着，眼眶不由得湿润，一个普通农民，胸襟却像大海一样宽广。

生命是一叶扁舟，航行在人生的茫茫大海里，会经历暴风雨的洗礼，也会迎来朝阳彩霞的拥抱。

2011 年，李成林应邀参加在北戴河举办的民间图书馆论坛，2012 年他又被邀请参加了在杭州举办的公共图书馆、学校图书馆、民间图书馆服务与社会教育国际学术研讨会，从此，这个初中毕业的山区农民，终于走出人生的低谷，走进瑰丽的文化殿堂。

李成林喜欢唱"花儿"，而且自己写歌词。

"三月（个）里来（哟）三清明，山里人读书难肠（着）深，旱逢（那）甘霖饥盼饭，知识是人生道路上的盘缠。"

"花儿"是海原人的挚爱，高兴的时候想唱，忧愁的时候更想唱。特别是那些身处大山深处的人，寂寥的时候吼上几声，眼前就亮堂了许多。小时候，我跟着村子里的羊把式去放羊，曾经听他唱过好多"花儿"，那时候，我还小，根本不理解"哥呀妹呀""红牡丹白牡丹"，但是"花儿"的曲调我记住了，有时候也忍不住填几句词，唱几首家乡的歌。

在一场可遇而不可求的濛濛细雨中，我和李成林走进与他家一墙之隔的苍湾小学。夏天的雨，极其珍贵，但凡落下来，就能滋润万物。乡村的玉米、豌豆、土豆正处于拔节灌浆的时期，一场透雨便是丰收的前兆。

走在乡间的小路上，我看见苍湾村农民天翻地覆的居住环境。这些年，海原脱贫攻坚的力度非常大，农村所有的土坯房、窑洞、土围墙统统被推倒，农村最靓丽的风景就是红砖红瓦、宽敞明亮的房子，随便走进一个村民家中，家家户户都是笑意盈盈，满面春风。高档的家具、电器应有尽有，十分气派。如今，农村也有热炕，但不再是以前的土炕，而是通了电的"电热炕"，温度可以调控，方便极了。我在苍湾小学对面的一家姓马的农户家里，见证了这种热炕的好处，我坐在热炕头上，真的不想离开。这种恬淡的田园生活充满诗情画意，让人难以忘怀。

女主人给我们端上了海原当地产的甜瓜和油香，一再让我们尝尝。虽然素昧平生，但那一刻，我有一种回家的感觉，这就是我们的父老乡亲，他们时刻把我们当作自己的亲人。

走进苍湾小学，我遇见了以前教过的一个学生，如今他已经是苍湾小学的校长，他叫马少林。他依然称呼我老师。听到这样的称呼，我内心暖意融融。我这一生最为自豪的就是当了17年的老师，培养了无数学生。在海原的大街小巷，我经常遇到一些叫我老师的学生，一声老师，饱含多少深情；一声老师，唤醒多少回忆。

在细雨飘洒的校园里，我看见几棵直入云天的白桦树，还有几棵苍劲的柳树。其中有几棵柳树极为独特，一个树坑里，几棵树相互纠缠，相互守望，同生共长。马少林告诉我，当年种树的时候，担心活不了，一个树坑种了几棵苗子，没想到后来都活了，如今就长成了这个样子。几棵树就像几个患难与共的兄弟，相互扶持着长大成人。

在一棵柳树的躯干上，我看到一个圆溜溜的小洞，像是人工雕凿的，非常光滑，十分艺术。少林说，这是啄木鸟的家，洞里还有幼鸟，我踩了一个板凳，向里面探望，洞里黑漆漆的，什么也看不见，但能听到幼鸟的叫声，它们一定是肚子饿了，正等着鸟妈妈带回的"外卖"。马少林说："这个鸟窝，是我们重点保护的对象，我们像保护文物一样。学校的孩子们都知道保护鸟类，多年来，学校与这个鸟窝和睦相处。多年来，我们一直致力于学生的素质教育，培养孩子热爱家乡、热爱自然，珍惜身边的一草一木，效果还是明显的。"

洁净的校园沐浴在清凉的夏雨中，空气中弥漫着草木的清香，这是雨中乡村特有的味道，我尤其喜欢这种氛围，在这个时候，记忆就像开了闸门的水，哗啦啦地流向远方。

在雨水的陪伴下，马少林带着我和李成林，参观了学校的各个角落，其中给我印象很深的是学校的"院中园"，这是给学前班的孩子们打造的一个乐园，条件不亚于县城里的幼儿园。如今农村的每一座学校都建设得非常漂亮，教学设备配备齐全，农村孩子和城里的孩子一样，同在一片蓝天之下，享受着优质的教育资源。

在音乐教室，我看见一架架白色的电子钢琴，便按捺不住自己"乱弹琴"的毛病，坐在钢琴前，我弹了几首熟悉的曲子，马少林和李成林忙着拍照、拍视频，很快就有朋友知道我在苍湾小学。高科技时代，很远的事情变得很近，身边的事情也会传播得很远。在多媒体教室里，孩子们能够同等接受全国优秀教师的教学，这是一个多么好的时代，所有的幸福都落在孩子们的身上。

在学生食堂，我看见学校的厨师正在给孩子们准备营养午餐。菜香飘荡在校园的各个角落。苍湾小学有学生100多名，当下因为疫情的缘故，学前班没有开学，学校里上灶的学生只有60多人，午餐只有一个菜，茭瓜、粉条和牛肉三合一，主食是大米饭。

我在海原县采访脱贫攻坚期间，去得最多的地方就是学校，我对学校有着一种难舍的情愫，这恐怕是没有办法改变的了。事实上，脱贫攻坚的重点应该是扶志与扶智，一个人只有脑袋里有了东西，才能给口袋里装进很多东西。

离开苍湾小学时，天空中依然飘着丝丝缕缕的雨。

土鸡养殖圆了一家人的致富梦想

黑剑锋

7月的海原县，骄阳似火，热浪炙人。沿着那条熟悉的山间黄土小路，我和九彩乡畜牧兽医站的技术人员，来到马套村一个名叫田家沟的小地方，远远地，便听到了山下的杨树林里传来了一阵阵喔喔喔的呼唤声。

不用问，站在坡下那个身着半袖衫，脚穿筒靴，手端簸箕，正在撒饲料喂土鸡的中年男子，就是我的结对帮扶对象马波。

"马大哥，喂土鸡呢？"看到那一只只淡红羽毛的土鸡展开翅膀、收拢双爪、打着鸣从彩钢房四周的树林里、草坡间争先恐后地飞奔出来，我的心里顿时涌出一股幸福的暖流，便急切地问道，"马大哥，现在又有多少只了啊？"

突然听到身后传来问询的声音，马波慢慢悠悠地转过身来（因为腿有残疾，行动不便），脸上露出了灿烂的笑容。

他在与我们简单地打过招呼之后，有些得意地答道："现在大大小小的有500多只了，距离1000只的目标还有点距离哩！"

养殖500多只土鸡，对于很多的养殖大户来说，也许真的不值一提，但是对于马波这样的深度贫困户来说，却是一家人幸福生活的希望。

熟悉马波家经济情况的人都知道，三年以前，单论贫困程度，在全乡600多户2700多贫困人口中，马波家绝对排在九彩乡前列，用当时不少乡、村干部的戏谑话说，那就是"帮扶像马波这样的贫困家庭，那就是一块难啃的'硬骨头'！"

这块硬骨头到底有多硬？

刚刚拿到结对帮扶花名册，仔细看里面的16户贫困户名单。马波的父亲92岁，患有严重的风湿和前列腺炎，长年卧床不起；马波的弟弟马贵41岁，身材瘦小。而作为一家人的"顶梁柱"，马波这个勉为其难的户主，也是一个年逾50岁，而且手脚也因幼时被火灼烧，落下终身残疾，几乎丧失了劳动能力的人！

再看看他们的家庭情况，更是困难到了极点。屋内的黄土地面坑洼不平，很多地方还积落着一层尘土，好像伸脚出去就能踩出一阵土雾；房内的一角，放置两张老式木床和一个用土坯垒起来的锅台，锅台中央的黑锅里，横七竖八地躺着几副油渍斑斑的碗筷。除此，房屋外的台阶上、灶台边，是一些放置得乱七八糟的农具。

看到眼前那惨淡的一幕，我不禁皱了皱眉头，尽量控制住自己的悲观情绪，低声问道："马大哥，你们一家三口的主要经济来源是啥？"

他那张苍老的脸上，始终挂着淡淡的笑容，此时见我问话，便狠狠地吸了一口嘴里的旱烟道："我家没啥主要经济来源！"

"那你们一年四季吃穿用的钱从哪里来呢？"看着那一家三口若无其事的表情，我的心顿时凉了半截。

"你是说钱啊？我们父子仨都有低保！"

"对，我们爷三个都有低保！一个月有五六百块钱，吃穿省着点儿，勉强够用啦！"马波没等坐在一旁的弟弟把话说完，便在一旁补充道。

面对这样的深度贫困户，我真的不好再说什么，只好把自己入户走访时看到的和听到的都记在调查表上。

从马波家出来，一路上，我的心情异常沉重。在基层工作的十多年里，多半时候都在专职做扶贫工作，我见过太多贫困户，却从没见过贫困到这种程度还不急不跳的！

难道就这么轻易地放弃吗？走在路上，我一遍遍地问着自己。

走访完另外十几户贫困户，我的脑海里突然闪出一个念头："原来的扶贫开发现在之所以叫做脱贫攻坚，那就是要啃下这些剩下的'硬骨头'，如果就这么轻易放弃，我们还扶什么贫、攻什么坚？"

第二天上午，在村部召开的会议现场与所有贫困户商定好脱贫规划与产业项目后，慎重起见，我又专程去了马波家。

要帮扶这样的贫困家庭，我的想法很简单，那就是做好草地养土鸡、养牛两个项目。经过反复商量，对于养土鸡项目，马波兄弟俩都不是很反感，只是不同意养殖 200 只土鸡的目标。

临走时，我掏出 300 元现金塞到马波的手中，千叮咛万嘱咐，让他去买 300 只土鸡崽，抓紧时间把土鸡养殖项目搞起来。

马波接过 3 张百元大钞，他的双眼几乎笑成了一条缝。从那会心的笑里我默默地猜想，他家虽然劳力单薄，但土鸡养殖应该没有问题。

然而，当我周末重访的时候，商定的土鸡养殖却打了水漂！马波不但没有把我塞到他手里的 300 元用来购买土鸡崽，反而用那些钱在集市的地摊上买了一部收音机！

面对我满面怒色的盘问，马波兄弟俩不但没有觉得丝毫愧疚，反而还坐在那里把收音机的音量调到最大，笑呵呵地望着我说："主任，你看，这收音机的声音是不是很洪亮啊？这歌好听吧？我是不是没买亏啊？"

我使劲瞪了他们兄弟俩一眼，几乎要暴跳起来！

但最终我还是努力地压了压心头的怒火，把走访的话题扯到了土鸡养殖上来。只是这一次，我没有再选择给现金，而是当天就带着马波的兄弟马贵，到邻村的土鸡养殖大户那里，替他家购买了 150 只土鸡崽，并再一次叮嘱他们要悉心饲养。

在九彩乡这样的偏僻农村，虽然信息闭塞，但对于我蹲点扶贫第一次就遇到这种情况，却传播得相当迅速。没过几天，我从牙缝里挤出的几个辛苦钱被帮扶对象用来买收音机的事情，早已在几个村子传得沸沸扬扬。有不少村民更加确信，马波家就是扶不起的"阿斗"，便冷言冷语地说道："扶贫扶到这种人，你给多少他用多少，扶到最后，就是一个笑话！"

不少人听闻后，看到我从那之后不但没有放弃帮扶，反而更加勤快地往马波家跑，也是一副感慨万千的样子，就劝阻道："对这样的家庭这样的人，扶不起就扶不起吧，何必要费那么多的心思呢？"

可是，我却绝不甘心就这么轻易放弃。每个周末，我回家时顺便也去他们家里坐坐，甚至很多时候，我还把九彩乡畜牧兽医站的几个技术人员轮流请到马波家里，让他们从专业的角度给予技术指导。

功夫不负有心人。在马家三父子精心呵护下，150只土鸡不但成活率达80%以上，而且只只都长得雄健体壮，马波家一次就收入了6000余元！

6000余元对马波家来说是一笔不菲的收入，这相当于他们一家三口过去一年的总收入！数着那一大沓百元大钞，马波父子三人心头早已乐开了花。

尝到甜头的马波兄弟俩，从那以后便对养土鸡产生了浓厚兴趣。2015年，还没等我亲自上门规划产业，马波便走村串户，主动买了七八百个种土鸡蛋，计划当年土鸡饲养规模要扩大到500只以上。

终于吃了顿"馄饨饺"，马波父子三人乐得不行，所以他们无论走到哪里，就会把养土鸡收入情况传到哪里，村民们虽然没有赞不绝口、露出特别艳羡的目光，但至少也不再像以前一样冷嘲热讽。

看到马家兄弟欢欣鼓舞的样子，我隐隐感到，这父子三人脱贫的志气起来了！人只要有了斗志，又何愁不能改变命运，改变自己！

　　果不其然，第二年冬天，马波家的土鸡养殖越做越大，虽然没能达到销售 500 只土鸡的既定目标，但还是饲养了 300 多只，即便土鸡市场价格有些波动，也能收入近 2 万元。

　　一石击起千层浪。马波家家庭收入连续两年呈正比例增长，而且还拿出 1 万余元给老父亲做了前列腺手术，这些早在全村传为佳话，不但其他贫困户对马家兄弟另眼相看，就是非贫困户也对他们家的迅速致富赞赏有加，纷纷主动融入到脱贫攻坚的洪流中，该搬迁的搬迁，该培训的培训，该创业的创业，短短几个月，脱贫攻坚就在这个村子奏响了比学赶帮超的悠扬乐章！

　　不过面对其他贫困户致富或搬迁，马波兄弟俩显得十分淡定："我们兄弟俩没想过离开这里。"他俩望了望连绵群山中蜿蜒的公路，又指了指身旁那些觅食的土鸡和山下于 2015 年冬天买来的 5 头黄牛，很是自豪地说道："我们只想留在山里，过这种简单的生活。"

　　是的，即便留在山里，过着简单的生活，也是一种难得的自然与宁静。这种生活，既是他们一家三口的梦想，也是连绵群山的希望……

梨花飘香时

马卫民

每年春天，关桥河湾的梨树就开出一片白色的花海。春风吹来，花枝摇曳，树影婆娑，整个河湾弥漫着一股淡雅的花香，令人心旷神怡。

2020 年 4 月 17 日上午，由海原县文化旅游广电局、关桥乡人民政府主办，宁夏老庄稼农业科技有限公司承办的海原县第三届文化旅游云节庆系列活动暨 2020 年"关桥网络梨花节"云开园活动正式开幕。

关桥乡党委书记马海燕介绍：本次活动主要由"云节庆 + 旅游""网红 + 网货""旅游 + 农业"三部分宣传推介组成，以此次活动为契机，充分整合社会媒体资源，通过活动预热、直播、后期视频及内容产出等方式进行宣传推广，全面提升关桥乡特色农业和旅游资源的知名度和影响力，创建全域旅游示范乡，打造亮丽关桥名片，助推脱贫攻坚，引领乡村振兴。

这次梨花节将采用全新旅游理念，活动期间通过云直播、云游览、云互动、云发布、云连线、云消费等方式来推介海原县特色农业和旅游资源。4 月 17 日到 19 日每天 14 时至 16 时，广大游客可以利用观看抖音直播的方式直接线上"云赏花"，跟着网络主播漫游海原关桥乡，足不出户就能饱览梨花吐蕊迎春的别样盛景，领略当地风土人情，了解独具海原地方特色的美景美食。线下活动也同样精彩，游客不仅可以到梨花河谷亲身感受"千树万树梨花开"的美景、参加梨园摄影大赛一展才艺技能，定格花开美丽瞬间，还可以在关桥乡梨花小镇方堡村民就创联办的农夫市集、梨园人家品尝当地农户制作的梨园风情特色小吃，通过品尝海原美食，体验梨花盛会。

活动期间，主办方还组织海原县优秀农民专业合作社、家庭农场、种养殖大户代表参加，集中展示展销海原县高端肉牛、小杂粮、香水梨、硒砂瓜、马铃薯、红葱、小茴香、红梅杏、牛肉、羊肉、清水河小产区碱性枸杞等特色优质农产品，让广大网络游客能够买到真正"质优价廉"的海原好网货。

据了解，2020 年海原县贯彻落实宁夏回族自治区全域旅游推进会精神，创建全域旅游示范县，发展乡村旅游，推进"旅游 + 农业"深度融合发展，促进特色产业转型升级。海原县充分发挥生态资源特色优势，依托特色农业产业布局打造了海原县贺堡河流域梨花谷百年梨园风情区和南华山休闲自驾游两条旅游品鉴路线，推动休闲农业和乡村旅游蓬勃发展。

自古以来，生活在关桥河湾里的人，就对梨树情有独钟，家家户户的房前屋后、山脚河畔，凡是有点空闲的地方，都种上了梨树。

每一棵梨树都没有辜负农人的希望和期盼，它们拼命地生长，努力地成熟，在春华秋实的更替中演绎着生命的轮回。

"忽如一夜春风来，千树万树梨花开。"

梨花一开，情不自禁，你追我赶，一头跌进春天的怀抱。一片片洁白如雪的梨花，绽放在温煦的春风里。梨花开得极其安静，在属于它们的世界里，铺成朴素无华的海洋。

在关桥人的眼里，梨树是大自然赋予他们的一份得天独厚的礼物。

在关桥乡方堡村，我碰巧遇见方堡村驻村第一书记穆海彬。刚刚 39

岁的穆海彬，来自宁夏回族自治区科技厅，2019年初，穆海彬来到关桥乡方堡村，担任驻村第一书记，仅一年多的时间，穆海彬已经熟悉了这里的一切。

驻村期间，穆海彬利用原单位的科技扶贫资源优势，相继在方堡村实施了"香水梨丰产集成技术示范""生物防控技术在经果林上的高效利用"等项目，累计投入各类科研资金220多万元，全力为方堡村的香水梨产业保驾护航。

为了降低农户香水梨种植风险，丰富果树品种，穆海彬积极协调宁夏绿洲德林核桃苗木有限公司为村里的老百姓免费提供苗木和技术，示范种植核桃70亩、6个品种水蜜桃60亩，并积极争取项目，引进玉露香梨树种苗20000余棵。

穆海彬告诉我，本届网络梨花节以"心约生态海原，情醉关桥梨花"为主题，分为"云节庆+旅游""网红+网货""农业+旅游"三个篇章，以"线上节庆"活动为主，"线下节庆"活动为辅，通过云直播、云游览、云互动、云发布、云连线、云消费的方式，邀请游客一同"网"约海原关桥，"云"游30里梨花河谷。

除了线上活动，线下活动也同样丰富多彩。梨园网络摄影大赛也于17日同时开启，摄影爱好者们用镜头聚焦海原之美，用摄影艺术独特的视角，记录下海原关桥花开的精彩瞬间。4月18日，在关桥乡方堡村梨花小镇主会场，由方堡村民就创联办的农夫市集、梨园人家举办了美食品鉴会，邀请到场的游客品尝当地农户制作的梨园风情特色小吃，感受地道海原美味。

漫步在古色古香的百年梨园，内心总会滋生出一股难以言状的特殊情感。开满梨花的老树，一身洁白，素雅淡定，枝丫相连，树冠呈伞状，它们站立成一道亮丽的风景，齐声呼唤春天的到来，一起爆发出蓬勃向上的力量。

记得有人说过这样的话：要去就去梨花开放的地方，尘世刚刚睁开眼睛，洁净如初。漏在梨树下的阳光，淡薄至极。梨树枝头，小鸟鸣啭，清脆的叫声随风荡漾。梨园深处，种满苜蓿和韭菜，那些蓬蓬勃勃的绿，在湿润的泥土里奔放。农人播下的每一颗种子，都孕育着成长的希望。

古往今来，梨花在文人的眼中是悲情与伤感。宋代诗人苏轼说："梨花淡白柳深青，柳絮飞时花满城。惆怅东栏一株雪，人生看得几清明。"这是一首极其伤感的诗，诗人看到梨花盛开而感慨时光流逝，抒发了青春短暂、人生如梦的哀愁。唐代诗人杜牧也写过："砌下梨花一堆雪，明年谁此凭阑杆。"杜牧从另一个角度发出物是人非、时光如水的感叹。

体味古人的心境，我暗自思忖：没有繁华落尽的悲壮与凄美，哪有丰硕与甜美的果实？

梨花在关桥农人的眼中，是希望，也是发家致富的寄托和依靠。关桥乡河湾村是香水梨的主产区，每年4月，是河道里梨花飘香的时节。路过关桥的各个村落，总会看到沿途错落有致、姿态各异的梨树，缀满如雪似玉的梨花，站在梨树下的农人，目光清澈，笑容灿烂。

我久久徘徊在梨园深处，不肯离去。在这样一个美好时刻，任何语言都是多余的，只有用心体味大自然带给人类的无限风光。此情此景，我多想把自己变成一朵洁白的梨花，开在人间最美四月天。

在关桥乡政府所在地，我实地走访了由华润集团帮扶打造的华润希望小镇，这是华润集团定点帮扶海原县之后的一个重要公益扶贫项目。

海原县华润希望小镇位于海原县关桥乡。关桥乡距离海原县城及同心县城均30公里，车程大约30分钟。小镇规划总面积43公顷，涉及村民343户，1200余人。2016年成立项目组，2017年6月开工建设，2019年6月28日竣工。

漫步小镇，景色五彩斑斓，一个"生态宜居""特色产业""商贸物流""文化旅游"的美丽小镇呈现在我的面前。

据了解，华润希望小镇总投资1.35亿元，其中华润集团投资1.1亿元。自开工建设以来，按照边拆边建的工作思路，围绕关桥晨曦、墓园追思、花红烂漫、烽火夕照、红色记忆 6 个模块进行建设，就地新建改建民居，彻底改善村民居住环境。

每每谈及华润希望小镇，关桥村百姓的言语中都会流露出满满的自豪与感叹，他们见证了小镇建设的全过程，很多人通过在工地打工，有了一定的收入。

华润希望小镇在规划建设的时候，就着力打造风格统一的沿街商铺，总建筑面积 15840 平方米。商铺分上下两层，户户宽敞明亮，家家宜商宜居。新建的商铺全部分配给小镇村民自主经营，村民可充分发挥聪明才智，把临街商铺打造成关桥村群众购物休闲娱乐的核心商业圈。

除了沿街商铺，华润希望小镇还根据关桥的历史，打造了"关桥晨曦""墓园追思""花红烂漫""烽火夕照""红色记忆"等乡村旅游景点，为关桥的全域旅游奠定了良好的基础。

在新建的产业帮扶中心，我遇见了几个学习刺绣的妇女，她们曾经整天"围着灶台转"，没有收入，经过专业老师的培训和指导，都走上了自主创业的舞台，走上了脱贫致富路，撑起了家中收入的"半边天"。

过去，有不少妇女也想改变，但受文化程度和现实条件所限，近处找不到合适的活计，出远门又怕别人笑话。刚开始动员妇女参加培训的时候，很多人半信半疑。都不敢相信能在家门口，通过绣花、剪纸把钱挣下。

2019 年 6 月，海原县的对口帮扶单位——华润集团在关桥乡关桥村建设的海原华润希望小镇竣工，村里的烂土路成了硬化路，广场上健身器材、儿童娱乐设施应有尽有……旨在帮扶当地妇女就业创收的润农农民专业合作社也随即开课。

刚坐到宽敞明亮的合作社教室时，很多人都不适应，习惯了做饭洗锅、喂牛喂羊的女人们，静不下心来，穿针走线要么针掉到地上，要么把手扎得流血。图案绣不好，粗细不一致，手眼不协调。

静不下心、坐不住就强忍着，家里再忙都不能落下一节课，回家都带上工具继续学……仅仅半年时间，她们的技艺就颇为成熟，每周收入在 1000 元左右。

剪纸、回绣是海原县 29 项非物质文化遗产之一，其中海原回绣被国家知识产权局认定为地理标志保护产品。

近年来，海原县越来越多的妇女从"灶台"走上非物质文化遗产的舞台，走上了脱贫致富路。目前，海原县非物质文化遗产创业孵化基地已孵化专业合作社 12 家，带动 744 户建档立卡户脱贫致富。

按照马海燕的说法，关桥乡遵循"产业兴旺、生态宜居、乡风文明、治理有效、生活富裕"的总体要求，积极推动乡村产业、人才、文化、生态、组织振兴，让农村成为安居乐业的美丽家园，书写好新时代"三农"发展新篇章。

请相信，世上的鲜花一定会盛开的，美好的事物，也一定会接踵而来。

海原人进疆创业纪事

马卫民

1

7月的新疆，骄阳似火，热浪涌动，到处都是一片繁忙而火热的景象。

有幸跟随海原县劳务考察团对进疆创业的部分海原人进行实地走访，内心的愉悦如一泓清泉，涟漪四泛。短短的5天时间，车马劳顿，行色匆匆，装满行囊的收获却是沉甸甸的。

刚刚抵达新疆维吾尔自治区乌鲁木齐市地窝堡国际机场，还没有走进宾馆，前来接站的车子就拉着考察团的全体成员，前往乌鲁木齐市米东区古牧地镇园艺村的一座农家小院，这里是海原驻疆劳务工作站临时租用的办公场所。

院子是一处典型的农家居所，古朴幽静。据了解，这座院子修建于20世纪70年代初，历经近50年的风雨，几间砖木结构的平房，已经显现出些许的沧桑。

院子的主人叫马志福，祖籍青海，从爷爷那辈人开始就迁居新疆，至今已繁衍了几代人。马志福对我们这些远道而来的人表现出极大的热情，从那张笑意融融的脸上，我们看到了一股滋润心灵的温暖与实诚，一种宾至如归的感动在我们的内心深处油然而生。

在一间不足 20 平方米的小屋门头上有两块牌匾，上面刻着"中卫市驻新疆劳务工作管理站"和"海原县驻新疆劳务工作服务站"，牌匾上的大字在西斜的阳光照耀下闪闪发光。院子里的几棵果树枝繁叶茂，果实青翠。攀附在葡萄架上的枝蔓柔软娇嫩，一串串颗粒饱满的葡萄晶莹剔透。

一走进这间低矮简陋的办公室，我们的眼前精彩纷呈，几十面锦旗和十几个奖牌整齐地挂在屋子的墙壁上，夺人眼目。每个锦旗和奖牌的后面都有一些鲜为人知的故事，每个故事都饱含着驻疆劳务工作人员的辛苦与汗水，老百姓赞美的话语就是最有说服力的褒奖。

一张海原县进疆务工人员分布图明确地告诉我们在什么地方，有多少来自家乡的人在天山南北的各个区域打拼。为了生活，他们行走在茫茫的戈壁滩上。

一间小屋浓缩了海原人在新疆务工的状况。面对如此简陋的办公环境和办公设施，我们的心情五味杂陈，难以描摹。当然，更多的还是欣喜。

离开马志福老人的小院时，已经是北京时间 21 点，太阳还没有落山，天山脚下的气温依然很高，整个街区热浪滚滚。此刻，家乡的人或许已经进入梦乡，而新疆的晚饭才刚刚开始。

2

第二天凌晨，吃过简单的早饭，考察团一行乘坐一辆中巴前往位于天山北麓的奎屯对接劳务输出工作。此次新疆之行的主要任务就是与新疆生产建设兵团的农七师洽谈有关劳务移民的具体事宜。

多年来，新疆毫无疑问地成为海原县乃至宁夏劳务输出的主战场。天山南北素有"平地沃土之丰饶，雪水灌溉之便利"的美誉，因而成为许多人梦寐以求的人间天堂。

据了解，在新疆谋生的海原人就多达10万。

沿着连霍高速（连云港—霍尔果斯）一路向前，沿途的风景扑面而来，蓝天白云之下的西域，风情万种。道路两侧的厂房、农舍、庄稼、远山以及散布在绿草地上的牛羊，像一幅幅刚刚完工的油画，色彩艳丽，层次分明，直逼我们的视野。一时间，坐在车上的人情不自禁，齐声高歌"我们新疆好地方啊，天山南北好牧场，戈壁沙滩变良田，积雪融化灌农庄……"

当一个人把自己的情感安置于心中的某个地方时，那个地方也会自然而然地成为他心灵深处的故乡。

中巴车抵达农七师的所在地奎屯时，农七师的领导已经安排好了考察日程，接待工作做得细致而合理，住宿、就餐、座谈以及考察等事宜，有条不紊。

一到奎屯，我们深切地体会到了新疆人的好客与热情，无论是师部领导还是一般工作人员，都对我们笑脸相迎，一声声亲切的问候像七月的天气一样火热。

农七师党委常委、副政委、组织部长徐广江给我们详细地介绍了兵团的历史与发展以及农七师的一些基本情况。

农七师辖区交通便利，资源丰富，从经济发展和就业的角度来说，具有明显的区位优势。

农七师地处新疆北部，位于准噶尔盆地西南部的奎屯河流域，南邻天山，北接古尔班通古特沙漠，与奎屯市、克拉玛依市、乌苏市高度融合，是天山北坡经济带的中心区和丝绸之路经济带的重要节点，也是国家"一带一路"建设的核心区和北疆商贸物流服务业的枢纽。

农七师辖区总面积4588平方公里，总人口23万。全师拥有193万亩耕地、196 万亩草场、110 万亩林地、8 万亩园地。农业综合机械化率高达 97%。辖区内有奎屯、车排子、高泉、乌尔禾四大垦区，有天北新区、五五工业园区两个兵团级园区和 11 个农牧团场。农七师是兵团重要的煤电、煤化工、石油化工、盐化工基地并且逐步建立起涵盖食品加工、轻工纺织、钢铁、煤炭、建材、电力、化工、机械等门类的工业体系，教育、科技、文化、卫生等各项社会事业长足发展。在农七师已拍摄了《戈壁母亲》《热血兵团》《大牧歌》等优秀电视剧，被誉为戈壁母亲的故乡。

座谈会上，宾主双方开诚布公，畅所欲言。有关劳务输出之后的户口迁移、住房安置、子女上学、土地分配、社会保障、企业用工等问题，考察团成员进行全面而详尽地询问。针对这些问题，农七师各团场及相关部门的负责人都给予耐心细致的解释与答复，会场气氛友好融洽。最后，双方在劳务合作领域达成新的共识，农七师领导与海原县政府分管领导签署了劳务工作意向性的框架协议。

在奎屯活动期间，农七师劳动就业服务中心主任马野平自始至终陪同我们实地考察了 129 团、130 团的棉花种植，职工住宅小区、食堂以及纺织企业的生产状况。所到之处，总有一些镜头能够轻而易举地拨动我们的心弦，最终定格成我们内心深处难以忘怀的一抹回忆。

当我们的脚步抵达无边无际的棉田时，内心的震撼无法言表，天高地阔的背景之下，棉田像一片绿色的海洋，碧波荡漾，汹涌澎湃。这个季节正是棉花生长的旺盛期，一朵朵粉红色的花儿开放得恰到好处。

炎炎烈日，四野辽阔，枝叶相连，每一株棉花都在努力地生长，每一分努力都向往着一个圆满的归宿。

面对眼前这些蓬勃向上的植物，我的思绪不由自主地飞扬在新疆广袤的大地上，世间一切物事都有自己成长的节奏和秩序。譬如，一朵花的开放，一树翠绿的长出，一串葡萄的成熟……生活中所有的美好，都是在等待中一点一点接近我们的。所以，你应该有足够的耐心，让他们在不慌不忙中为你孕育未来的美好。

两天的考察一晃而过，奎屯留给我们的印象极其深刻，这辈子恐怕再也不会忘却。人生有多少相聚就有多少离别，只愿我们在今后的交往中再度相逢。

返回乌鲁木齐的途中，我坐在摇晃的中巴车上突然想起了小时候的一件事，这件事与新疆有关。那时候我刚刚上小学五年级，村子里的一个远方亲戚从新疆回来，我去看他时，他从上衣口袋里给我抓了一把葡萄干，我迫不及待地放进嘴里，细细咀嚼，一股从未感受过的香甜在心底蔓延，新疆留给我的最初印象就是葡萄干的味道。我暗自思忖："等我长大了，我一定要去新疆。"后来，我从书本上和电视里了解到了许多有关新疆的内容。新疆仿佛是一个遥不可及的梦，在我的生活中时常浮现。

十年前的一个秋天，因为一次出差，我第一次领略了大美新疆的自然景色和风土人情。国际大巴扎、昌吉、天池、石河子、吐鲁番、阿勒泰以及喀纳斯，这些陌生而熟悉的名字，排好了队似的，从我的梦境中缓缓地走了出来。

十年后的今天，我的脚步再度踏上新疆这片热土，内心的感触万语千言，它们汇聚成一条清澈的溪水，潺潺流动。

3

在乌鲁木齐米东区见到马克忠的时候，我们无论如何也无法相信他是一位拥有几千万资产的董事长。简单的着装，朴实的乡音，不加掩饰的微笑，饱经风霜的面孔，马克忠留给我的最初印象是憨厚随和、不善言辞。他仿佛是我一个失散多年的农民兄弟，突然之间在我的面前冒出来。

马克忠来自海原县关桥乡马湾村，和自己的父辈一样，是面朝黄土的农民，不管怎么勤劳与努力，总是摆脱不掉生活的无情和家境的窘迫，在老家贫瘠的土地上过着朝不保夕的日子。

1987 年的秋天，由于长时间的干旱，地里的庄稼颗粒无收，一家人的日子像大山一样压在马克忠的肩头。那时他刚刚 20 岁。为了生活，他开着一辆手扶拖拉机，悄悄地离开自己的村庄。从此，踏上了一条奔走他乡的艰辛之路。

生活一定会给每个人答案的，但不会马上告诉你。

几年的时间，马克忠和他的手扶拖拉机辗转于陕甘宁地区的各个村庄，靠着收购废铁、大米、黄豆、药材以及其他物资，苦心经营着自己的生意。

后来，他用做生意积攒的一点资金买了一辆"东风"牌大货车，和弟弟马克龙一起开始跑长途运输，足迹遍布天南海北。

我们不难想象一个从来没有出过远门的农民，突然离开自己熟悉的土地，在风霜雨雪中经营另外一种生活，面临的问题和苦难可想而知。不知道有多少次，他的货车抛锚在荒无人烟的长途中；也不知道有多少天他们兄弟俩吃不上一顿热乎乎的饭。

经过无数次的煎熬与磨炼，马克忠在生意场积累了足够的经验以及人脉与信息，这一切都毫无疑问地成为他之后博弈于商海之中的宝贵财富。

1994 年 10 月，马克忠开着自己的大货车，从河北的沙河市拉了一车玻璃到新疆的伊犁地区，这趟买卖不仅让他有了一笔可观的收入，更重要的是坚定了他在新疆做生意的信心。后来，他毅然决然地选择了"走西口"，把新疆变为自己做生意的主战场，开启了人生中一次极其重要的"蜕变"。

1997 年，马克忠在伊犁开了一家店铺，主要经营玻璃销售，生意越来越红火。三年以后，他在阿克苏地区开了另一家玻璃店，经营范围进一步扩大。他的玻璃像水一样，源源不断地流向天山南北的各个地区，日积月累的财富也像雪球一样越滚越大。

2011年，马克忠用1200万元成功收购库尔勒和静县的一家玻璃公司——新疆晶晶玻璃有限责任公司。接着又收购了乌鲁木齐米东区的星光玻璃有限公司，从此，走上一条集玻璃收购、储藏、深加工及营销于一体的经商道路，他本人也由一个土里刨食的农民成长为拥有千万资产的董事长。

在米东工业园区，我们目睹了马克忠董事长在生意场上的底气与睿智以及他的家乡情怀。在他的公司里有很多来自老家的工人，有的拖家带口，有的孤身一人，无论如何他们的生活都在一天天辛勤的劳动中变得越来越好。

4

在乌鲁木齐的华凌市场，我们见到了来自海原县西湖社区的张平。这位1989年出生的年轻人，毕业于武汉科技大学。上大学的时候他就利用假期帮着哥哥在广州打理外贸生意，积累了一定的做生意的经验。

大学毕业之后的张平放弃报考国家公务员的机会，只身南下，在广州十三行服装城与他人合作，开了一家服装加工店，从而开始了自己的大学生创业生涯。

对于一个初出茅庐的海原后生来说，走进商场如战场的广州，各方面的因素对他都是严峻的考验，天时地利人和，这一切没有一本书会告诉他答案。所有的风险都要靠自己去面对、去化解、去独当一面。

刚起步的时候，生意做得还算顺利，每个月的纯收入有5万元左右，并且和一位来自台湾的客商建立了长期稳定的合作关系。他的服装通过台商源源不断地销往非洲的几个国家和地区。初涉商海的张平，踌躇满志，前景一片光明。

2015年的春季，年仅26岁的张平遭遇了人生中的第一次"台风"，这场突如其来的灾难，几乎断送了他做生意的前程。和往常一样，张平与这位商人签订了一份百万元的买卖合同。货物发出去之后，货款却杳无信息。最后，除了对方预付的定金外，他损失了近70万元。

说起这段经历，张平无比自责。他说这都是年轻惹的祸。

赔了生意的他并没有因此一蹶不振，在亲人和朋友的帮助下，他很快从失败的阴影中走了出来。

听说新疆近几年发展迅猛，做生意的空间大。张平从广州来到乌鲁木齐，危难之中有一个安徽的朋友把他带到华凌建材市场，并且把自己经营门窗的一个店铺转让给他。从此，跌倒了的张平，在新疆这片辽阔的土地上，重新站立起来。

对于一个怀揣梦想的年轻人来说，最了不起的外出，并不只是去新疆那么遥远的地方，而是走出自我。

面对一个稚气未脱，满面春风的青年，我的内心溢满喜悦与钦佩。年轻真好！即便是两手空空，又有何妨？大不了从头再来。青春才是一个人最有实力的资本，有了它，所有的努力都会开花结果。

如今的张平，经过生意场上的锤炼之后，正在逐步走向成熟。凭借着自己的聪明与诚信，通过跑市场找客户，他的"长岭门业"销售额直线上升，每年的销量达到700万元。最近，他又拿下"山东万家园"木门整装定制新疆总代理的业务，并且在乌鲁木齐装修了一家高档的木门家装体验馆，预计在2020年9月初正式投入运营。

与张平短暂的接触中，我似乎看到了海原县青年不畏艰难、勇于创业的精神，看到了一种敢为人先敢于超越的品质，这一切必将为他今后立足于新疆奠定坚实的基础。

5

海原县李旺镇是一个靠长途运输起步的乡镇，银平公路两侧随时都能看见一辆辆重型货车停放在家家户户的大门外，长期以来，精明能干的李旺人通过滚滚车轮，把自己的日子经营得像芝麻开花一样，许多人在走南闯北中逐步摆脱了贫困，从而走上一条致富奔小康的阳光大道。

李旺人善于经商，在一定的范围内小有名气，其中有些人的生意已经做得颇有规模和成就。杨宗德无疑是群星璀璨中尤为明亮的一个。

2017年7月6日，在新疆考察劳务工作的海原党政代表团，应邀参观了位于乌鲁木齐头屯工业园区的"恒汇机电"市场，接待我们的是来自海原县李旺镇韩府村的杨宗德。

在杨宗德的引领下，我们目睹了气势恢宏的新疆恒汇机电。规划1900亩，总投资38亿的机电市场，像一棵挺拔的大树，扎根于新疆这片沃土。

市场内高楼林立，道路通畅，车水马龙，人影熙攘，一派欣欣向荣的景象。漫步在宽阔的柏油路上，我们感叹不已，并为海原人在新疆的作为深感自豪与骄傲。

恒汇机电是一家股份制企业，其中新疆生产建设兵团农12师占51%的股份，杨宗德与另外的三个民营企业家占49%的股份。目前，机电市场已经投资16亿元左右，建成47万平方米的商业用房，入住客商1400户。机电市场分为四期开发，其中一期是机电区、二期和三期是汽车配件区、四期是仓储物流及园区住宅区。

从杨宗德自信而坚毅的解说中，我们对恒汇机电的未来充满了希望和期待。

说起自己创业的历程时，杨宗德的表情似乎有一些凝重，从他潮湿的眼眶里，我们能够体会出一种"别有一番滋味在心头"的酸楚。

由于家境贫寒，12岁的他被迫离开了校园，跟着本村的一个包工头在修银平公路的工地打零工。18岁的时候，他贷款买了一辆"川路"大卡车。从此，和家乡许多人一样，开始长途运输。他拉过煤炭，拉过玉米，老家人盖房子用的砖瓦大多数都是他拉来的。长期的漂泊，让他过早地品尝了人世间的艰难与不易。

2002年，杨宗德与四弟杨宗清在老家韩府村筹资办起了一座标准化的加油站并且一直坚持跑运输。10年之后，有了一点积蓄的杨宗德，把经商的目光投向远方，在新疆乌鲁木齐市的沙区雅山中路注册成立了自己的公司"乌鲁木齐李旺生财运输有限公司"，正式进入现代商业运作模式。多年来，通过货物运输、信息代理、大车赊销、住宿餐饮等生意，稳扎稳打，在新疆闯出了自己的一番事业。

采访杨宗德时，他不止一次地说自己读书不多，言谈之中流露出一些遗憾与无奈。我开玩笑说："你的书已经读得够好了，人的一生无非有两本书要读，一本是有字的，另外一本是无字的，在读无字书方面，没有几个人能超过你。"听完我说的话，杨宗德露出腼腆的微笑。

经历过人生风雨的杨宗德，已经具备了一个企业家的眼光与胸怀，行为举止彰显着他的执着与沉稳。如果说当初的奔波是为了自己的生活，那么，现在的他却有了更加广阔的情怀，他真诚地希望家乡的父老乡亲到新疆来，与他一起同舟共济。

实际上他的公司里已经有很多来自海原的农民工，甚至有一些人在新疆买了房子，把自己的未来交给了这片厚重的土地。新疆的包容与无私，能够接纳任何一个有志于改变自己现状的人。

6

乌鲁木齐米东区喀什路附近，有一个经营木材生意的市场，经营者大多数来自海原的贾塘、郑旗、九彩、李旺等乡镇，其中有相当一部分人已经在这里安营扎寨，一间间彩钢搭建的小屋，就是一个个鲜活的烟火人家。为了生活，他们结伴而行，不远千里来到新疆，用自己的汗水与勤劳，苦苦支撑起一方属于自己的天地。

最早进入乌鲁木齐木材市场的海原人叫田龙，来自贾塘乡堡台村。

1998 年 3 月，刚刚 20 出头的田龙，开着一辆农用蹦蹦车，拉着媳妇和孩子，从老家出发，一路风尘来到乌鲁木齐。

初来乍到，举目无亲。残酷的现实生活曾经几度动摇了他在新疆谋生的念头。特别是夜深人静的时候，他独自坐在星光灿烂的穹宇之下，思念远方的亲人，恨不得插上一双翅膀，飞回到他们的身边，在故乡温暖的怀抱里浅卧闲眠。

可是，每当面对自己的妻儿时，他便淡定了下来。无论如何他都不能临阵脱逃，他一定要在新疆坚持下去，用自己的双手改变并不完美的生活。

刚到新疆的几年，田龙开着自己的蹦蹦车走街串巷，贩卖大米、西瓜、扫帚和稻草，勉强维持着一家人的日常开销。一次偶然的机会，让田龙走进米东区的木材市场。

有一天，田龙和往常一样在马路边招揽生意。突然一个在新疆搞建筑的老板走过来问他："小伙子，我工地上有一些木板，你要不要？"田龙说不要。老板微笑着说："工地上这些旧货应该有需要的地方，我把木板送给你，你试试看能不能卖掉。"然后，田龙开上蹦蹦车从工地拉来几车木板子，放在自己的摊位上等候买主。几天之后，有人拉走了所有的木板，这笔生意让他赚了五千多块。尝到甜头的他从此进入新疆木材市场，和自己的十几个乡亲一同从事木材生意。

如今的木材市场已经有了一定的规模和气势，一堆堆摆放整齐的木条木板，像小山一样排列在几百亩的空地上，高低起伏，错落有致。

据了解，继田龙之后，在木材市场经营的海原人有 4000 多人，他们相互协作，风雨同舟，共同为改变自己贫穷的面貌而努力。

木材市场里有许多人用彩钢板搭建了自己的家，有客厅，有卧室，也有厨房和卫生间，有些人还在家里装了空调。孩子们坐在小木凳上认真地写作业，女人们在厨房里忙着准备饭菜，一股浓郁的生活气息荡漾在他乡。看着眼前的这些景象，我的内心难以平静。

每个人都应该有活得更好的权利，生活的完美要靠双手去改变。只有在合适的时间去合适的地方，才能做出一些适合自己的事情。岁月是一棵枝干纵横的大树，而生命就是其中飞出飞进的小鸟。即便有一天，你遭遇了人生最艰难的事情，你的心已经不堪承受，那么，请你一定要咬牙坚持下来，生活中最美好的结果总会在不经意的时候，悄然到来。

因地制宜做文章　脱贫致富靠带头

黑晓亮

　　清晨，冒着刺骨的寒风，我和工作队员小杨驱车前往海原县李旺镇二道村，在这里，我们将要迎来一到两年的基层工作，想到这，我内心有些茫然。作为一名长期在机关工作的干部，被下派到基层担任驻村第一书记，没有一点基层工作经验的我，以后的工作该如何去做，心里没底。但想想，组织既然派咱到这个村，就不能辜负党和人民的期望，一定要想尽一切办法带领乡亲们脱贫……思绪纷飞间，我们来到了这个陌生的地方，新的工作、新的环境就这样在 2015 年初的冬天开始了。

让"空心"变"实心"

　　初来乍到，作为第一书记的我，该如何去干呢？这是摆在当前的难题，万事开头难。要想干好以后的工作，必须首先了解二道村的基本情况和现状。于是我的第一项工作就是进村入户、摸底调查。接下来我利用一个月的时间，先后走访了 6 个自然村的 800 多户农民，通过摸底了解到二道村的基本情况：该村现有北坪、西坪、二道、马堡、北湾、红中湾6个自然村，"两委"班子健全，共有810户，3100人，水浇地4395.26亩、荒坡地5254.38亩，低保户255人、五保户6人、残疾人士37人、高龄21人、孤儿5人、党员47人、种植户661户、养殖户149户。目前二道村存在的主要问题是种植户多，人均水浇地少，根本解决不了生活生计问题，主要收入以外出打工为主，所以大部分青壮年劳动力都外出打工，导致空巢老人、留守儿童的问题严重。因病（残）、因老、因学是主要致贫原因，另外劳力外出也给村落脱贫带来了一定困难。"这是一个实际的'空心村'，但如何才能让'空心'变'实心'呢？这是摆在当前的主要问题。"在与村民交谈中，我发现，其实二道村有个优势，就是人均水浇地很少，但该村荒坡地有5000多亩，又离引黄灌渠不远，可不可以在荒坡地上做文章，如果能解决好这个问题，就可以解决空心村的问题。

让荒坡地活起来

有了这个想法后，我尽快制定了脱贫发展规划，多次召开村"两委"班子会议研究讨论，并征求了广大村民意见，最后决定进行土地流转种植中草药。明确了目标之后，就要规划抓落实，我们村委班子及时向镇党委、政府汇报此项工作，多渠道联系解决这个问题，在镇党委、政府和相关部门的大力支持下，齐心协力，通过多渠道沟通、协调，我们与上海隆鑫公司商谈成功，2015年在北坪、西坪种植中草药黄芪、党参1500亩。同时根据二道村脱贫发展规划，争取在2016年整合土地资源，通过土地流转在西坪村种植枸杞2000亩、在北坪村种植枸杞2000亩，力争在2016年底使得所有荒坡地都能进行土地流转，发挥出最大效益，解决一部分劳力问题，最终使得农民收入增加。

若要富，先修路

基础设施对村庄发展的重要性不言而喻，交通、农业灌溉对中草药的种植尤其重要，在完成土地流转后，接下来就是水利和交通的问题，要与种地同步发展。为此，我积极向派出单位领导多次汇报，发挥本单位项目优势，最后在单位领导的支持下，共投资 295 万元新建 6.2 公里硬化路；投资 357.9 万元，完善水利基础设施，改善基本农田 4940 亩；投资 42 万元，解决了二道村至北湾村主干道硬化路；维修南坪和北坪道路 300 米、边沟 3200 米；同时争取项目新建两座蓄水池和灌溉管道。在各项目资金的逐步落实下，村内形成了四通八达的闭合交通路网，彻底解决了二道村村内生产、运输问题。

时间过得真快，转瞬一年，2016 年初的冬天，在组织的重新安排下，我离开了二道村。感谢组织，感谢派出单位，感谢乡镇党委、政府，二道村"两委"班子的领导同志们，二道村的村民们，在你们的关怀和信任下，我在这里度过了欣慰、开心、充实的一年。在这一年里，我的思想受到了深刻的教育，工作能力得到了提高，党性认识也得到了加强。实践让我深刻地认识到：搞好调查研究，是做好驻村扶贫工作的基础；为群众办好事实事，是打开驻村扶贫工作局面的突破口；抓好村级班子及自身建设，是完成驻村扶贫工作任务的重要保证。

用真情呵护百姓健康

马卫民

我小的时候，父亲是一名"赤脚医生"，就是现在的村医。父亲已经去世四十几年了，但他的那个印着红"十"字的药箱，时常出现在我的梦境里。那个半旧的棕色药箱伴随着父亲风里来雨里去，为家乡的父老乡亲们看病。

父亲为人忠厚老实，平时沉默寡言，可是，在治病救人方面兢兢业业，一丝不苟。他擅长给孩子看病，经过他诊治的孩子如今和我一样，都已经当了爷爷，他们至今对父亲感念不已，每每谈及父亲的过去，赞美之词不绝于口。

说实话，我对医生的好感来源于父亲潜移默化的影响，父亲虽不是悬壶济世的华佗，却也是一个满怀医者仁心的乡村医生。

上学之前，我时常跟在父亲的身后，走进千家万户寻常百姓中。每次看见身穿白大褂的父亲戴着听诊器给病人诊断，父亲严肃的表情像刀刻斧凿般留在我的记忆之中。

我记得很清楚，在走村入户的路上，父亲时常哼着一首歌，那是电影《春苗》里的插曲。"身背红药箱，阶级情意长，千家万户留脚印，药箱泛着泥土香"。

父亲唱得有点走调，但是很投入。时至今日，我依然会唱这首歌，这是父亲留给我的歌。这首古老的歌曲，反映了过去"赤脚医生"为老百姓看病的事情，那个时代已经过去，但时代留下的印痕依然历历在目。

从"赤脚医生"到家庭"签约医生"，仅仅四十几年的时间，社会发生了翻天覆地的变化，特别是进入21世纪以来，脱贫攻坚紧锣密鼓，老百姓的健康扶贫被提到一个前所未有的高度。

在搜集海原县脱贫攻坚素材的时候，我独自走进海原县卫健局的办公大楼采访，当日，卫健局局长在县上开会，卫健局办公室主任张鹏鸿接待了我。

我和张鹏鸿主任相识已久，这些年虽然少了联系，但彼此之间的情意依然如故，聊起来十分融洽。

鹏鸿告诉我："近几年，海原县的公共医疗卫生事业实现了跨越式发展，特别是乡村医疗条件得到了极大的改善。老百姓'看病难、看病贵、看病远'的问题已经有了根本性的改观。"

近年来，为切实斩断因病致贫、因病返贫的恶性循环链，打通服务群众"最后一公里"，海原县持续发力、精准施策，着力在"看得上病、看得起病、看得好病"上做文章，筑牢农村医疗健康服务网底，共建家门口看病的大后方，促使各类优质医疗资源下沉，提高群众看病就诊的满意度，努力探索出健康扶贫的"海原模式"，助力全县高质量打赢打好脱贫攻坚战。

为了破解"就诊难"问题，海原县加快推进县中医医院、县妇幼保健计划生育服务中心、县人民医院妇幼综合楼建设项目，提升县域卫生健康服务能力。同时投入近2000万元，对4个基础设施相对薄弱的乡镇卫生院实施改扩建。投入近200万元，为6个因撤村并组新设立的行政村新建标准化卫生室，对3个乡镇卫生院及50多个村卫生室进行维修维护，保证每个乡镇卫生院实现全覆盖，每个行政村至少有 1 个标准化卫生室，实现村民"有地方看病"的目标。

为了破解"用药难"问题，海原县把解决群众"用药难"的问题融入乡村一体化管理，将辖区村卫生室作为各乡镇卫生院的"子药房"管理。

目前，海原县为乡镇卫生院配备 200 种基本药物和 50 种以上非基本药物，为村级卫生室配备 120 种以上基本药物和 30 种以上非基本药物。同时建立"慢性病药品专区"，对特殊患者采取"相约下沉"的方式，既方便群众就医，又减轻群众就医负担。

张鹏鸿说："为了解决基层医务人员严重短缺的瓶颈，海原县下决心招聘了一批专业技术人才。按照'小村配一个村医、大村配两个村医'的标准，采取面向社会招聘、委托代管等方式，重点吸引和动员本村文化程度较高、有一定专业知识积累、热爱村级卫生事业的年轻人参加应聘，并让老村医当考官筛选把关，目前共有 288 人在岗工作，为村卫生室补充了新鲜血液，有效解决了部分村卫生室无医生的问题。"

另外，对执业（助理）医师、乡村全科助理医师、在岗服务村医分别按照每人每月 1000 元、800 元、500 元标准给予生活补助；合理分配公共卫生服务经费，使村医服务人口人均基本公共卫生服务经费达到 27元；除过人次诊疗费 5 元之外，所售药品还按 5% 给予补贴。在确保基本收入的基础上，对服务人口过少、绩效工资过低的村医，由乡镇卫生院从基本公共卫生服务经费中统筹出一部分经费，给村医每月发放 2000元的生活补贴。

为了提高村医水平，海原县坚持培训育人，广泛聚合优势资源，通过"千名医师下基层""凡晋（职称）必下"等活动，组织动员县级医院医生到乡镇农村卫生院（室）蹲点帮扶，手把手教村医，取得大专学历村医比例达到 80% 以上，不断提高基层医疗服务能力和服务质量。

为了管好、用好村医，海原县制定出台了村医管理办法，给村医发放收入明白卡，严格落实绩效考核制度，统一建立全县村医管理档案，每年评选"最美乡村医生"进行表彰奖励。同时，在卫生院为辖区村医提供办公场所，推动了乡村医生向职业化转变。

为了精准识别需要帮扶的贫困户，海原县积极动员各级卫生机构近千名医务人员，深入基层一线，进村入户，对各村健康扶贫对象进行反复摸排、仔细甄别、识别追踪，精准摸清贫困人口健康基数，做到病名准、底数清、情况真，确保健康扶贫对象精准到村到户到人。

对一般贫困人口和核准患病人口建立健康扶贫记录卡，翔实记录贫困患者住院费用、随访记录、用药指导、健康评估等。联合村医成立144个家庭签约服务团队，对不同管理人群规范开展家庭医生签约履约服务，目前全县26755户建档立卡户签约率达到99.18%，大病、重病患者履约率均为100%，慢性病履约率达到96.63%（其中248人因不在家或搬迁无法履约）。

为了强化精准救治，海原县委、政府深入实施"三个一批"分类救治。对2019年建档确诊的1058名34种大病患者制定个性化治疗方案，分批次集中救治；对核准的7360名慢性病患者实施精准签约服务，管理率达到100%；对重病住院患者实行兜底保障，全县贫困患者年内住院就医个人平均自付比例仅为8.3%，从根本上斩断因病致贫、因病返贫的恶性循环链。

为了强化精准帮扶，海原县委、政府借助闽宁合作、京宁协作等机制，调动40多名来自厦门、北京等地三级甲等医院的大专家"下沉"到县乡医院（卫生院），开展科室管理、临床查房、技术帮扶、人才培养等。不定期组织专家和县级医务人员到各村义诊，让村民在家门口享受优质医疗资源，真正把医疗服务延伸至"最后一公里"。

"辛辛苦苦奔小康，一场大病全泡汤""一人得病，拖垮全家"曾是海原县贫困患者家庭的真实写照。

海原县地域面积大，群众居住分散，最远的村距离乡政府25公里。

"看病难、看病远、看病贵"一度成为老百姓最忧心的事，也成为横亘在海原县脱贫攻坚道路上的一座大山。

近年来，海原县下大力气解决因病致贫、因病返贫问题，紧盯让贫困人口"看得上病、看得起病、看得好病、少生病"目标，实施了大病集中救治一批、慢病签约服务管理一批、重病兜底保障一批和先诊疗后付费、家庭医生签约服务等一系列行之有效的健康扶贫措施和工程。逐个破解农村医疗困局，夯实农村健康扶贫的前沿阵地，高质量打赢健康扶贫攻坚战，确保健康扶贫对象精准到村到户到人，健康扶贫"不落一人"，从根本上斩断"病根"、拔除"穷根"。

在海原县三河镇唐堡村，一排红墙蓝瓦的崭新建筑引人注目，分别是村卫生室、中医馆和医生值班室。进入卫生室，诊断、观察、配药、换药、预防接种、药房、健康宣传等各分区功能分明。

唐堡村卫生室的配置基本齐全，村医是正规的卫生学校临床医学毕业生。除了西医之外，村医王重庆还擅长中医的拔罐、针灸。村子里的人有了病，第一时间到的地方就是卫生室，感冒发烧、牙疼、肚子疼以及一些慢性病，不用走出村子就能得到及时的治疗，从而方便了村民，降低了看病成本。

2019 年底，唐堡村标准化卫生室建成并投入使用，村民终于有了就近就医的地方。"不出村就能看上病，这是我们最满意的事儿。"前来看病的群众，一说起自己家门口的卫生室，言语中流露出的都是高兴和称赞。

唐堡村卫生室各类药品在药架上摆得满满当当，种类多达 154 种，治疗糖尿病、高血压、胃溃疡等病的特效药也数量充裕。

"现在我们村卫生室的常用药比较多，一些新药也能及时配备到位。"王重庆介绍。

海原县把解决群众"用药难"问题融入乡村一体化管理，强化药物下沉政策，将村卫生室作为各乡镇卫生院的"子药房"。村卫生室根据辖区患者的用药需求，上报采购计划，并由乡镇卫生院统一审核药品用量，统一配送，避免村医由于药品过期造成的经济损失。目前，海原县为乡镇卫生院配备200种基本药物和50种以上非基本药物，为村级卫生室配备120种以上基本药物和30种以上非基本药物。同时建立"慢性病药品专区"，对特殊患者采取"相约下沉"的方式。为高血压、糖尿病等慢性病患者配送药品，既方便群众就医，又减轻群众负担。

在我的老家菜园村，我多次见证了村级卫生室给父老乡亲带来的实惠和方便。村医马德英已是76岁的老人了，从26岁开始到现在，从"赤脚医生"到村医，他干了整整50年。

马德英告诉我："我和你父亲是同一时期的'赤脚医生'，那时候他是大队的，我是小队的，我时常跟随你父亲，学到了不少东西。"

菜园村卫生室也是2019年建设的，和村部一并建成投入使用。过去，村子里的老百姓都在马德英的家里看病、买药，有时候也把他请到自己家里。如今，有了设施完善的卫生室，76岁的马德英坐在宽敞明亮的卫生室里，为菜园村的老百姓看病。老百姓都有医保卡，吃药打针都刷卡。

海原县全面落实健康扶贫政策，不断增进群众健康福祉，深入实施《健康扶贫工程"三个一批"行动计划》，对不同患者实行分类分批救治，对症下药治痛点，点燃贫困家庭的新希望。大病集中救治一批，对建档确诊的1071名农村大病患者制定个性化治疗方案，分批次集中救治；慢性病签约服务管理一批，累计管理慢性病8472人次，管理率达到100%；重病兜底保障一批，落实政府兜底保障政策，减轻医疗费用负担，目前核准的45名重病患者已经全部救治。此外，通过"先诊疗、后付费"和"一站式"即时结算等核心政策，有力推进健康扶贫政策惠及贫困群众。

政策红利不断润泽着基层群众。海原县史店乡米湾村陈晓文患白血病，住院产生医疗费7.92万元；三河镇兴业居委会马德林患主动脉夹层A型重病，住院医疗费20.8万元；关桥乡王湾村村民马正付患脂质沉积性肌病，住院医疗费 62 万元……这些费用给他们贫困的家庭带来巨大压力，但通过落实大病保险、政府兜底等健康扶贫政策，他们住院的个人自负医疗费用均为 5000 元。

李旺镇新源村村民黑英患软腭恶性肿瘤，在宁夏医科大学总医院进行手术治疗后，化疗需办理大病门诊本，但她未曾办理。海原县医保局在进村入户开展医疗保障脱贫攻坚挂牌督战中得知情况后，工作人员上门为她现场办理了大病门诊本，解决了其燃眉之急。医疗保障扶贫政策，对遏制因病致贫、因病返贫切实发挥了托底作用。海原县医保部门工作组在入户走访期间，仔细排查贫困人口基本医疗保险参保缴费情况，是否纳入基本医疗保险、大病保险、医疗救助保障范围等。并对照"两不愁三保障"脱贫标准，重点排查边缘户是否 100% 缴纳基本医疗保险，确保贫困人口和边缘户得了大病、重病后能及时得到救治和享受相关医疗保障政策。下乡工作人员为贫困户详细解答医疗保障扶贫政策，动员贫困户无病预防，有病早治，并发放医疗保障扶贫政策宣传材料 4000余份，提高了群众对医保扶贫政策的知晓率和满意度。

在海原县社保局，我了解到，截至 2020 年 5 月底，海原县城乡居民参保缴费人数为 373223 人，达到应参保缴费人数的 98.26%。全县建档立卡贫困人口实际缴费 103114 人，参保缴费率达 100%。

根据健康扶贫患者不同就医需求，海原县有针对性地制定个性化治疗方案，通过精准落实基本医疗、大病保险、大病财政补助、医疗救助、扶贫保险、财政兜底等健康扶贫政策，全县贫困患者年内住院就医个人自付比例仅为 8.5%。

关桥乡王湾村村民马正付对目前的医疗服务保障深有感触："像我这个病花了 62 万，以前根本不敢看，看不起病，现在我自己只掏了 5000元，确确实实能看得起病了。"

在海原县医院和县中医医院的门诊大厅，前来挂号、交费的群众摩肩接踵。医院已经成了小县城最热闹的地方。医院负责人告诉我："医院虽然增加了不少病床，但依然存在着床位紧缺的情况，尤其是到了冬天疾病高发期，住院病人排队等候，天天有人找我要床位。"

由于看病不再贵，有好多人把住院当成一种福利，有些病可住可不住，但最后还是住了院。

前几年，我母亲患脑梗死，在县医院住了几天院，同病房的一个来自乡下的患者，住了二十几天院，医生劝他办理出院手续，回家休养。可他还是赖在病床上不肯走。最后，他对我说："说实话，我的这个病不大，慢性病，回家养着也能成。但住在这儿比家里好，暖气热得很，家里回去还要生炉子。"

我恍然明白，原来他把医院当成了疗养院。这种人不止一个。政策好了，有人就开始钻政策的空子，最大限度地享受政策带来的红利。

随着健康扶贫工作的不断推进，将健康扶贫工作作为"不忘初心、牢记使命"主题教育的生动实践，海原县委、政府紧盯基层医疗卫生工作的短板弱项，紧紧围绕群众"有地方看病""有医生看病""有保障看病"的健康扶贫核心任务，抢抓机遇，创新机制，结合工作实际，统筹人力资源，以"1名下基层医生+1名乡镇卫生院大夫+1名村医"为服务模式，组建了144个家庭医生签约服务团队，成为守护人民健康的先行军，他们一年四季毫不畏惧风雪、暴雨，行走在田间地头与深山沟壑之中，将健康送到群众家门口。

家庭医生团队就是群众的健康管理员，为了能够管得精准，他们以贫困患者和妇女儿童等特殊人群为主要服务对象，把基本医疗和基本公共卫生服务作为主要内容，通过预约随访、双向转诊、健康咨询等服务来保证精准的健康扶贫。为了把家庭医生签约服务做细做实，他们给一般贫困人口和核准患病人口发放签约服务联系卡、建立健康扶贫记录卡，对贫困患者住院费用、随访记录、用药指导、健康评估等进行翔实记录，对健康扶贫患者进行精准有序的管理，并且针对不同管理人群分别按月、按季落实面对面随访机制，用有效的方法对贫困患者的健康状况进行跟踪并更新，根据精准的数据，及时、有效地进行治疗，确保每位贫困患者有人管，且管出实效。

海城镇的张大娘是留守老人，有小病拖着扛着，因无人照看也不敢去医院治疗，在一次谈心时，张大娘激动地说："真的是太好了，现在社会太好了，我们的健康都有人管了，家庭医生每隔一个月都会固定来一次，无论身体上，还是精神上都很关心我们，嘘寒问暖的，我腿脚不方便，孩子又一直在外面打工，以前有个头疼脑热的就硬着头皮往过扛，自从有了家庭医生以后，给家庭医生打个电话，说一下具体情况，不一会他们就提着药箱来了，给我做检查，开的药也特别便宜，这些孩子们就像对自己的父母一样对我，有时候感觉特别不好意思，就给他们说不用来得这么频繁，有事会给他们打电话，可他们还是坚持每月来一次，我们有人照顾了，我们的孩子在外面也能安心打工了。"像张大娘这样的留守老人还有很多，家庭医生不仅对他们的健康进行管理，去了之后还会和他们聊聊家常，帮他们干干家务，给予精神上的安慰，让他们真正体会到还有人关心他们、爱护他们。

经过努力付出后，目前海原县全县建档立卡户签约率达到了100%，群众政策知晓率和满意度达到95%以上。

家庭医生好不好，服务能力是关键。乡村医生负责治疗常见的小病，有时患者病情严重到卫生院无法治疗时，卫生院就会联系县级医院的医生进行救治，县级医院如果也没有充分的条件，县级医院医生就要立马联系区级医院，一环扣一环，层层递进。通过医生和医院之间相互联系，大大减少了患者求医的时间，并且杜绝了"看病难"的发生。

家住海原县西安镇付套村的老人张淑视力一直不太好，站在老人面前他也认不出来是谁，有时候一不小心就磕着碰着了，家庭医生李金芳了解到情况后心急如焚，她心想老人岁数这么大了，随便的磕磕碰碰就会出现大事故，作为老人的家庭医生她责无旁贷，必须得想办法解决，兵贵神速，她通过卫生院第一时间联系了县级医院专家，经过全方位的检查后确诊为白内障，并顺利实施了手术，前后只用了三天时间。再次见到张淑老人时，老人老远就认出了李医生，小碎步一路小跑到李医生面前，紧紧握住李医生的手，流下了感激的眼泪。

大多数贫困患者健康意识薄弱，患病后能拖则拖、能扛则扛的思想根深蒂固，造成小病变成大病，花小钱变成了花大钱，为了改善这一现状，海原县探索了"乡摸底、县治疗、村随访，上下联、防致贫"工作模式，落实"三个一批"，各乡镇卫生院对34种大病患者反复甄别建档，海原县人民医院专家组对大病患者进行复筛，并对确诊的大病患者制定个性化治疗方案，分批次进行集中救治。经几年的努力奋斗后，截至2019年9月大病已集中救治2058人次，救治率达99.1%。

有些重病患者需要长期在县外三甲医院购买药品维持治疗，不仅报销比例低，交通、住宿也是一大支出，这又是一个阻碍贫困患者脱贫的大障碍，为了减轻群众就医负担，为他们顺利脱贫提供一份保障，家庭医生通过与医疗保障局的积极协调，将这些特殊患者所需的药物下沉到了乡镇卫生院，切实减轻了贫困患者就医负担。关桥乡的李小花、李好东等白血病、血友病患者就享受到了这样的好政策。同时，海原县加大药物下沉基层力度，配齐配全乡村药品品种，乡级基本药物和非基本药物分别达到200种、50种以上，村级基本药物和非基本药物分别达到120种、30种以上，保证了乡镇卫生院、村卫生室开展基本医疗的需求。

家庭医生光会治已病还不行，还得会治未病。"精准宣传"就是守护人民健康的最后一公里路，很多农村贫困群众不注重个人卫生，不了解健康知识，不懂疾病预防，相比城市人口他们更容易得病，所以宣传教育是家庭医生签约服务团队的一项工作，"苦口婆心"和发放干预物品无疑是最好的方式了。家庭医生持续宣传、反复教育，培养群众注重疾病预防的思想观念，通过发放印有健康小知识的卫生毛巾、卫生脸盆、卫生油壶等生活用具及图文并茂的健康扶贫政策图解，普及疾病预防、健康教育知识，教育引导群众摒弃不良生活习惯，树立健康文明生活方式，同时针对重点人群制定个性化治疗方案和健康处方，提高疾病干预的针对性和实效性。现在几乎每个人都是网民，我们当然也没有放过网络宣传这个重要途径，通过"海原卫生健康"官方微博、家庭医生团队微信群等信息化平台，及时推送健康扶贫工作动态、行业资讯、扶贫政策、健康知识、服务信息，让群众能接收到实时的健康信息，学习健康知识，知晓率达到了95.3%，有效地促进了群众健康行为的养成，切实提高疾病预防能力。同时，相关部门前移干预关口，规范实施了孕前优生健康检查、叶酸普服等民生项目，全面开展出生缺陷干预工程，有效提高出生人口质量。

健康所系，性命相托。家庭医生虽然平凡，但是他们责任重大，他们肩上担着沉重的药箱，心里装着老百姓渴望健康、渴望幸福的希望，耳边回响着"希波克拉底誓言"，他们自愿献身海原山区的医疗事业，他们竭尽全力解除贫困群众之病痛，助健康之完美，他们不辞艰辛，执着追求，为了守护人民健康，为了全县贫困患者顺利脱贫而不懈奋斗。

采访结束之后，我的内心波涛起伏。我的眼前不时闪现那些鲜活的面孔，那些为了山区人民救死扶伤，不辞艰辛，执着追求，为了基层广大贫困群众的健康而舍身忘我的一线医务工作者，他们用自己的实际行动践行了现代版的"希波克拉底誓言"。

"我宣誓要尽我最大的努力和我最好的判断去实现我的誓言：我将非常尊重和学习我们的医学前辈历经千辛万苦所获得的科学成果和医学知识。我也将十分乐意去传授这些知识给我的后来者及未来的医生……我将记住我永远是社会的一员。我对社会也负有一定的责任。我会遵循我的誓言，这样我会生活和行医愉快。我活着的时候希望得到大家的尊重，我离开人世以后希望大家记住我为他们做过的有益的事。对于来求助我的病人，我一定要拿出我最精湛的医术，当我看到他们身体康复的时候，我会倍感愉快。"

用真心换真情、实干赢信任

王敏

万振是中宁县太阳梁乡北湖村驻村扶贫工作队员，自驻村以来，他兢兢业业，始终怀揣一颗"进贫困户门、听贫困户言、解贫困户忧"的真心，以扎实的工作作风和饱满的精神状态，为贫困群众办实事、解难事、做好事，用实干担当赢得群众的信任。

2019年2月15日，万振到北湖村担任驻村扶贫工作队员。初到北湖村，他走村入户摸村情，了解掌握贫困群众生产生活状况、致贫原因，力争做到情况全掌握、困难全清楚。"服务群众，帮助群众，尽自己最大的努力去帮助贫困户解决实际困难，才会赢得群众的信任。"万振是这样说的，也是这样做的。他视贫困户如亲人，努力帮助贫困户办实事做好事，用自己的实干，赢得了群众的好口碑，真正成为了老百姓心中的"好干部"。

北湖村村民马德付因为年龄大，劳动能力弱，只能在周边打零工维持生计，收入没有保障，日子过得十分艰难。万振了解到这一情况后，积极与乡政府对接，跑前跑后帮助马德付安排了公益性岗位，年收入1万多元。如今马德付是一名保洁员，每天穿梭在村里的各条巷道，尽职尽责地清理村里的环境卫生。他说，自从当上村里的保洁员以后，他的生活也有了保障。

产业兴旺，是解决农村发展问题的重要前提。北湖村曾是集体经济空壳村，因气候干旱，水资源短缺，农业种植效益偏低，严重制约当地群众发展，当地群众主要靠外出务工增加收入。2019年，在万振等驻村扶贫工作队员的积极推动下，该村积极发展养鹅产业，夯实当地群众脱贫产业基础，助推脱贫增收。如今的北湖村，依靠鹅场，能够每月为村集体带来1万元的收入。全村也都通了硬化路，自来水入户率100%，医保实现了全覆盖，贫困发生率降至0.5%。万振说，下一步，他将继续落实好扶贫政策，带领群众增收致富奔小康。

打赢脱贫攻坚战、实现乡村振兴，基层是主战场，第一书记是"尖兵"。如何在主战场打好"主动仗"，确保贫困户如期实现脱贫是驻村第一书记需要解决的核心问题。对于喊叫水乡周段头村驻村第一书记徐建华来说，解决这些问题，他有自己的一套"妙招"。

徐建华是海原县公安局的一位民警，从徐套乡徐套村到喊叫水乡周段头村，身为驻村第一书记的他，坚持把"脱贫"二字牢牢镌刻在自己心间，进村入户，和贫困户拉家常，全心全意服务贫困户，帮助他们纾困解难。在周段头村村民朱开峰看来，徐建华是一位和蔼可亲、非常敬业务实的好干部。朱开峰与周段头村村民朱兰英两家的农田紧挨着，三年来，由于历史遗留问题，两家一直没有处理好生产道路和农田之间的问题，朱开峰每次去庄稼地里干活时都要绕路走，很不方便。

得知此事后，徐建华第一时间协调乡政府、派出所和村干部多次找到朱兰英，动之以情、晓之以理地跟她沟通交流。最终，在徐建华和其他乡村干部的努力劝说下，朱兰英同意给朱开峰家划出一条通往农田的道路，困扰朱开峰的问题得到了妥善解决。面对村里的情况，徐建华没有气馁，一心想着先配齐村委班子。当时村里干部少，村支书和村会计文化程度又比较低，操作不来电脑，他就主动承担了起来；村里缺乏健全的村委班子，他就积极争取各级支持，身体力行，和村干部一起扎实工作，健全村委班子，整理各项工作档案资料，由于长时间劳累工作，导致徐建华的双眼也出现了视力模糊的症状。2020年3月，徐建华到宁夏眼科医院做了手术，医生叮嘱需要休息3个月，但他却说："小手术，用不着休息3个月，村上还有一堆事需要我处理。"

如今，在徐建华的影响和带动下，不仅村干部干工作的积极性、效率比过去更高了，而且全村在党建、矛盾纠纷化解、大环境整治等各方面都取得了明显成效。2019年，全村人均可支配收入8230.3元，同比增长10.5%；贫困群众人均可支配收入达到1.27万元，增长11.5%以上，这一切令人欣喜的变化都和徐建华的努力分不开。

但愿苍生俱温饱，不辞辛苦入山林。实现贫困人口如期脱贫，是我们党向全国人民做出的郑重承诺。实现这一承诺，需要驻村干部付出更大努力。贫困不是一两天产生的，要想根治，也不可能毕其功于一役，必须和发展相结合。还需以精准扶贫实现精准脱贫，让真正需要帮扶的群众享受到扶贫开发的阳光雨露。

我的帮扶印记：
与贫困户一起战贫斗困的日子

许卓

2016 年进入税务系统时，正赶上一位前辈退休。包户帮扶中宁县大战场镇杞海村陈国仁一家脱贫攻坚的接力棒，就传到了我的手上。

刚接到任务，整个人都处于懵圈状态。我能做什么？怎么去帮扶？……一脑袋问号。请教其他有经验的同事，他们都说："多去跑跑，你就知道了！"

政策打底，真情暖心

于是我踏上了每月至少去村里两次的扶贫路，上农户家走访、填表，从基本情况摸排做起，家庭成员、劳动力人口、医疗、教育、产业发展、收入情况……慢慢地熟悉起来，对他家的情况，比自家的还门清儿。杞海村是从海原县整村搬迁移民而来，我的帮扶户主陈国仁，我叫他"陈哥"。平时我做得最多的，就是有好的政策及时给他们宣传，逢年过节我会采办一些礼物上门，陈哥 5 岁的小外孙背着我送给他的新书包，有点害羞也有点兴奋，89 岁的老母亲精神矍铄，吃着红枣蛋糕，眯着眼一个劲地冲我笑："软得很，甜得很，谢谢女子！"

2018 年冬天，陈哥出了车祸，我去海原县医院看望他，了解伤情及医药费报销情况。得知我前来的缘故，他显得颇为激动："你们想尽办法帮助我们，心里暖着呢，现在国家政策好，我啥都不用操心，就只管养伤。"后来我多次打电话或到户问候他以及家里的情况，猜测着他可能要跟政府和帮扶干部提的一些申请或要求都没有出现过，每次都是一句"好着呢"。"扶贫保"、大病保险、基本医疗保险、县域内先诊疗后付费免缴住院预付金、住院费用"一站式"结算等政策，解决了陈哥医疗费用的后顾之忧，中国农民多年来"看病贵、看病难"的问题，在他这里，我看到了实实在在的改变。除了身体上的疼痛，这场意外，对他家经济上的影响并不大，最为担心的一病致贫、一病返贫情况，并没有出现，我终于松了口气。

每次去陈哥家，最喜欢逗弄他的外孙。这个孩子只比我儿子大一岁，从小离开父母跟着外祖父一家生活。因异地工作，每周只能见儿子一次的我，看着他，总觉得跟自己的孩子一样，让人不由得生出分外的怜悯和疼惜。所幸外祖父和舅舅很疼爱他，将他养得活泼可爱、一脸明媚，朝气蓬勃，并无阴郁。刚开始帮扶时他还是幼儿园的小朋友，现在已读二年级了。学前教育有"一免一补"政策，每年 1500 元保教费免除，还有 900 元伙食补助拨付给学校；义务教育阶段营养改善计划，每天 5~6 元的补贴，让他在学校也能吃上营养餐。虽然远离父母，但遇上了国家和时代庇佑，这个孩子的幸运，是帮扶路上让我心里最暖的一抹亮色。

这几年，一遍又一遍察看、了解、交流，一次又一次走访慰问、宣传帮扶、问需问难，从最初入户敲门时的小心翼翼，到现在就像走亲戚邻居家熟门熟路，边喊着"陈哥、周姐"就进了门，村里人也从起初看我们来就窃窃私语、好奇打探，到现在习以为常，偶尔有生面孔问起我们是干什么的，他们都会抢着回答："是帮扶干部！"

建得广厦千万间，全村老少尽欢颜

如今走在村头，到处大兴土木、机车轰鸣，一派欣欣向荣的景象。比着干、抢着富，与贫困斗争的路上，八仙过海各显神通，做小买卖的、养殖的、务工的，自购了运输车经常从路上呼啸而过。红墙绿瓦是普遍，亭台楼阁也常见，陈哥家也盖了新房，漂亮的装修、崭新的家具，窗明几净、院落别致，周姐养了一些花，长势旺盛、开得鲜艳，小到一个茶杯的摆放，大到布置格局，庄户女人勤俭持家、朴实精干的传统，在这个小家里发挥得淋漓尽致。脱离了面朝黄土背朝天的劳作，"城里人"的日子，格外被他们珍惜。

2017 年底，陈哥家也脱贫了。2020 年 3 月份，我们完成了"四查四补"（查补损失、查漏补缺、查短补齐、查弱补强）专项行动，4 月份，全体干部分两批开展"三同（同吃同住同劳动）"驻村帮扶，对全村人员"两不愁三保障"，包括医疗、住房、教育、饮水、职业、收入等情况再一次全面摸排、建档立册、帮扶整改。跟以前的单户帮扶不同，此次大走访更深入、更细致，让我们对全村的情况有了相对全面的了解，结果令人欣慰：普遍富裕才算真正富裕、集体脱贫方可真正脱贫，在杞海村帮扶的这 4 年，仿佛看到了中国脱贫攻坚的缩影。

这一场脱贫攻坚战，胜利在望！

扶贫的更高阶段是扶志

2019 年，陈哥家贷了 5 万元小额扶贫款，免抵押、免担保、基准利率贷款、基准利率贴息，相当于对建档立卡户全免息。"我们跟亲戚合资在街上开了一家汽车维修装潢店，每年能挣 1 万多。"陈哥的妻子周姐跟我说。陈哥在中宁县锦宁铝厂当上了工人，用工相对长期稳定，儿子靠政府补贴考了驾照、学了铲车技术，有了"傍身技"，老母亲有养老金、高龄补贴，加上土地流转、圈棚流转、粮食补贴等费用，收入一年比一年可观。每次去走访，看到一丁点变化，我都会十分开心和欣慰。让自己的帮扶户尽快富起来，是我们每个帮扶干部的最大心愿。

村里主干道上那家"富虎商店"，最初由制作辣条起家，经过数次扩大，如今已是村上规模最大、品种最全、档次最高的综合超市。新牌匾很是大气显眼：农村人表达愿望的方式很直白，一如它的名字，真的"富了起来"。被我们称为"辣条西施"的漂亮老板娘，凭一己之力已轻松实现保底月入三四千元，如今正为客流量大，招不上帮忙的人"犯愁"。

集中驻村半个月，帮扶干部帮这家买兔崽、置鸡苗，帮那家添牛羊、办托管，了解生产和生活，关心未来和发展，忙得不亦乐乎。最令人惊喜的是，一些严重要靠政府兜底的家庭，也自己行动了起来。"我养了鸽子，卖了一些，后面还想养些鸡。"经过我们集中帮扶，残疾人杨世宝家里发生了大变化，以往破旧的院子经过修整，种了菜，搭了棚，里面兔子蹦跳、小羊咩叫，还有几只新出生的小鸽子咕咕叫着，带着雨后的清爽、整洁和安静。这景象，竟让人心窝泛起抑制不住的激动，升腾起一种力量。是什么呢？或许它就叫自强和希望吧！

回顾我的帮扶路，感触颇多，一个家展示出何等气象，与女主人的格局素养等关系很大，有一位勤劳、朴实、坚韧、善良、会操持、有眼界的女性做轴心，大多家庭里都是丈夫努力上进、子女乖巧懂事、后续发展良好，整体展示出良性循环、不断向上的景象。因此，做好女孩尤其是农村女孩的培养教育，爱护、善待她们，功在一家、利在多代，教育是阻断贫穷代际传递的良方。那些重视教育，并且有在学子女、学习较好的，总是呈现更足的精气神、更好的奔头，也更愿意努力奋斗，因为辛苦过后是充满希冀的远方。知识改变命运并不是一句口号，教育的甜头，谁尝谁知道。勤劳自强又有点追求的人总不会过得太差，村里一位 80 多岁的老爷子，养着 15 箱蜜蜂，托我们帮他落实特色产业奖补资金，讲起养蜂技术头头是道，让人敬佩。他深明大义，跟他聊天，很是"涨知识"。如果说脱贫是"扶上马"，那么"送一程"，就得靠产业。摘帽不难，但稳定增收致富不易，要想建立长效机制，除老弱病残无劳动能力群众得靠政府兜底外，个人得学技术、家庭得有产业，还必须是持续稳定的。

"其作始也简，其将毕也必巨"。习近平总书记视察宁夏时讲道："中华民族是多元一体的伟大民族。全面建成小康社会，一个少数民族也不能少。"总之，脱贫攻坚路万条，但归根结底，幸福是得靠自己的双脚和双手一步步丈量、一日日奋斗出来的。

不忘初心在南塘 谱写共同富裕新篇章
——记中宁县太阳梁乡南塘村驻村第一书记雅金斌

王睿

　　"作为一名干部，就要为民所想，为民所做，这样才不枉为人民的公仆。"雅金斌书记语气铿锵地说出这番话时，他的眼神里饱含着对群众的深情。

　　让党旗高高飘扬，扎根初心在南塘。自2018年3月被选派到太阳梁乡南塘村任驻村第一书记后，雅金斌第一时间就和村"两委"班子座谈交流，深入到群众家中，思考着如何真正为民谋实事、解民忧。他带领驻村扶贫工作队员，用了两个月时间，了解了全村产业发展情况、贫困人口基本信息以及存在的问题等基本情况，并且立刻对村上的工作进行了细致梳理，总结成绩，查找问题，随即打响了南塘村脱贫致富的第一枪，起草了南塘村2018年工作计划，计划从"两委"班子建设、基层组织建设、精准扶贫、产业发展、民生服务等方面予以全面规划，目标清晰，措施具体，为南塘村的发展铺好新路子，厘清帮助村民发展的新思路，用一言一行践行实现脱贫攻坚、实现共同富裕的使命。

　　瞄准问题尽锐出战，做好脱贫路上的带头人。彼时的南塘村和太阳梁乡的其他村一样，存在着诸多不完善，部分巷道没有硬化、群众养殖饲草紧缺、自来水供水不畅、村里没有排水系统、办公室面积狭小……面对村上存在的一系列问题，雅金斌看在眼里，急在心上。怎么办？雅金斌立刻带头行动，跑资金，争项目。一年多，先后争取"一事一议"项目和扶贫项目资金，硬化巷道6.8公里，建成小型文化活动广场3个，计4200平方米；争取中宁县教体局支持，安装全民健身路径4套、篮球架3副；从鸣沙镇和石空镇太平村为群众争取到免费饲草300吨；向中宁县财政局争取空调1台，为旧村部屋顶铺设防水油毡，协调中宁县水务局捐赠办公桌12张，出资5万元为新村部配备办公设备和搭建3间彩钢库房；协调春天百货公司出资0.84万元，印制移风易俗宣传挂历700份；协调中宁县财政局筹集资金84.75万元，其中34万元为15户增收有困难群众建立托管分红机制，15.75万元为21户无产业群众每户购羊5只，30万元用以解决肉兔养殖场基础设施建设；协调农业农村局筹资5.38万元，其中5万元为2户群众建立托管分红机制，0.38万元为村部安装电子屏；协调七星渠管理处筹资0.9万元解决村上办公经费不足问题；协调乡政府筹资3万元入股村集体肉兔养殖场，为2户群众建立利益联结机制。配合乡政府、水务局、县委组织部、供电局等部门顺利实施巷道绿化、巷道亮化、庄点排水、水质提升、村部建设和农电改造等工程，解决群众生产生活问题。

肉兔那么可爱，让它在南塘村扎下根来。针对村上没有村集体发展项目和产业，没有经营性资产，村集体始终处于"空壳"状态的问题，雅金斌和村支书、村主任就如何为群众找一个投资少、劳动强度低、技术要求不高的产业多次论证。南塘村气候干燥，非常适合养殖肉兔。有了好的想法，就要立刻行动。雅金斌带领村干部到固原市原州区实地考察，详细了解肉兔养殖品种、兔舍建设要求、防疫、饲料、污染等情况。经过讨论，形成了先由村集体经济合作社养殖，后带动群众养殖的思路。雅金斌利用一天一夜的时间，草拟了肉兔养殖规划方案，提交太阳梁乡党委、政府研究，乡党委召开专题会议研究，决定全力支持。

养殖初期，在没有启动资金的情况下，雅金斌自己垫付3万元，和村干部一起规划建设方案、跑资金、订购兔笼、选种兔……先后向中宁县财政局筹资20万元、向宁夏银行贷款13万元，建成养殖棚1栋440平方米，及70平方米管理房、120平方米库棚，引进种兔400只。2019年，又争取中宁县产业扶贫资金30万元和帮扶单位资金支持，新建了2栋养殖大棚，共1040平方米，及料棚360平方米，进一步扩大养殖规模。经过一年的奋斗，南塘村年出栏商品兔4800多只，实现销售收入27万元，养殖效益初步显现。在雅金斌和村干部的积极争取下，太阳梁乡党委、政府向中宁县脱贫攻坚领导小组提交了将肉兔养殖补助政策纳入全县产业补助政策的提案，中宁县脱贫攻坚领导小组在2019年产业补助政策中增加了肉兔养殖补助一项。

踏踏实实做事，认真践行对党的誓言。"我们是一个党员，我们是一个干部，下来真真切切地为老百姓干上一点两点，让老百姓想起我们的时候说，那个人还办了一点事。这就是我的一个初衷与想法，也是我工作的一个方向。"对工作中出现的问题，雅金斌总是能够第一时间和村委会交流，共同商量解决办法。"一户多代"住房建设、村道绿化、水质提升、村部建设等项目现场，雅金斌总是亲力亲为，实地督促工作进度，检查工作质量，协调解决施工中的问题。

雅金斌深知，脱贫攻坚工作任重道远，绝非一己之力就能解决。他非常重视村"两委"班子建设，在党建工作、廉洁自律、业务操作、接待群众、政策解释等方面给村干部和党员带好头。指导村干部规范各类会议记录，整理各类档案资料，耐心解答村干部在工作中不知、不懂的问题，细致向来访群众讲解脱贫攻坚政策，时时处处走在村干部前列，给村干部做好表率。他经常强调村干部要秉公用权、廉洁自律。通过他的传、帮、带，村干部工作能力和素质得到提升，工作积极主动，不等、不靠。村"两委"班子团结一致，村干部和驻村扶贫工作队配合紧密，工作落实扎实，工作成效明显，在群众中树立了良好的口碑。

通过 2018 年、2019 年两年的全力攻坚，南塘村 471 户建档立卡户已脱贫 455 户。全村形成了牛、羊、兔、中蜂、鸡养殖，玉米、葡萄种植和劳务输出为主脱贫支柱产业，村集体有了自己的肉兔养殖产业，村内巷道全部硬化、亮化、绿化，自来水、排水管道全部入户，新建了标准村部、村卫生室，信息畅通，交通便利，整村脱贫出列顺利通过中卫市、中宁县验收。

雅金斌还想借脱贫攻坚的东风，带领南塘村群众彻底脱贫，走上致富的康庄大道。

艰苦创业拔穷根　致富路上带头人
—— 记海原县郑旗乡致富能手李成秀

海明凤

李成秀，海原县郑旗乡吴湾村村民。早年外出务工，后来打机井、种芹菜、搞养殖，走出了一条山区农村妇女的创业之路、致富之路。致富路上不忘本，爱管闲事喜助人，李成秀积极带动并帮助周围村民脱贫致富。在吴湾村乃至郑旗乡，提起李成秀，群众纷纷竖起大拇指为她点赞。

不甘贫穷　务工创收

当村子里的群众都穷守两亩地，宁等救济不愿冒风险外出打工时，不甘贫穷的李成秀就在思考如何让穷日子富起来，她一次次地撺掇鼓动丈夫同自己外出打工创收，1989 年，眼看日子稍微好转，在甘肃的煤矿打工时，煤矿塌方砸伤了丈夫的腰部，他们不能继续务工，无奈回乡。她既要陪护重病的丈夫，还要照顾 4 个未成年的孩子，但是生活的重担并没有压垮这个坚强的农村妇女，相反，却使她更加坚强了。

作为农民，只能种地。靠天吃饭的庄稼地并不能如她所愿，年年歉收，穷苦的日子年年没盼头，李成秀想起了在外务工时，看到外地打井灌溉增产增收的情景，于是，她和丈夫决定在村子里打一口机井，解决土地灌溉难的问题，资金短缺、周围群众不理解也没有让她退缩。1990年，她和同村的几个人联合起来，用了整整一个月的时间，终于打出了本村的第一口机井，也是全乡的第一口机井。吴湾村的百余亩旱地变成水浇地，粮食产量得到了大幅提升，在李成秀的带领下，村民从此不再为口粮担忧，大家的生活一天天好了起来。

瞅准商机　发展产业

口粮不愁了，但是口袋并不鼓。要彻底摘掉穷帽子，还得动脑筋、找出路。2013 年，李成秀终于找到了一条可以富裕起来的路子，带领村民发展芹菜种植产业。第一年，她拿出所有积蓄，一口气种了 23 亩芹菜，喜获丰收，她和其他菜农积极联系上海、南京等地的客商采购郑旗芹菜，拓宽了销路。这下，不但李成秀的收入有了大幅度提高，村民的腰包也鼓起来了。因长途运输，芹菜缺少冰块保鲜，影响菜品质量，制约了芹菜的销售量。2016 年，在乡党委、政府的引导和支持下，她带领全村村民打造了郑旗蔬菜基地，还投资了 110.5 万元，建成近 200 平方米的冰库，彻底解决了蔬菜基地冷链体系的关键问题。同时，李成秀个人向海原县就创局贷款 3 万元，购进养殖了 6 头牛犊，待来年又是一笔收入。创业路上，她还在不停努力。

爱管闲事　帮助他人

"要富一起富，大家都富裕起来了才是真正的富。"这是她经常挂在嘴边的话。虽然创业道路上充满坎坷，但是她激情不减。在她的影响下，村民等靠要的思想不见了，要创业的想法越来越活，想种植蔬菜缺本钱、想养殖需贷款的时候，李成秀站了出来，她除了借给村民钱外，还主动联系当地黄河农村商业银行带动村民开展联保贷款。有一部分村民到还款日期还不上钱，李成秀还帮他们还款。时间久了也有人说她爱管闲事，她说："都是乡里乡亲，不管怎么办，大家都富了才更好。"

作为一位创业成功的农村妇女，李成秀教子有方，4个孩子中有两个孩子分别在银川和苏州工作，另外两个随她一起创业，儿女都已成家立业，家庭和睦，大家都生活在一起，一起创业一起快乐。李成秀说："一家人只有和和气气的了，干啥才能成啥。"良好的家风成为村民争相学习的榜样。

在脱贫致富的道路上，李成秀这个致富带头人正在带领乡亲们用勤劳的双手脱贫致富拔穷根，满怀信心奔小康。

驻村第一书记

李海潮

近年来，在喊叫水乡这个连雨水、雪花都不愿停歇的地界，各村都驻扎了扶贫工作队。

工作队编制三人，一名驻村第一书记，两名驻村扶贫工作队员。队员是中共党员的，组织关系一律转入本村党支部，并且与派出单位脱钩，蹲点专搞扶贫工作。他们肩负着党中央下达的"脱贫攻坚，一个也不能少"的艰巨任务，责任重大，使命光荣。麦垛村新建的村部红砖紫瓦，房舍俨然，绿树葱茏。大门口矗立着巨幅宣传标语牌——坚持走中国特色社会主义道路，红底黄字。一字排列的宣传橱窗里着力宣传本村带头致富的劳动模范、退伍不退志的军人、考出去的大学生，照片和事迹相互映衬。国旗迎风飘动，山鸟栖檐啁啾，环山如黛，浮云似棉，好一派盎然生机。

麦垛村偌大的院落里，机构设施健全完善。村部门侧除悬挂党支部、村委会的牌子外，两旁依次挂有村民矛盾纠纷排查调解委员会、妇女儿童工作委员会、村民读书之家、村民卫生保健医院、退伍军人事务工作室、治安管理工作室、儿童乐园的牌子。村部增设扶贫工作指挥部，办公室也是驻村扶贫工作队员新安的家。厨房虽小，但家用餐具应有尽有，他们安居乐业。两间大的办公室里，并排摆放着三张台面斑驳的写字台，上面依次摆放着电脑、固定电话、工作日志、接访记录、笔架、旅行用的大水杯。写字台后边是看似神秘的薄铁皮档案柜。顺着浅灰色档案柜望去，柜上镶的玻璃一尘不染，浅蓝色档案盒摆放整齐。盒面盒脊分别贴着"文件""建档立卡户信息统计表""党组织活动记录""危旧房改造实施情况""致富带头人业绩""发展新党员计划""退伍军人创业记录"等标签。其实档案柜一点儿也不神秘。这些纸质资料，与其说储存在电脑里，不如说储存在驻村扶贫队员的大脑里！要提取某个建档立卡户精准、真实的信息，最快捷的办法是和驻村第一书记交谈。很负责任地说，从他嘴里出来的资料误差极小，还附有叙述、说明、描写、评论成分。援引村队干部的话讲："驻村第一书记学历高，思维敏捷、记性好，堪称一部活字典！"

开展扶贫工作，首先得增进工作队和村民之间的了解，通过实心帮助，才能取得村民的认同、信赖和支持。驻村第一书记挂帅，每人购买一件黑色圆领 T 恤衫，衣服前后用金丝线绣上大家熟悉的、代表扶贫志愿的"手心"标志，后面还绣着"驻村第一书记"或"驻村扶贫工作队员"字样。背着这样的"名片"，目的是把自己亮在明处，把自己和普通村队干部区分开来，把第一书记和扶贫工作队员区分开来，方便山民随时造访表达诉求，了解社情民意，监督干部行使权力。

驻村扶贫工作队的设立和运行，使得村民短时间内了解了工作队的职责、意义，他们接过扶贫工作队员送来的宣传册和扶贫手册，沐浴着党的富民政策的阳光雨露；多次在炕沿上推心置腹地交谈，消除了村民陈旧的思想观念，移风易俗，直起腰杆走出去，把智慧和劳动投放到广阔的就业市场。

驻村第一书记和扶贫工作队员时刻佩戴着党徽，在抗击疫情期间，他们昼夜驻守村口，把党的重托、把村民的安危挂在心间，体现在一言一行上，记录在人生档案中。乡政府给他们送来了棉大衣，村民送饭，司机送水，居家隔离的人为他们点赞！驻村第一书记30岁出头，是辽宁人，大学毕业后从东北来到西北，在银川市一所建筑学院当老师。工作5年后，他自告奋勇报名到以干旱贫瘠闻名的喊叫水乡驻村扶贫，在这片土地上艰苦创业。

在扶贫激流中泅渡，畅享大城市无法保留的乡土气息。走进村民的院落，走进服装厂、编织车间，走近覆膜的瓜地、援建的"母亲水窖"和牛圈羊舍，走近长途运输车队和流动的日用品、瓜果、蔬菜贩卖车，你会心潮澎湃。静默坐在山坡上，心无旁骛地感悟村民与干旱贫瘠抗争的精神斗志，你也许会用心丈量山川共济的距离，用眼描绘山村渐变的面貌，不断地拷问自己："两年驻村扶贫期满了，我给麦垛新村留下了哪些可圈可点的东西？"

驻村第一书记是全国扶贫工作圈内的积极分子，他的想法和党中央同频共振，他密切关注着每一个建档立卡户的想法。

另外两个扶贫工作队员，一个老家在河北，一个故乡在山东。为了一个共同的目标，他们到环境最艰苦的地方去、到祖国最需要的地方去。一切个人美好的理想，必须符合祖国和时代发展的需求。

他们才30岁出头，可是他们特别能吃苦、特别能战斗。麦垛村的道路硬化、危房改造、饮水入屋、厕所革命、劳动技能培训、养殖大户建棚、瓜地抗旱、土豆销售、板蓝根种植基地招商……他们都努力推进；一个个劳动场景，都留下了他们的欢声笑语。

翻开扶贫手册的红色封皮，三张驻村扶贫干部的彩色照片映入眼帘，照片下面分别标注着姓名、年龄、学历、派出单位、联系电话、政治面貌及工作职责。再翻开一页，就是受帮扶户的基本信息。低保、雨露计划、退耕还林、劳动技能培训、务工收入、危房改造、母畜养殖、饲草、养殖托管分红等各项补贴，条分缕析，清楚明白！驻村第一书记没有辜负党组织的重托，发展了4名中共党员，培养了6名入党积极分子，驻村扶贫工作队给麦垛村带来了一缕清风。

麦垛新村驻村第一书记在日记本上写下这样一句话："耕者有其田，居者有其屋，鳏寡孤独者皆有所养。"在精准扶贫的历史长河中，你、我、他，一个都不能少。

"三驾马车"载上贫困群众奔富路

宋大为

春回大地，万物复苏。当太阳梁乡精品桃种植基地的桃花竞相绽放，大战场镇的田间地头早已人影绰绰，农户忙着栽种枸杞苗，远在喊叫水乡和徐套乡的群众喂饱家里的牛羊，在地里种硒砂瓜……

新的一年，以梦为马，不负韶华。在疫情防控取得阶段性胜利之后，中宁县广大领导干部又投身到"四查四补"工作中。而全县的建档立卡户，有些踏上了外出务工的行程，有些人则围绕特色产业忙前忙后，就连一些没有劳动能力的人也盘算着怎样用好扶贫贷，提高自家的经济收入。

第一驾马车：产业带动"拔穷根"

自脱贫攻坚战打响后，中宁县以喊叫水乡、徐套乡、大战场镇、太阳梁乡41个贫困村为重点，坚持"输血"和"造血"并举，"有土"和"离土"并重，在严格落实各项扶贫政策措施的同时，因人因户量身定制、精准施策，通过产业带动、劳务输出和"四种利益联结机制""三驾马车"探索建立了稳定的脱贫长效机制，坚决夺取脱贫攻坚战全面胜利，为全面建成小康社会提供坚实支撑。

特别是 2020 年以来，面对疫情给脱贫攻坚造成的冲击和影响，中宁县统筹推进疫情防控和脱贫攻坚工作，因户因人综合施策，在解决"三保障"漏项问题的同时，全力做好到户到人的精准帮扶。

喊叫水乡是自治区确定的"五县一片区"深度贫困地区。全乡辖 19 个村，均为贫困村，共有建档立卡贫困户 1018 户 3899 人。近年来，该乡全面实施"结构调整，项目带动"两大战略，大力发展硒砂瓜、小杂粮、红葱、枸杞、色素辣椒、草畜六大特色产业，着力打造"4+x"特色产业体系，并有针对性地开展手工编织、挖掘机、装载机等专项技能培训。

喊叫水乡石泉村村民金宪英是该村最后一名脱贫户。由于妻子身患重病，几个孩子还在上学，全家老小住在狭小陈旧的两间土坯房里，家庭收入仅靠他一人打零工，生活极为艰难。后来，在政府的帮助扶持下，他先是被乡上安排为村里的护林员，每月有了固定收入，然后又养起了羊，目前已存栏 20 只以上。特别是在 2017 年，他又靠着县上危旧房改造的补助政策，盖上了建筑面积近百平方米的砖瓦房。2019 年他终于摘掉了贫困户的帽子，全家人均可支配收入在 5000 元以上。

第二驾马车：劳务输出"摘穷帽"

在大力发展优势特色产业，促进产业融合发展，培育壮大新产业、新业态，扶持培育扶贫龙头企业、农民专业合作社等减贫带贫新型经营主体，拓展增收渠道的过程中，中宁县抓紧与劳务输出地和自治区用工紧缺企业精准对接，组织帮助贫困劳动力有序返岗稳岗就业。"太阳梁乡精品桃种植基地每年用工时长近 8 个月。高峰期时，每天用工人数达 200 多人，日常管理用人有几十人，人均工资 100 元以上。"隆原村村民逯进林说，他每年在精品桃种植基地打工，有 3 万多元的收入。

2020 年 2 月，中宁县太阳梁乡南塘村 25 名建档立卡户村民搭乘专车，前往福建厦门天马集团务工。南塘村党支部书记周殿荣说，这 25 名村民干满 6 个月，除工资外还能享受闽宁对口扶贫建档立卡群众务工专项补贴 13500 元。同时，他们工作实行两班倒，月薪 4800 元至 6500 元，全勤奖 200 元，公司提供上下班通勤厂车接送，公寓式员工宿舍免费住。

农民收入是小康指标能否实现的决定性因素。2020 年，中宁县将通过壮大特色产业、创新利益联结机制、发展农业新业态等方式，引导农民与现代农业发展有机衔接，提高经营性收入。同时，还将不断优化创业就业环境，增加就业岗位，拓宽农民工就业渠道。

第三驾马车：利益联结"走新路"

成立于 2019 年的中宁县宁特农业发展集团有限公司是中宁县国有独资企业，主要利用自身肉牛养殖、销售优势，按照"四种利益联结"机制把产业发展和贫困群众增收紧密联系在一起，带动建档立卡群众增收脱贫。公司负责人魏峥介绍，2019 年 2 月下旬以来，公司陆续购进育肥牛，预计 8 月底，公司宽口井养殖基地育肥肉牛将达到 7000 头。截至 9 月底，喊叫水牛场引进的海福特基础母牛数量将达到 6000 头。届时，喊叫水、大战场、徐套等乡镇建档立卡户将从中受益。

近年来，中宁县聚焦贫困地区产业发展短板，通过"党组织 + 国有企业 + 龙头企业 + 合作社（村级组织）+ 建档立卡户"运行模式，搭建了生产性收益联结、资产性收益联结、经营性收益联结和流转土地进场务工利益联结"四种利益联结"机制，龙头企业市场引领作用充分显现，贫困群众脱贫致富的内生动力持续激发，肉牛养殖产业规模不断壮大，贫困群众每户至少有 5000 元至 1 万元的稳定增收，发展信心显著增强。

2020 年，中宁县计划因地制宜发展优势特色产业，扶持发展优质枸杞 1.5 万亩，打造优质品牌硒砂瓜 2 万亩，种植硒砂瓜 20 万亩、饲草 6

万亩、色素辣椒 1 万亩、精品桃 5700 亩，试种金银花 2000 亩，建设色素辣椒育苗基地 100 亩，确保牛补栏 3.5 万头，养羊 16 万只，以提升贫困户生产经营能力。通过持续推进"四个一"示范带动工程，巩固提升扶贫龙头企业 15 家，巩固提升扶贫产业示范村 12 个，规范培养扶贫专业合作社 41 个，新培育致富带头人 120 人，实现 41 个贫困村集体经济收入均达到 5 万元以上。同时，实施打赢脱贫攻坚战职业技能培训三年工作计划，力争完成精准脱贫技能培训 1260 人以上，劳务输出 8000 人以上。

移民"移"出幸福新生活

梁旭强

　　走进中卫市沙坡头区移民集中安置点，一座座庭院干净整洁，一排排房屋错落有致。行走在平整洁净的水泥村道上，能够感受到移民新村的变化。这些年，移民搬迁不仅改善了他们的居住环境，还让他们的生活有了翻天覆地的变化。如今，说起搬迁后的新生活，移民们的脸上都洋溢着幸福的笑容。

　　为了确保群众"搬得出、稳得住、能致富"，2020年，中卫市党委、政府制定印发了《中卫市脱贫攻坚挂牌督战工作方案》，对自治区、中卫市联合督战的28个村和社区，明确了19名厅级干部和县（区）党委、政府的28名领导联系督战，建立了市级领导联系督战、县级领导包抓督战、行业部门分类督战、扶贫部门巡回指导和分片督战的工作机制。继续实行厅处级干部联系贫困乡镇、村制度，确保挂牌村剩余贫困人口如期脱贫、非挂牌村脱贫成果持续巩固，让贫困群众稳定增收，助力打赢脱贫攻坚战。

走出大山换新颜

"十年九旱靠天吃饭，水窖存水、交通不便，恶劣的生存环境让村民吃尽了苦头。"5月7日，我来到沙坡头区东园镇金沙村，谈及过去，曾多次外出务工的村民高汉礼说："以前老家的房屋虽然有好几间，但都破旧不堪，遇上雨雪天，屋外下大雨，屋里下小雨。一年收入也不多，除了补贴家用外，孩子上学也是一笔大开销，日子过得很艰难。"

谈起住房，绝大多数移民都有一段不堪回首的记忆。金沙村五组组长雷军说，在老家时，因为交通不便，年轻人纷纷外出务工，他也曾有过离开老家的念头。但是，因为家庭原因，他只能留在家里发展养殖业。以前家乡的土地都是撂荒懒种，一年到头也没有什么收成。2017年，他们响应移民搬迁政策，从海原县红羊乡搬迁至金沙村。搬过来后，就近务工便能挣到钱，现在月月有收入、年年有存款，生活越过越好。

依托产业变身份

易地扶贫移民搬迁，成为脱贫攻坚中"啃下最硬骨头"的有效方式。告别祖祖辈辈生活的大山，住进统一修建的宽敞明亮的院落，在政策扶持下发展种植业、养殖业等特色产业，让昔日的贫困户变成有本领的产业带头人……

"现在我们搬到这里，住进了宽敞的房子，自来水也入户了，务工也方便，我还想依托鸣沙村地理位置优势，发展农家乐产业。"鸣沙村党支部书记马德说。他们从路不通、上学难、吃水难的地方搬迁过来，与当地老百姓的思想有很大差距，但要想致富，必须让大家改变观念。

2013年4月，马德当选为鸣沙村党支部书记兼村委会主任，移民怎么富，依靠什么才能让大家动起来、富起来成了他面临的难题。

"最初，我们联系中卫市人力资源和社会保障局以及中卫市职业技术学校，对村民进行实用性技术培训，让他们能够学到一技之长，在周边景区或工厂打工。"马德说。想要改变观念，就要依托邻近旅游景区的优势重新定位，找到新的致富思路，才能实现"搬得出、稳得住、可致富"。

这些年，马德的农家乐从几间客房发展到如今的 21 间，营业额也从几百元发展到现在的每年 10 万余元。在脱贫致富的路上，和雷军、马德一样的移民还有很多，他们用不同的方式靠自己的双手努力脱贫致富，创造美好的明天。

上下联动助脱贫

从"穷窝"移民到"富窝"，从靠天吃饭到入股分红、家门口务工，看得见、摸得着、感受得到的一项项民生工程落地开花，让中卫市 2.4 万户 10.3 万名生态移民、1723 户 7123 名劳务移民、7594 户 3.1 万名自发移民升腾起幸福生活的温度。

2020 年是全面建成小康社会决胜之年，也是全面打赢脱贫攻坚战的收官之年。中卫市坚持目标导向、问题导向、结果导向，严格落实"四个不摘"，统筹抓好脱贫攻坚和疫情防控，上下紧密团结，尽锐出战，以"四查四补"为抓手，将各县（区）中贫困发生率 1% ~ 3%、剩余贫困人口 30 人以上、边缘户 100 人以上、脱贫难度较大或遗留问题较多的 28 个行政村和移民村纳入督战范围。

"我们既要落实中卫市挂牌督战事项，也要督导推进县（区）挂牌督战工作，确保县不漏乡、乡不漏村、村不漏户、户不漏人，深入开展'四查四补'工作，制订一村一方案，建好一户一档，落实一户一策，以 28 个挂牌督战村（社区、居委会）为重点，精准帮扶、精准施策，高质量打赢脱贫攻坚收官战。"中卫市扶贫办相关负责人介绍，在实际工作中，针对各类问题实行台账式管理、提级式验收、清单式交账，确保问题整改到位。

拂面春风好借力，正是扬帆远航时。在全面建成小康社会的路上，全市上下齐心合力，层层高质量推进，攻克深度贫困堡垒，坚决打赢打好脱贫攻坚战，必将向党中央，自治区党委、政府和全市人民交上一份满意答卷。

教育扶贫托起希望之花

牛国军

教育是阻断贫困代际传递的治本之策。补齐贫困地区义务教育发展短板，让贫困家庭子女都能接受公平而有质量的教育，是夯实脱贫攻坚根基之所在。

扶贫必扶智，治贫先治愚。脱贫攻坚不仅要富口袋，更要注重富脑袋。教育扶贫的重要性不言而喻。

"上学不用交学费，学校还发生活补助，让我不用为生活费发愁，能一心扑在学习上。"在中卫市第六中学八年级（7）班就读的学生李嘉立如是说。李嘉立的父亲李存发说，他家是建档立卡户，孩子在学校上学不要钱，还能拿到生活补助，让他省了一笔开销，减轻了经济压力。

提起教育扶贫，在兰州交通大学读大二的中卫籍学生田彦清有说不完的话。田彦清清楚地记得，2018 年收到大学录取通知书时，父母脸上满是骄傲，背地里却为学费发愁。然而，这件事很快就有了解决办法。因他们家是建档立卡户，可以申请办理 5000 元生源地助学贷款，这使他得以顺利入学。

如今，田彦清已在大学度过两年时光，他十分感念国家的好政策。

田彦清说："以前在中卫中学上高中时，我每学期都能享受到 1000 元的助学金。上大学后，每年能领到 1500 元助学金，中卫市教育局还为我争取到每学期 2000 元的燕宝基金，一直到我大四毕业。"田彦清对接下来的学习和生活充满希望。

田彦清的父亲田兴学脸上的愁容早已变为笑容，更令他们一家高兴的是，从 2016 年开始，凡建档立卡贫困户的家庭成员考取大学，政府每年都发放 5000 元补助资金。田兴学激动地说："儿子上学有贷款，生活有奖学金和助学金，帮我们解决了大难题。"

随着学生资助政策的不断完善，在中卫市，有许多像李嘉立、田彦清一样的家庭经济困难学生得以继续完成学业，享受到更公平的教育机会。通过教育扶贫，越来越多的贫困学子顺利完成学业，逐渐摆脱贫困，实现人生理想。

中卫市精准落实家庭经济困难学生资助政策，完善了从学前教育到高等教育全覆盖的资助体系，精心实施农村义务教育阶段学生营养改善计划，极大地促进了教育公平。2020 年上半年，全市两县一区完成了建档立卡特困家庭在校大学生资助项目的摸底、核实、上报工作，共计资助学生 2538 人，累计发放补助资金 1269 万元。同时还完成了对义务教育、普通高中、中职学校春季资助项目的摸底、审核、上报、发放工作。

"针对贫困学生的资助政策只是我市教育扶贫的一个方面。"中卫市教育工委负责人说，"教育扶贫涵盖控辍保学、空中课堂、送教下乡、薄弱学校改造等各个方面。"

在加强义务教育控辍保学工作中，中卫市严格落实"三包三保"和双线控辍责任机制，组织全市教师深入开展"千名教师访万家"活动。按照思想引导、学业辅导、生活指导、心理疏导有机结合的思路，重点关注留守儿童、学困生、贫困生、单亲子女、残疾少年儿童以及空中课堂听课参与率低的学生，及时追踪摸排他们在学习生活中的困难，加大对这部分学生的关爱力度，打消他们因开学时间延迟而出现的辍学念头。做好易地扶贫搬迁群众子女转学衔接工作，全力保障适龄儿童少年接受义务教育的权益，为他们的健康成长构建关爱服务网络。

受疫情影响，2020年中卫市中小学延迟开学复课，为做实做细空中课堂教学工作，全市抽调业务骨干人员组建了空中课堂工作推进组，全面负责空中课堂教学的组织实施。据悉，空中课堂开课之前，针对家庭经济困难学生缺少学习终端、网速慢等问题，中卫市积极协调运营商将直播学校网络带宽提高到了500兆，为171名四类贫困学生免费接入家庭宽带并提供所需流量，为78名家中无学习终端的贫困学生送去智能手机，确保空中课堂不落下一名学生。

实施基础设施补短板、薄弱学校改造提升等项目，让优质的教育资源向乡村倾斜，对于助推教育脱贫、缩短城乡差距、实现教育公平具有重要意义。截至目前，沙坡头区争取资金3311万元，实施了宣和镇丹阳小学、永康镇景台小学、兴仁镇兴仁小学综合楼改扩建及新建双桥幼儿园等项目，解决了44个教育发展中的短板问题。中宁县争取资金9360万元，实施了扩建长山头九年制学校综合楼，渠口九年制学校宿舍楼，新建中宁县第四、第五幼儿园等项目。海原县争取资金1.01亿元，实施海原县职业中学扩建、海兴开发区第二小学建设和兴海中学维修改造，以及新建九彩乡中心幼儿园、高崖镇香水幼儿园等项目，可解决贫困地区存在的51个短板问题。

百年大计，教育为本。教育扶贫对于去除穷根具有不可替代的关键作用。在中卫，教育扶贫让贫困学子享受到了阳光雨露，让他们上得了学、上得起学、上得好学，教育扶贫正托起一朵朵希望之花。

"四好"农村公路铺就幸福小康路

杨雪　刘立涛

6月的中卫，暖阳倾斜而下，山峦逶迤，车辆飞驰在蜿蜒的农村公路上，一路驶向了沙坡头区永康镇校育川村。走进校育川村，一条平整的柏油公路，笔直地延伸至整个村庄，一辆辆小轿车、摩托车往来穿梭。

"我们村地处南部山区，自然条件恶劣、基础设施薄弱、交通不便，出行难成了困扰村民的心结，也是制约群众脱贫致富的关键因素，村民种植的硒砂瓜很难销出去。"校育川村党支部书记刘保强颇有感触地说。自从修建了这条农村公路，全村的交通出行条件得以改变，硒砂瓜也不愁销不出去了，为农民脱贫致富增添了新动力。2019年，校育川村实现了脱贫销号。

经济滞后、道路不通也曾是沙坡头区宣和镇敬农村的真实写照。如今，这里一条条平坦的水泥公路从成片的苹果园中穿过，来往的车辆和行人通行无阻。道路不仅让大家出行方便，更是当地村民的致富之路。乡村公路建设好后，村民用手推车就能把肥料轻松运到果园，苹果成熟后也能用货车拉到各地销售。

按照习近平总书记提出的建好、管好、护好、运营好农村公路的"四好"要求，2017—2020 年，沙坡头区积极争取到自治区交通厅农村公路建设资金 1.4 亿元，先后修建农村公路 33 条，共 151 公里，其中包括在环香山和南山台等贫困地区打造脱贫攻坚道路 24 条，共 121 公里，打通了农民增收致富、农村产业发展、美好生活向往之路。

一条农村路，讲述一个脱贫好故事，这是中卫持续推进"四好"农村公路建设，激发乡村振兴内生动力的生动体现。近年来，中卫市围绕打通中卫"一带两廊"对外通道，按照"密织交通网络'毛细血管'，助力脱贫致富，推动乡村振兴"的工作思路，加强干线公路提档升级，加快补齐农村基础设施和公共服务短板，大力推进农村公路建设，不断改善农村地区交通条件。

中卫市交通运输局相关负责人说："今年全市预计完成新改建'四好'农村公路 150 公里，计划新建续建农村公路 65.3 公里，总投资 2500 万元。其中，中卫市本级实施农村公路 2 公里，沙坡头区新建农村公路 2 公里，中宁县新建农村公路 3.7 公里、续建 18.2 公里，海原县新建农村公路 39.4 公里，项目已全部开工建设，正在进行路基、涵洞、安全警示设施施工。"

在中卫，"村村通""路路通"不仅打破了农村群众出行的桎梏，也让大批优质的枸杞、硒砂瓜、设施蔬菜等特色农产品，通过"主动脉"与"毛细血管"向外输送，实现了特色农产品从田间到舌尖上的一路领先，真正让农村群众尝到了"绿色通道"的甜头，农村公路建设成为中卫市农村经济发展的重要引擎。

拆旧房 改危房 建设美丽庭院

张晗悦

"以前每到下雨天，总是提心吊胆。2019 年政府出钱帮我家盖了新房，总算可以睡个踏实觉了。"说起现在的住房条件，沙坡头区宣和镇羚羊村村民李春霞有点激动。

2020 年 4 月 28 日，羚羊村经过一番整治，一些年久失修、存在安全隐患的旧房屋已被拆除，取而代之的是风格统一、布局错落有致、外观整洁的新房。

据羚羊村村委会主任焦德中介绍，2019 年该村拆除了一部分危房，2020 年按照沙坡头区委要求，将在 6 月底前完成全部危房改造。

据了解，沙坡头区各乡（镇）均已吹响危房清零的号角。

在沙坡头区常乐镇，工人正忙着进行 C 级、D 级危房修缮施工，有的在搅拌混凝土，有的运输工程材料，有的在铺设瓦片，现场一片忙碌。

"您好，您家的房子漏水吗？墙体有没有开裂？……"常乐镇政府工作人员走村串巷、挨家挨户询问当地群众住房安全情况，并做好记录。

改的是房，暖的是心。常乐镇在危房改造过程中，既关注房屋质量，又关注农户居住环境改善，实施精准管理，建立农村安全住房动态监管长效机制，全面掌握村民住房安全情况，重点对贫困户、边缘户、建档立卡户、五保户的住房情况进行跟踪监管，确保群众住房安全有保障。各村还结合危房改造，开展房前屋后绿化、美化、亮化，建设美丽庭院。

农村危房改造是实现"两不愁三保障"总体目标中住房安全保障目标的重要举措。2020年，中卫市把建设美丽宜居生态城市、改善农村人居环境与推进房屋安全整治结合起来，落细落实危房改造各项工作，通过拆除一批、整治一批危旧房屋，加快推进农村人居环境整治和美丽乡村建设。

农村"厕所革命"提升农民幸福感

张秀 马进军 任浩

初夏的海原，接续了春的色彩，呈现出夏的奔放。

走进曹洼乡脱烈村村民安玉宝家的小院，干净整洁的房前屋后，树木葱茏，菜园里竞绿争肥。

在同村邹德云家，敞亮的砖瓦房里摆放着现代化家用电器，屋内装修讲究，美观大气。邹德云在外地上大学的儿子邹会锋坐在舒适的沙发上看书学习。

这样的农村，既是脱贫攻坚以来西海固广大农村的一个缩影，也改变和重塑着人们对农村的传统印象和认识。

从邹德云家出来时，我们想"方便"，可四下张望，院内院外寻找，就是不见厕所。无奈，只得询问。邹会锋回头一指："在屋里。"但见洁白的冲水马桶和立式洗手池，贴了瓷砖的墙面、地板被擦得光可鉴人。

脱烈村党支书缑志全介绍说："从 2019 年开始，我们村就开始旱厕改水厕了。截至目前，全村已完成 287 户，占常住户的 96%，大部分已投入使用，村民非常满意。"

74 岁的安玉宝是一位善谈的老人。听缑志全向众人介绍厕所改造的事，老人来了劲头："过去一个土坑两块砖，三尺土墙围四边，苍蝇、蚊子到处飞。现在旱厕改水冲，方便又卫生。把那按钮一按，马桶就被冲干净了。不招苍蝇，方便又干净。谁能想活老了，还能用上城里人的东西，享受到这福气。"

"早些时候，农村人的厕所就是挖个坑，踩块板，砌个'土圈'围四边。"脱烈村村民冯成平说，"旱厕一般都在院外，夜晚上厕所生怕掉坑里。冬天寒风刺骨蹲不住，夏天苍蝇乱飞蛆乱爬，又臭又恶心，既不方便还影响整个村子的卫生环境。旱厕改水厕，老百姓举双手赞同。"

不止海原，在沙坡头区柔远镇冯庄村，村民孟兴荣家的厕所墙面上贴着白色瓷砖，水冲式蹲便器舒适干净。

在中宁县舟塔乡上桥村，77 岁的村民邱满熬说，乡里实施"两改一处理"时，他便在院内一间偏房辟出了卫生间，现在装上了洗面盆和抽水马桶，美气得很！

小康不小康，厕所算一桩。厕所，是度量文明的一个鲜明符号，影响着亿万群众，关系着美丽乡村建设的全局。要改善农村人居环境，提升美丽乡村"颜值"，"厕所革命"势在必行。

中卫将"厕所革命"与文明单位创建、美丽乡村建设、扶贫开发、移民搬迁、危房改造相结合，坚持宜水则水、宜旱则旱，进一步优化改厕模式，打造出沙坡头区柔远镇镇靖村、中宁县舟塔乡上桥村、海原县曹洼乡脱烈村、史店乡田拐村等示范村 21 个。2019 年，中卫市完成农村户厕 22522 户，建设乡村公共厕所 56 座，农村卫生厕所普及率 43.8%。2020 年还要改造建设农户卫生厕所 2.18 万户。

如今，在中卫、宁夏乃至在全国，旱厕正快速走向历史和记忆。农村污水、垃圾"两处理"，厕所、厨房"两改造"等城乡环境综合整治正从"点"走向"面"。改变已经开始，美丽乡村将越来越美丽，吸引力将越来越大。

产业扶贫拔穷根

梁旭强　卢震宇

2020年6月8日，习近平总书记在宁夏视察时强调："兴办扶贫车间目的是扶贫，要坚持扶贫性质，向困难群众倾斜，多招收困难群众就业。"希望乡亲们百尺竿头、更进一步，发挥自身积极性、主动性、创造性，用自己的双手创造更加美好的新生活。

近年来，中卫市聚焦提高贫困地区和贫困群众自我发展能力，扩大"点对点、一站式"就业服务，巩固提升已建成的34个扶贫车间，新建20个扶贫车间。以中宁县为例，如今在产业拉动下，民营企业已成为当地农村和周边群众实现脱贫致富、改变生活的重要载体，他们在实现从农民到工人华丽转身的同时，也为民营经济的发展作出贡献，实现脱贫致富与企业发展的完美结合。

务工就业换身份

"我们都是从西海固搬迁过来的劳务移民，借着劳务的春风就了业，挣了钱，致了富。"正准备开着轿车去宁夏天元锰业上班的陈来平说。

陈来平虽个头不高，但麻利的手脚让她的生活在十几年里有了大变样。"以前在老家时，靠着务农维持家用，从没想过自己有一天也会在城里买房买车，过上幸福的日子。"陈来平笑着说。2008年经朋友介绍，她从固原市彭阳县孟塬乡来到天元锰业上班，经过十几年的努力，她真正从种地的农民变成了上班的产业工人。

在中宁县城人员密集的小区和方便乘车的站台附近，经常可以看到一拨又一拨身穿工作服的工人在等待企业的通勤车。我们了解到，这些等待通勤车的工人大多数来自农村，甚至是偏远的南部山区。在没有成为产业工人之前，他们过着并不富裕的日子。自从进入企业务工，他们原来紧巴巴的日子有了极大改善。现如今，他们每个月都有几千元收入，腰包渐鼓的他们陆续在县城买了房，过上了和城里人一样的日子。

产业帮扶促发展

自20世纪80年代至今，白手起家的中宁企业家们秉持"吃苦""包容"精神，从小商小贩、长途运输、承揽工程等草根经济到如今的同业联手、多业协作、内外相济，实现了向集群化方向发展。近年来，在中宁县政府全力打造的新材料循环经济示范园区内，天元锰业、华夏特钢等龙头企业，形成了上下游衔接、左中右配套的集群化产业体系。

2012年，基于宁夏天元锰业集团稳定高效的就业吸纳能力，自治区扶贫开发领导小组将宁夏天元锰业集团确定为生态移民就业安置暨扶贫产业示范园，由此开启了企业有组织吸纳移民就业的历史。多年来，宁夏天元锰业集团致力于企业健康持续发展的同时，努力做好自治区实施的"村企对接"和中宁县实施的结对帮扶精准扶贫工作，创造性开展了就业扶贫、教育扶贫、结对帮扶等扶贫模式，帮助贫困群众实现脱贫，过上富裕生活，探索出了一条民营企业"真扶贫、扶真贫、真脱贫"的精准扶贫新路子。

"2011年，我抱着试试看的心态进入天元锰业，从洗板工到统计核算员，收入一年比一年高，家里困境改变了，花钱也不用再缩手缩脚了。"天元锰业职工张琴说，"现在家里不仅买了楼房，还买了车，和以前相比，简直就是天壤之别。"

"目前，我们在册就业员工超过两万余人，近一半员工来自贫困家庭。在过去几年里，一线员工人均月工资达6500元左右，使近万名困难员工家庭脱离了贫困。"宁夏天元锰业集团相关负责人说。下一步，他们将认真贯彻落实习近平总书记视察宁夏时关于决战脱贫攻坚的重要讲话精神，发挥企业优势，带动更多群众脱贫致富。

截至2019年底，天元锰业已有9270名困难员工凭借着每年6万元左右的稳定工作收入，使家庭摆脱了贫困，实现"一人就业，全家脱贫"向"一家脱贫，家族脱贫"延伸。

产业发展助脱贫

近年来，中宁县鼓励非公有制经济企业走"商标助企""品牌兴企"之路，培育催生了一批知名产品和驰名商标。凭借品牌优势，打开了国内国际市场。

自脱贫攻坚战打响以来，中宁县以激发贫困群众内生动力为基础，坚持就业和产业协同发展，把扶贫同扶志、扶智结合起来，教育引导贫困群众克服等靠要思想，消除精神贫困，形成自强自立、争先脱贫的精神风貌。目前，中宁县建立就业扶贫基地13个、扶贫车间2个，完成建档立卡户技能培训2948人、劳务输出2435人，贫困群众持续增收基础更加牢固。

农民增收的"绿色银行"

王珊

在沙坡头区镇罗镇鼎腾蔬菜流通专业合作社设施蔬菜标准化示范基地,一排排整齐日光温室大棚在阳光的照耀下显得格外耀眼,大棚内西红柿、辣椒等各种蔬菜长势旺盛,工人们正弯着腰忙着采摘装箱。

"基地于 2016 年建成,流转土地 380 亩,2016 年初投产,设施蔬菜生产区面积达 380 亩,现在是蔬菜出产淡季,每天有五六吨的蔬菜输送到市场,到冬季,每天有几十吨蔬菜运往西安、兰州等地。"鼎腾蔬菜流通专业合作社负责人介绍说。自合作社成立以来,通过流转土地,村民以土地入股的形式进行分红,形成了"合作社 + 基地 + 农户"的经营模式,解决附近村庄近百名剩余劳动力,辐射带动周边 100 多户农民增收致富。

鼎腾蔬菜流通专业合作社只是镇罗镇致富路上的一个缩影。近年来,沙坡头区镇罗镇以实施乡村振兴战略为总抓手,以产业兴旺为主线,以高质量发展为核心,不断发展壮大设施蔬菜特色产业,拓宽农民增收渠道,设施蔬菜逐渐成为农民增收的"绿色银行"。目前已发展设施蔬菜种植经营主体和家庭农场 43 家,全镇设施蔬菜种植面积达 2.37 万亩,设施蔬菜产值 2.37 亿元，转移劳动力 5000 余人，全镇农民来自设施蔬菜产业收入人均达 5800 元以上。

为了加强设施蔬菜基地建设，切实促进农业增产、农民增收，镇罗镇持续推进设施蔬菜产业扩规模、提质量、创品牌、增效益，通过采取"政府引导、政策扶持、科技支撑、合作社示范、群众参与"的方式，积极流转土地引进和培育经营主体，通过增强科技服务、新品种引进、新技术试验示范，实现设施蔬菜转型跨越。

同时，镇罗镇紧盯"塞上硒谷"项目，打造富硒产业优势品牌，种植番茄、辣椒、黄瓜、韭菜 4 个品种的富硒蔬菜大棚 100 座，助推富硒蔬菜发展，有效提升蔬菜种植标准化、无害化、品牌化水平。依托蔬菜基地辐射带动小农户发展生态农业、体验式农业、休闲观光农业，推进一、二、三产业融合发展，不断拓宽农民增收渠道。

此外，镇罗镇通过股份合作、订单合同、服务协作、流转聘用、股份量化利益联结模式，打通上下游产业链条，重点形成以西红柿、韭菜等蔬菜为代表的全产业链体系。以鼎腾蔬菜、平顺发果菜等合作社为龙头，逐步做大做强西红柿等蔬菜产地加工和产销，让设施蔬菜产业成为镇罗镇增加农民收入、实现乡村振兴的支柱产业。

家庭农场为乡村振兴增添源头活水

刘佳　杨婷

　　2020 年 6 月，在和煦的微风中，走进沙坡头区东园镇八字渠村的中卫市长丰家庭农场，阳光照射在古朴的农家大门上，穿过农家庭院，1700 多亩的种植基地里西红柿秧苗长势喜人。农场主陈素茸正穿梭于田地间捆绑秧架、查看秧苗，每天在农场忙碌着，种植蔬菜、田间管理她都亲力亲为。

　　今年 48 岁的陈素茸于 2014 年响应国家号召，在东园镇成立中卫市长丰家庭农场。流转大量土地，搞无公害种植，建设示范级家庭农场，陈素茸从一名农家妇女转型为新型农民。

　　长期的风吹日晒，陈素茸的皮肤有些泛红，但所有的辛苦都抵挡不住她创业的劲头和信心。陈素茸说她是沙坡头区常乐镇倪滩村人，以前种着几亩地，有一个蔬菜大棚，一家人生活过得不富裕。2010 年，陈素茸和家人来到东园镇流转土地，种起了水稻，并不断学习种植技术、病虫害防治技术，种植规模不断扩大，达到了 3000 多亩，收入可观，日子也越过越好。随着不断地学习和发展，她转变经营模式，走上了现代观光农业的路子，农场的发展也为周边的农户带来了就业机会。

"家庭农场毗邻中卫沙坡头机场，有独特的地理优势，1700多亩的基地里，不仅种有西红柿、玉米、西瓜、特色有机蔬菜等，还养有猪、羊、鸡、鹅、鸭。以此为基础，我们打造了一个集种养殖、果蔬采摘、农家乐为一体的多元化绿色生态家庭农场。"陈素茸介绍说。随着种植基地的壮大，陈素茸不忘带动周边农户发展，为他们分包田地，招收专人打理农场，农场从种植到养殖，再到餐饮服务，实现了一、二、三产业融合发展。农场每年解决130多人的就业问题，周边农民的收入增加了不少。

"因为年纪有点大，到其他地方打工没人要，在长丰家庭农场打工，上下班有车接送，每天130元的工资都是日结，在这里务工，离家近，还能解决日常开销，我很满足。"从海原县移民到东园镇金沙村的牛文仲笑着说。

陈素茸在做好家庭农场经营工作的同时，还将生物防治、精准施肥、微滴灌等技术向周边农户推广，带动周边农户增收致富。因此，中卫市长丰家庭农场获得"自治区级示范家庭农场"称号。

东园镇作为沙坡头区农业大镇，近年来，因地制宜，大力推进家庭农场和农民专业合作社发展，以粮食、设施蔬菜规模化、集约化发展为方向，对新兴农业经营主体从项目争取、产业规划、技术培训、龙头企业带动蔬菜产业融合发展等方面进行全方位指导服务，为农户提供农业种植新技术和发展新思路，鼓励经营主体科学化种植，全力支持新兴农业经营主体做大做强，为乡村振兴增添活力。

沙坡头区东园镇农业科技推广服务中心负责人汪金山说："目前，东园镇现有土地面积7.6万亩，粮食种植面积稳定在4.8万亩，蔬菜产业种植稳定在2万亩左右，有家庭农场12家、农民专业合作社38家，以'合作社+基地+农户'的模式，采取与农户订单销售的方式，推进设施农业规模化、集约化发展，韩闸韭菜等特色农产品远销全国各地。"

特色产业开出"致富花"

何昱萱

2020 年是决战脱贫攻坚和全面建成小康社会的收官之年。"发展扶贫产业，重在群众受益，难在持续稳定。要延伸产业链条，提高抗风险能力，建立更加稳定的利益联结机制，确保贫困群众持续稳定增收。"习近平总书记多次强调，产业扶贫是最直接、最有效的办法，也是增强贫困地区造血功能、帮助群众就地就业的长远之计。

一项项扶贫产业落地生根，一户户贫困家庭脱贫致富。在脱贫攻坚战场上，中卫市上下戮力同心，大力发展扶贫产业，使村村有特色产业，户户有致富门路，贫困群众在致富路上大有可为。

牛产业带来"牛"日子

在海原县李旺镇杨山村，村民杨文雄的脱贫故事被传为佳话。2017年，杨文雄在村干部和帮扶干部的动员下，从华润集团赊了 1 头基础母牛。短短 3 年时间，杨文雄通过积极参加村里的养殖技术培训，不断摸索实践，掌握了配饲料、疫病防治等方面的技术，牛养得越来越得心应手，存栏数也增加到了 20 头。如今的杨文雄已经从贫困户华丽转身为村里的养殖大户。

"这要感谢党的好政策，感谢政府的关心，感谢华润集团的帮助和支持，让我过上了'牛'日子。"杨文雄说。2020 年，他打算建自己的养牛场，带动村民们一起养牛过上好日子。

杨文雄只是海原县通过养牛改变贫穷面貌的众多养殖户中的一个。自华润集团结对帮扶海原县以来，海原县将肉牛产业作为脱贫致富的支柱产业，按照"龙头企业 + 合作社 + 专业村"，创新实施"基础母牛银行"模式，贫困户通过"买犊还牛"的方式摆脱了贫困。2020 年 3 月，海原县退出国家级贫困县序列，自此翻开了经济社会发展的新篇章，海原人民的日子如芝麻开花节节高。

红枸杞开辟致富路

眼下正值枸杞收获季节，在中宁县舟塔乡田滩村的枸杞基地里，一颗颗又红又大的枸杞鲜果挂满枝头，茨农们正忙着采摘枸杞鲜果。"是枸杞映红了我们的幸福生活。"田滩村茨农田建银说。这几年，新品种、标准化、精细化的管理和生产，让枸杞的质量和产值越来越高。2020 年，网红主播在田间地头直播带货，让枸杞的名头越来越响，大家靠枸杞致富的信心越来越足了。

产业扶贫是脱贫富民的必由之路。近年来，中宁县依托枸杞产业，为贫困群众开辟致富路，让贫困群众致富有"靠山"。今年，中宁县在做大做强枸杞产业上不断探索，以创新为驱动，以市场为导向，力求在增加枸杞产品附加值、提高枸杞产业高新技术应用与转化上取得突破，继续做好中宁枸杞品牌建设，推动中宁枸杞产业健康发展，让群众的致富路越来越宽。

硒砂瓜种出新希望

中卫市环香山地区地处宁夏中部干旱带，这里沟壑纵横，十年九旱，年均降水量不足 200 毫米，蒸发量却在 2000 毫米以上，土地几乎种啥啥不成。

"要不是靠种硒砂瓜致了富，搬到城里住，这是想都不敢想的事。"沙坡头区常乐镇熊水村村民罗秉正说。以前，一家人的生活就靠种粮，只能解决温饱，没有任何积蓄。2004 年，中卫撤县设市，政府号召香山地区农民种植硒砂瓜。他便借钱贷款种植硒砂瓜，经过多年发展，种瓜的效益越来越好，罗秉正家的生活也发生了巨变，银行有了存款不说，还在城里买了楼房。如今，硒砂瓜产业成为环香山地区的"拔穷根"产业，贫困群众端起"金饭碗"，过上了幸福的生活。

发展一个产业、带动一方经济、富裕一方百姓。近年来，中卫市紧紧围绕"一带两廊"规划布局和发展富硒功能农业的目标，加强产业扶贫力度，全市贫困地区种植粮食作物 159 万亩、硒砂瓜 90 万亩、蔬菜11.2 万亩，肉牛、肉羊饲养量分别达到 28.1 万头、169.9 万只。并在全市推广华润"基础母牛银行"，累计赊销基础母牛近 3 万头。

"长风破浪会有时，直挂云帆济沧海。"在脱贫攻坚"临门一脚"的关键时刻，全市上下始终保持"咬定青山不放松"的韧劲，对标"两不愁三保障"标准，抓好"四查四补"、产业发展等工作，巩固提升脱贫成果，推进全面脱贫与乡村振兴战略有效衔接，让群众的日子越过越红火。

小红果托起脱贫致富梦

梁旭强　卢震宇

近年来，中宁县徐套乡上流水村立足村情实际和资源优势，依托扶贫项目资金，做大做强枸杞产业，着力打造产业扶贫新高地，助力贫困户脱贫增收。

上流水村上千亩连片种植的枸杞生机勃勃，长势良好。据了解，上流水村耕地总面积 18000 亩，土质呈碱性，适宜种植硒砂瓜、枸杞、小杂粮等。

2018 年，为了增加农民收入、巩固脱贫成效，在中宁县人武部的结对帮扶下，上流水村依托扶贫项目资金补助，积极动员村民种植枸杞树 3000 多亩。

为了让小红果真正发挥作用，上流水村成立了两个枸杞专业合作社，采用"支部＋合作社＋农户"模式，对枸杞树种植、病虫害防治等进行统防统治。同时，合作社对农户的枸杞进行保底价收购，保障农户收益。

"农户劳动的时候自己的土地自己种，但是打药、除草产生的一切费用由合作社承担，合作社有保底价，比如市场价一公斤 24 元，合作社给农户也是一公斤 24 元。"上流水村支书马汉录说。

与此同时，上流水村村"两委"班子带头跑市场、找客户，并充分利用农村电商平台销售枸杞。在帮扶单位的援助下，村上先后投资 36 万元新建两座烘干房，低价为本村村民提供烘干服务。

"种了两年的枸杞树，村民有了收益，多数村民收益在 3 万元至 5 万元，收益最高的达 16 万元左右。随着枸杞树逐渐长大，2020 年的产量比去年产量要高。"马汉录说。

尝到了种植枸杞树的甜头后，上流水村村民又新种植枸杞树 1500 亩，全村枸杞树种植面积达到了 4500 多亩，枸杞产业对于脱贫致富的助推作用越来越明显。

"在种植业方面，枸杞树种植面积占到全村种植面积的四分之一，但在效益这一方面占全村收入的三分之一。"马汉录说。下一步，他们村还会继续扩大枸杞树种植面积，计划在村支部的引领下全村种植 10000 亩枸杞树。

从果农"钱袋子"看中卫市经果林产业发展

杨婷

永康镇位于中卫市沙坡头区黄河南岸，地理位置独特，土壤中含有丰富的硒元素，借助这一特色优势资源，永康镇党委、政府大力发展经果林种植，带动引导农民着力培育富民产业，把坚持发展经果林作为农民脱贫致富的"钱袋子"，带动农民致富。

"2000年我抱着试一试的态度，贷款种植了几亩果树，随着果树的长大，有了纯收入，看到种植果树发展前景不错，收入也不错，就坚定了我扩大种植规模的信心。"永康镇彩达村村民童文帅笑着说道。他家是建档立卡户，在村"两委"引导帮助下，他从最初只种植几亩果树，到如今扩大规模种植了20几亩。

"刚开始种植果树没有任何经验，担心种不好，不能挂果，但令我没有想到的是村上每年都会请专业人士来教我们如何给树木打药预防病虫害、如何修剪枝叶。"童文帅说，"果子成熟时，会有人上门来收，农户也不用担心没有销售渠道。"

童文帅家种植的果树现在已经全部长成大树，每亩产量在5~10吨，每年纯收入在10万元左右。

在镇、村两级政府的共同引导帮扶下，彩达村的村民大面积种植经果林后，收入不断增加，不仅实现脱贫，日子也过得越来越红火。目前，彩达村种植经果林面积 7130 亩，挂果面积 6730 亩，未来 5 年总挂果面积 7250 亩，每亩产量 7500 斤。

彩达村主要依靠种植经果林带动农民脱贫致富，为了方便果农生产，村里共硬化特色主干道路 6.7 公里，并借助"合作社＋农户＋基地"的运作模式，实行产供销一条龙服务，进一步推动经果林产业向规模化、集约化、标准化方向发展，实现农民增收致富。

经果林特色产业作为永康镇主导优势产业，目前全镇挂果面积稳定在 5.8 万亩，种植苹果树的果农有 4287 户，其中建档立卡户 420 户，种植面积达 3310 亩，每户年增加可支配收入 3.15 万元。2019 年，永康镇脱贫 32 户，其中发展苹果产业脱贫的 25 户，苹果产业已真正成为助农增收、富民强县的重要支柱，成为加快精准脱贫步伐、全面建成小康社会的强大支撑。

为更好地推动经果林产业发展，坚定种植户的种植信心，2020 年，沙坡头区政府对经果林产业带上的种植户、种植大户、农民专业合作社、老劣果园更新达到 10 亩以上，矮砧密植园规模达到 30 亩以上的，每亩一次性补助 200 元，对在苹果产业带上的企业、合作社及龙头企业，建立富硒苹果基地 100 亩以上，经权威机构检测，果实硒含量高于 0.01 毫克／千克的，每亩一次性补助 200 元。对合法统一使用"沙坡头苹果"品牌单色瓦楞纸包装箱、覆膜瓦楞纸包装箱、礼盒包装箱包装的，分别给予每只 0.5 元、1 元、1.5 元的补助。

截至 2019 年底，中卫市苹果栽植面积 34.5 万亩，总产量 26.5 万吨，种植产值 7.15 亿元；枸杞栽植面积 35.4 万亩，总产量 7.2 万吨，种植产值 4.9 亿元；红枣栽植面积 35.58 万亩，总产量 5.3 万吨，种植产值 1.6 亿元；经杂果栽植面积 4.36 万亩，总产量 1.3 万吨，产值 0.436 亿元。

此外，中卫市还积极推进经果林农业标准化生产，发展绿色、有机、生态、富硒农产品，加强地理标志农产品登记保护，全面推行标准化生产，支持新型农业经营主体开展"三品一标"认证，引入现代要素改造提升传统名优品牌，并不断创建更新经果林产业新品种、新技术、新装备融合配套的现代农业标准化基地，努力达到自治区标准。

在发展经果林产业的基础上，中卫市不断推广新技术、新品种、新模式运用，鼓励种植户引进新品种，通过休耕（轮流倒茬）、种植良种壮苗等进行老劣果园更新，实现经果林产业可持续发展，确保群众收入稳定，按照自治区《苹果矮砧密植栽培技术规程》标准，示范、试验、栽植矮化砧木，建立宽行密植，实施水肥一体化，应用篱架一体的现代集约化新模式，建立高标准特色产业示范园，辐射带动特色产业向着优质、高效、丰富的方向发展。

扶贫车间"扶"出致富前景

吴若云

"我来扶贫车间上班以后，学会了卫生香的流水线包装，每个月有了1000多元的固定工资，而且就在家里工作，很方便。"沙坡头区常乐镇康乐村村民马安萍一边熟练地收拢打包卫生香，一边和我聊着自家的生活变化。

马安萍一家六口人，以前全家的生活都靠丈夫打工维持。随着家里两位老人年龄越来越大，加上孩子上学，经济状况变得紧张起来。扶贫车间建成后，她立即报了名，能在家门口就业，马安萍很是欢喜。"扶贫车间可以让大家在家门口赚钱，一家老小都有人照顾，非常适合我。"马安萍开心地说。

中卫市进宝香厂主要从事卫生香生产加工，企业的发展壮大不仅带动了地方经济发展，而且为贫困群众的就业增收创造了良好条件。"在政府的号召下，我们积极参与到'村企结对'帮扶的活动当中，尽自己的一点力量，帮助农户在家就能挣钱。"企业负责人陈进宝介绍。在此之前他们对110人进行了培训帮扶，目前已有80人参与到活动中来，他希望能有更多乡亲在家门口就业，实现挣钱顾家两不误。

截至 2020 年，共有 48 家企业参与到"村企结对"帮扶行动中，捐助资金 85.12 万元，捐助各类物资 1500 余吨，帮助贫困农户 350 户，提供扶贫就业岗位 205 个。

沙坡头区在精准扶贫工作中，积极落实就业脱贫政策，立足优势产业，探索贫困群众就业脱贫的路径，大力打造扶贫车间。所谓"扶贫车间"，就是动员和吸引有意愿、有条件的企业积极履行社会责任，以提供就业岗位及共建扶贫车间等形式，帮助贫困村加快脱贫进程、巩固脱贫成果，为打赢精准脱贫攻坚战贡献力量。

2020 年以来，沙坡头区克服疫情影响，以建设扶贫车间为依托，以帮助贫困劳动力就近就地就业为抓手，以保证贫困群众持续稳定增收为目标，创新工作思路，强化扶持引导，多措并举加快推进扶贫车间的建设，有效拓宽贫困群众就业创业渠道，为沙坡头区打赢脱贫攻坚战发挥积极作用。

同时，沙坡头区立足部分贫困群众缺乏技能无法外出务工、无固定时间上班的实际情况，打破扶贫车间的局限性，扶持瓜果蔬菜种植车间、猪牛羊养殖车间以及手工包装、来料加工等能吸纳贫困劳动力就近就业的企业，并一律将之培育为扶贫车间。目前，已认定扶贫车间 9 家，正在培育 4 家，带动贫困劳动力 346 人。

"扶贫车间让村民有事做、有钱赚，帮助贫困户找准了贫困'根子'，解开了思想'扣子'，激发了致富信心，发挥了贫困群众的主体作用。"沙坡头区工业信息化商务局综合办公室负责人汪进旭说。培育扶贫车间可以极大地推动贫困地区贫困人口的精准脱贫，是一个因地制宜的脱贫好办法。

剁绣技能培训拓宽群众脱贫路

宋大为

2020 年 5 月 12 日，中宁县太阳梁乡兴源村村委会的会议室里异常热闹，50 名妇女一边认真聆听培训老师讲解，一边飞针走线。原来，这是中宁县为提高贫困地区群众自食其力能力，拓宽当地农村妇女增收渠道而专门开设的剁绣技能培训班。

2020 年以来，在开展脱贫攻坚"四查四补"过程中，兴源村驻村扶贫工作队了解到该村很多妇女有剁绣基础，而且非常渴望提高剁绣技能，专门请来了中卫社会工作服务站刺绣培训老师，对全村广大在家妇女进行系统专业的技能培训。据了解，此次培训为期30天，分 3 期进行。培训将理论培训与实践指导相结合，理论培训主要讲解刺绣产业的产品效益和发展前景，实践指导则重点教授刺绣的基本针法、设计构图，让妇女们掌握多种刺绣针法，实现刺绣产品的多样性，提高生产效率。

村民惠叶叶从小就喜欢手工刺绣，以前由于没人教，只会为数不多的几种花样，现在经过培训后，不仅花样有所增多，就连刺绣水平也提高了不少。建档立卡户冶真金高兴地说，通过老师的专业辅导，她一定努力提高自己的剁绣技能，在照顾孩子、发展养殖之余，多绣一些高质量作品，争取销售出去增加家庭收入。

据培训项目负责人刘英介绍，为了帮助更多村民脱贫致富，随后，他们还将与兴源村积极对接，在村里成立一个剁绣合作社，以本次参加培训的妇女为骨干，逐步辐射到周边的几个村，动员剁绣技术高的妇女加入到剁绣队伍中，让大家既能剁绣出更多更好的作品，也能通过作品销售增收致富。

山变绿　水变清　人变富

马彦军

生态文明是一项关乎人民福祉的大事。

脱贫攻坚工作开展以来，海原县牢固树立"绿水青山就是金山银山"的发展理念，紧扣"生态补偿脱贫一批"目标，始终坚持整体推进与精准扶贫相结合，加大"新一轮退耕还林工程、坡改梯生态治理工程、森林生态效益补偿"等生态项目建设力度，统筹生态林业和民生林业发展，切实把工作重心向脱贫攻坚倾斜、思想感情向贫困群众倾斜、管护资金向贫困人口倾斜，因地制宜，加强生态保护力度，强力推进生态补偿脱贫工程，让贫困群众从生态补偿政策中得实惠。

退耕还林助力脱贫

2016 年 5 月，国务院办公厅印发了《关于健全生态保护补偿机制的意见》，这是在我国生态补偿历史上具有里程碑意义的文件，它正式确定了重点领域、重点区域上下游以及市场化补偿机制的基本框架，促进了生态补偿机制正规化、机制化、法治化。

海原县不仅把退耕还林工程作为一项"民心工程"和生态建设工程来抓，还作为有效增加农民收入、增强农民自救能力的"扶贫工程"和"救命工程"来抓。成立退耕还林工程领导小组，层层签订目标管理责任书，做到一把手亲自抓，分管领导直接抓，业务部门具体抓，乡村干部现场抓，技术人员蹲点抓，形成了一级抓一级、层层抓落实的格局。

自 2000 年实施退耕还林工程以来，海原县累计完成退耕还林工程建设任务 141.6 万亩，退耕造林 61.9 万亩。2015 年至 2017 年，全县累计完成新一轮退耕还林任务 9.2 万亩，涉及农户 12622 户 50168 人，其中建档立卡户 4795 户 13631 人。据统计，截至 2019 年底，全县退耕还林补偿资金共计 11.6 亿元，户均受益 4 万元。

退耕还林工程在宁夏南部山区既是一项生态工程，又是一项增收致富工程。家住史店乡史店村的李逵 2016 年将 38 亩土地退耕还林，享受到退耕还林政策后，生活发生了可喜的转变。他说："2020 年，我已经领到了国家和自治区退耕还林补助金共 38000 元，到 2021 年第五年还可以领到 19000 元。这几年，我用补助金养牛，已顺利脱贫，感谢党的好政策。"

通过退耕还林工程的实施，海原县生态环境状况得到极大改善，植树造林，建设秀美山川，许多地方出现了"山变绿、水变清、人变富"的喜人景象。

生态保护带动脱贫

2020 年 4 月，习近平总书记在浙江考察时指出，生态本身就是经济，保护生态就是发展生产力。

多年来，海原人发扬艰苦奋斗精神，积极响应国家号召，坚持人与自然和谐共生，像保护眼睛一样保护生态环境，像对待生命一样对待生态环境，奋力推进生态文明建设。

如今，海原县已实施天然林保护、三北防护林建设及新一轮退耕还林工程等国家重点林业工程 170 万亩，全县森林面积从一无所有到 71 万亩，森林覆盖率达 9.4%。昔日"黄天"早已变蓝天，当年黄山已然披绿装。

目前，全县林草资源已纳入森林管护面积 49462.1 公顷，共解决生态护林员专项岗位扶贫 1270 人，生态护林员人均年管护费 10000 元，森林管护责任落实率达 100%，确保了森林资源的安全。截至 2018 年底，全县实现生态保护扶贫 12299 人，其中退耕还林扶贫 10779 人，林产业扶贫 540 人。

"生态补偿脱贫一批"政策开启了"生态与脱贫共赢"新模式。

因为干旱少雨，加上交通不便，早些年住在三河镇丘陵村的马成云，家境极度贫穷，甚至连吃穿都是问题。2017 年 8 月，通过异地搬迁扶贫工程，马成云搬迁到了移民新村富陵村，住上了新房。因为生态补偿工程，马成云被聘为生态管护员；因为实施产业扶贫工程，马成云赊销华润集团基础母牛发展养牛业，日子芝麻开花节节高。马成云逢人就讲："我们家摘掉穷帽子，过上好日子，全靠脱贫好政策。"

结合乡村振兴战略，海原县按照"道路林荫化、庭院林果化"的思路，因地制宜，为移民点、危窑危房改造户免费提供红梅杏、苹果、梨、花椒、核桃等树苗，改善生态环境的同时，发展庭院经济，增加农户收入。2018 年以来，海原县共免费为农户发放 38 万株树苗，新增庭院种植面积 8000 亩。

在进一步加强生态环境保护和提升人居环境的同时，海原县多渠道、多层次、多方面提升贫困群众收入，实现了精准带动贫困人口脱贫的目的。

生态保护补偿机制，有力促进了海原县产业结构的调整，转变了群众的生产生活方式，拓宽了农民收入渠道，实现了金山银山和绿水青山的有机统一。

扶贫路上军民手牵手
——中卫军分区帮扶后塘村脱贫纪实

李洋

2020 年的初春，走进海原县贾塘乡后塘村，宽广的柏油路穿村而过，向远方延伸；青砖红瓦的新房子排列在道路两旁，干净整洁；新建的运动广场上，村民们正举行篮球比赛；远处养殖合作社基地，基础母牛时不时地哞哞叫着，给整个村子带来生机，构成了一幅美丽的"画里乡村"。

后塘村位于海原县南部山区，这里干旱少雨，是全县的贫困村。中卫军分区帮扶后塘村以来，按照"扶贫与扶志、扶智相结合"的思路，围绕党建、产业、教育、安全住房等方面持续加大力度、精准施策，逐渐改变山村的贫困面貌。

2016 年 6 月开始，中卫军分区对口联系帮扶后塘村，官兵们发挥军地优势，定准扶贫思路，找准脱贫路子，凝聚力量打好脱贫攻坚战。4 年来，中卫军分区累计投入 147.29 万元，支持后塘村发展特色养殖产业，协调市扶贫办、海原县农牧局等单位加大政策帮扶力度，不仅帮助老百姓摆脱贫困，也使整个村子的面貌焕然一新。如今，后塘村脱胎换骨，从贫困村中成功"出列"。

军民连心　共拔穷根

村民余海东家这几年一直养牛，2019 年 5 月，他又申请贷款 10 万元养殖基金，新建了养牛大棚，增购 5 头华润集团基础母牛，进一步扩大养殖规模。

"之前温饱都没法解决，年初军分区帮助我盖了 3 间新房。"余海东说。余海东家共有 8 口人，6 个孩子有 5 个在上学。2016 年，他家被识别为建档立卡户，村上帮助他向华润集团赊销了 3 头基础母牛。2016 年下半年，中卫军分区驻村队通过摸底走访了解到他家情况，又帮扶他发展养殖业，得到帮助的余海东购了 5 头牛。由于养殖经验欠缺，中卫军分区帮扶干部鼓励余海东和海原县养牛能手结成对子，通过电话连线、上门指导等方式解决技术难题，还送他养牛书籍。通过一年多的勤奋钻研，余海东学会了养殖技术，加上他辛勤劳作和帮扶干部的帮助，养殖情况越来越好，家庭情况大有改观，2019 年家庭收入达 8 万余元。同时，中卫军分区针对他家的大学生给予助学资助，解决孩子们的上学难问题。如今，余海东家共养殖了 13 头牛，家里的 30 亩地全部用于种植禾草来保障牛的饲草料。

着眼增强群众脱贫功效，中卫军分区 2020 年将投入 85 万元，着力解决特色养殖产业、教育、安全住房等问题，彻底让群众从"一无所有"变成"应有尽有"。

军民携手　共建"连心桥"

由于后塘村地势较低，每逢大雨天气，村中道路被淹没、路肩被冲毁。为方便村民出行，中卫军分区投入 5.5 万元，对全村被山洪冲毁的路肩进行维修加固。

驻村第一书记田国锋指着眼前宽敞平坦的硬化道路说:"这条路遇到下雨天就积水,下雪天车辆通行不便,中卫军分区党委了解情况后出资帮助修好了路基,硬化了路面,解决了我们村村民出行难题。"

　　为激发脱贫的内生动力,中卫军分区与后塘村"两委"班子挂钩帮建,军分区领导利用到村里走访调研等时机,手把手、面对面帮助理清扶贫思路。同时,组织扶贫干部参加村"两委"班子会议、村党员(村民)代表会议,与村"两委"班子共同研究"一户一策"精准扶贫措施。组织扶贫干部与剩余的10户建档立卡户结对,在每名贫困户家中张贴责任卡,定下帮扶措施和目标。此外,中卫军分区帮助后塘村配置办公电脑和复印、打印一体机,不断强化帮扶村党支部组织建设,全力推动乡村振兴产业发展。

李俊乡"50后"群众的脱贫致富经

马进军　张秀　任浩

李俊，因明代设李俊堡而得名。

李俊是一个有着历史积淀和厚重文化底蕴的地方，其境内瓦房沟有宋代九羊寨遗址，有开凿于北魏时期的金佛沟石窟。

1944年，李俊乡划归海原县管辖。从此，这个位于海原西南部、距离县城79公里、被称为"海原离县城最远的乡"坐上"海原号"大船，向着新目标扬帆起航。

岁月轮回，季节更迭。新时代，李俊又有怎样的新景象？

四月的风吹醒吹绿了李俊的沟沟峁峁，田间地头忙活的人们用汗水浇灌着希望的土地。

邓如成是李俊乡蔡祥村村民。2020年4月26日下午5点，邓如成三兄弟开着覆膜机劳作归来，老四邓如意顾不上喝口水，就去修理覆膜机了。

邓如成说，他们兄弟五人，他是老二，原是一名大车司机，跑运输多年，家里日子也不错。3年前，他把"方向盘"交给了儿子，回归责任田，一心扑在种草养牛上，靠育肥小牛犊，一年能挣个10多万元。

"这两年，很多人问我，为啥不跑车，回家种田养牛？"邓如成解释，"一是上了年纪跑不动了；二是党和国家惠农政策多、脱贫政策好，养牛不比跑车差。昨天刚卖出去 6 头牛，卖了 126000 元。圈里还有 12 头。"

　　"看我牛养得不错，几个在外跑车打工的兄弟眼红，都把外面的事交给年轻人，回来养牛了。"邓如成说，"现在老大马宝林养着 7 头牛，老三邓如宝养着 4 头牛，老四邓如意养着 10 头牛，老五邓如财养着 10 头牛。一年下来，兄弟们收入都不错！"

　　在李俊乡，还有很多"50 后"靠养牛养羊走上了脱贫致富路，蔡祥村村民杨万全也是其中之一。今年 54 岁的杨万全年轻时常年在周边市县建筑工地打工，4 年前回家开始养牛养羊。如今，他养着 7 头牛 14 只羊，每年收入 5 万多元。杨万全说，现在养牛养羊很有"钱"途，他们乡越来越多和他一样的"50 后"转行干起养殖业，并且脱贫致富了。

　　李俊乡辖 6 个村，总人口 2146 户 8167 人，人均耕地 3.73 亩。若论区域面积、人口、耕地面积等，李俊乡都比不过周边兄弟乡（镇），但在脱贫致富的路上，李俊乡不但没掉队，而且步子很稳健，干部群众信心十足。

　　李俊乡像邓如成五兄弟这样小规模搞养殖的农户比比皆是，形成了一个养殖大群体、大产业，而且 70% 以上的人都是"50 后"。之前，他们很多人不是跑运输就是在外打工，如今上了年纪，打工不好找活，跑车身体吃不消，更重要的是看到了党和国家惠农政策多、扶贫政策好，便纷纷回归乡土，利用自家的责任田甚至承包他人土地种草养畜、脱贫致富。与之相反，大多数年轻人不愿守着几亩田地，很多人不是接过父辈手中的"方向盘"，就是怀着对美好生活的憧憬外出打拼。

　　李俊乡乡长田应鹏说："客观地讲，我们乡里这些"50 后"老有所为，靠奋斗创造自己的幸福生活，他们为我乡的脱贫攻坚是出了力、流了汗的。"

其实，草蓄产业一直是李俊乡的传统优势产业。近几年，随着脱贫攻坚的资金支持、项目带动，李俊乡草畜产业得到了长足发展，更成为"50后"群众的脱贫致富经。目前，全乡牛羊饲养量分别为7700头和16730只，户均3.5头牛、7.7只羊。2019年，全乡农民人均可支配收入达9066元。

据李俊乡党委书记冯帆介绍，下一步，他们准备根据各村集体经济实际和群众意愿，成立养殖合作社，发挥草蓄产业高标准规模化养殖示范带动作用，持续做大做强草畜产业。同时，借助李俊乡的旅游资源发展乡村旅游，促进牛羊肉消费，创新草畜产业经营模式，发展循环农业经济。

"50后"回家种田，年轻人外出挣钱。这种"李俊现象"在一定程度上折射出中国广大贫困农村地区的一种普遍现状。

海原妇女靠勤劳双手撑起家中收入"半边天"

房媛　刘立涛

纤纤玉指拈针如蝶翻飞，千万条丝线轻盈穿梭，海原县刺绣车间内，妇女们用手中的花针绣出了脱贫致富新路子。6 月 8 日，在海原县非物质文化遗产孵化创业基地刺绣车间里，妇女们将五颜六色的丝线慢慢织成了鲜艳的花朵、栩栩如生的飞鸟鱼虫，再加上简单的图案，一幅幅精巧的刺绣作品呈现在了人们眼前。靠着这门手艺，海原县很多妇女走上了脱贫致富路。

"手轻轻拿住针的末端，顺着图案纹理下针，绣出的图案才更逼真……"绣工陈芳亲自上手，耐心地为身旁新来的绣工讲解着刺绣要领。陈芳边忙活边说："自己腰包鼓了，心里才踏实。"5 年前，公司招工的春风吹进了海原，也吹进了陈芳家，从小受母亲影响，做鞋垫成了打发时间的业余爱好，没想到现在成了陈芳挣钱的好"手艺"。

"我现在也是'上班族'了，又能挣钱还不耽误照顾老人孩子，朝九晚五的生活好得很。"陈芳满足地说。过去，她觉得照顾一家人的饮食起居就是她一辈子的生活，从没想过自己能有一份工作。如今，她不光掌握了刺绣的技能，每个月还有了 2000 余元的收入，也因多了这份收入，2020年，她们家达到脱贫标准，走上了致富的道路。

"我们基地像陈芳一样的妇女还有很多，她们靠双手挣钱，我们看着都高兴。"海原县文化馆副馆长陈瑜说，刺绣、剪纸作为海原县"离土"脱贫产业之一，通过"公司＋合作社＋专业村＋专业户"的企业化发展路子，将周边各乡镇96个脱贫村的建档立卡妇女引进公司，辐射带动刺绣剪纸专业村24个，培训技能人员4200人次。目前，进驻基地的刺绣剪纸企业和电商企业共19家，实现稳定从业人员300多人。

曾经整天围着灶台转，没有收入，只能伸手要钱的妇女们，如今走上非遗舞台后，用双手开拓了脱贫致富路，撑起了家中收入的"半边天"。

近年来，海原县为实现脱贫攻坚目标，深入挖掘地方特色"非遗"文化，大力开展剪纸刺绣"非遗"文化传承，同时积极培育以刺绣、剪纸为主的文化产业，将扶持刺绣、剪纸"非遗"文化产业作为实现农村贫困妇女"离土"创业就业、增加收入的主要渠道之一。

未来的生活会更好

房媛　梁旭强

"老李，忙着呢？"

"王书记来了，天气好，我把院里的杂物收拾收拾，准备种点菜。"

2020年3月21日，海原县海城镇山门村驻村第一书记王晓卷走进村民李永成家，当谈起现在的生活状况时，李永成夫妇脸上挂满了笑容。

"等疫情结束了，我和妻子准备出去找点零活挣点钱，把新房子装修一下。"李永成说。

"你们好好挣钱，我们会尽力为你们申请更多帮扶政策。现在你们有了低保，孩子上学也能享受到教育方面的帮扶。"王晓卷对李永成说，"只要努力，日子总会好起来的。"

李永成因先天小儿麻痹，外加5个子女，平时只能靠妻子外出打零工来维持家里的基本生活。

"李永成家是我们村贫困户之一，他身体不好没有其他收入。针对这一情况，我们已为他家5人办理了低保和基本医疗，住房和用水也都已经落实到位。"王晓卷说。山门村按照"四查四补"部署要求，近日再次对李永成家进行了摸排，计划今年按照李永成的个人意愿安排小额贷款帮扶，并帮他申请了公益性岗位，在保证基本生活稳定的情况下增加收入，让他们早日脱贫。

在山门村，和李永成一样，因病致贫的还有高永财。2016 年，高永财因交通事故致残，和妻子离异后，与一儿一女相依为命。腿部定期手术的费用，让原本不富裕的家庭更加捉襟见肘。经过村"两委"班子和驻村扶贫工作队帮扶，一家 3 口享受到了国家最低生活保障，并建起了新房。

"以前一家人挤在土坯房里，如今住在这么宽敞的大房子里，真是做梦都想不到。"坐着轮椅的高永财说。现在有了政府的帮助，他家的日子会一天比一天好。

站在高永财身后的女儿笑着跟我们打招呼，脸上的笑容也仿佛告诉在场的所有人，她对未来的生活充满信心。

连日来，海原县在认真整改脱贫攻坚"回头看"排查问题的基础上，全力推进全县脱贫攻坚查损补失、查漏补缺、查短补齐、查弱补强"四查四补"大普查工作，巩固提升脱贫质量。

2020 年，是脱贫攻坚决胜之年。3 月 4 日，自治区政府第 58 次常务会议研究决定，批准海原县退出贫困县序列。中卫市委、政府强调要深入贯彻落实习近平总书记关于脱贫攻坚重要指示精神，坚决克服疫情影响，全面开展"四查四补"，全面掌握贫困劳动力就业意向、培训需求、企业复工用工等第一手信息，积极解决贫困群众务工、返工等难题，确保脱贫不落一户、不落一人。目前，海原县"四查四补"工作已全面展开，严格按照"两不愁三保障"脱贫标准一个一个解决发现的问题，让贫困群众未来的生活更美好，确保脱贫攻坚收官之年交上一份满意的答卷。

太阳梁乡唱响脱贫致富曲

宋大为

"自 2020 年 1 月起，全场 3000 多只母鹅开始陆续产蛋，4 月份进入产蛋高峰期，每天可产蛋 1500 枚到 1800 枚。预计全年每只鹅可产蛋 50 枚左右，每枚鹅蛋按 5 元计算，可实现经济收入 70 万元以上。"中宁县太阳梁乡隆原村鹅养殖基地的负责人张会智一边忙着收集鹅蛋，一边高兴地说着。

太阳梁乡是移民安置区，全乡除渠口社区外，下辖的 7 个村均为深度贫困村。近年来，为了给贫困群众谋划一个适合的产业，同时发展壮大村集体经济，太阳梁乡瞄准市场需求，谋划产业布局，通过调研考察，选择了投资少、劳动强度不大、生产周期短、适应性广的养鹅项目，在全乡各村积极推广发展养鹅基地 5 家，在发展壮大村集体经济的同时，引领带动群众依靠产业发展增收致富。隆原村的养鹅示范基地便是其中之一。

"鹅一般一年更换一批，除了销售鹅蛋的经济收入外，基地还会将鹅全部出售。按照市场价每公斤 18 元，每只鹅 4 公斤计算，每只鹅能带来 72 元的收益。基地现有鹅 5000 多只，能实现销售收入 35 万余元。"

张会智说，养鹅以放牧为主，鹅的生存力强、食性广，农作物及野生植物都可做饲料进行喂食。2019 年，隆原村以村集体成立合作社，积极争取项目资金 110 余万元，利用村里闲置土地建立了养鹅基地，经过 8 个月的精心饲养，目前，开始进入效益收获期。今年养殖成功后，村上还会通过"农户 + 合作社 + 村集体经济"的方式，带动建档立卡户共同发展养鹅产业以增加收入。

西安镇：小菌菇撑起"致富伞"

马彦军

　　走进位于海原县西安镇付套村的海原县闽宁生物科技园，82座整齐排列的大棚格外引人瞩目，大棚内精心培育出的一朵朵小菌菇是当地村民家门口就业、增收致富的大产业。大棚内每天都有工人忙碌的身影，在技术人员的指导下起垄、撒辅料、种蘑菇……

　　近年来，西安镇坚持以促进农民增收为核心，搭乘闽宁协作"快车"，积极引进企业，推行新型合作主体带动建档立卡贫困户脱贫致富的联农带农机制，让农民在改革发展中得到更多实惠。

　　宋占梅是西安镇付套村的一名建档立卡贫困户，家里人多地少，平时在家里也没什么事干。在村"两委"的帮助和推荐下，宋占梅来到了家门口的闽宁生物科技园务工。在科技园的蘑菇大棚里，宋占梅一边工作一边说："在这里，主要工作是装菌包、打地垄、播种、采菇，一小时工钱是10块钱，我已经在这干了40多天，挣了4000多块钱，能在家门口挣钱补贴家用，很好。"

　　现在科技园区内主要生产赤松茸、平菇、秀珍菇三种菌菇，工人们除了日常的播种、采摘外，还按照生产工序，对这些蘑菇进行分拣挑选，然后再转送到冷库保鲜储存，等积累一定量后再转运出售到深圳、广州、西安等各大城市。

海原县闽宁生物科技园项目总投资 600 多万元，是海原县招商引资引进的东西部扶贫协作重点项目之一。目前，园区已建成标准化制菌包车间 1350 平方米，养菌房 4 座，无菌接种房 50 平方米，恒温养种室 1 间，灭菌房 1 间，工厂化培育室 8 间，基本形成了集菌包制作、无菌接种、母菌培养、恒温培育、自动包装、冷链保鲜、统一销售为一体的工厂化菌菇种植模式，每年可为付套村群众提供 100 多个就业岗位。同时还带动付套村集体发展菌菇产业，按照"支部 + 企业 + 合作社 + 村集体 + 农户"的产业运营模式，帮助付套村发展壮大村集体经济。

科技园副总经理陈六五说："目前比较好的品种是大秀盖菇和袖珍菇，一斤大概能卖到 7 元钱，亩产达 4000 斤以上。我们已经扩建了 23 个大棚，成功引进了新品种，希望能调动更多当地群众发展菌菇产业的积极性，带动百姓发展致富。"

回访海乐村

张秀　马进军　吴雅光

2019 年，忙碌着，改变着，收获着。

2020 年，期盼着，憧憬着，努力着。

1 月 1 日，时隔近一年，我再次来到沙坡头区常乐镇海乐村，再次走进扶贫车间，走进农户家中，走进牛栏圈舍……

深冬的农村，寒气逼人。一圈走下来，村庄依旧、人依旧，一切看似没有变。步履所至，处处能够真切感受到脱贫的喜气，一切都在悄然改变。

早上 8 点 30 分，在扶贫车间里，等待洗涤的床单、被套、毛巾被车间里的妇女们利落地分类、折叠、投放，洗涤机械准时开动，伴随着阵阵轰鸣声，新的一天开始了，新的一年开始了。

"2019 年 2 月刚到扶贫车间的时候，我是最普通的女工，现在我已经是车间经理了。"在扶贫车间里，36 岁的妥燕身穿工作服，红光满面，比 2019 年 2 月第一次和她聊天时更健谈了。

车间总经理拓明煜接过话茬介绍道，车间最忙的时候需要 20 多人，冬天少的时候也要 10 多人。妥燕勤快好学，上手快，所以给升职加薪了。

"快进屋，有刚买的水果。"比起周围邻居家阔气、敞亮的新房，妥燕家的搬迁安置房显得有点"窘迫"。她说："前几年搬迁过来一直在周围打零工，没有稳定收入。这几年，通过一家人努力，2018年建档立卡户的帽子算是摘了，2020年，我们打算把新房子盖起来。"

9点30分，在海乐村羊养殖园区，60岁的村民田成海在给40多只羊添过草料后，静静地站着欣赏眼前的羊儿们，胡须和眉毛上结了一层白色的霜花，但他心里很热乎。

"前些年，我一直在工地上打零工，这几年年龄大了，外面的工作不好找。"田成海说着，在羊圈里算起了经济账，"村上建了养殖园区，羊圈不用自己掏钱建，养殖还有贴息贷款，买羊羔、草料的钱都有了，这几年养羊行情又好，不管是倒手卖羊羔，还是育肥，都不错。"

隔壁羊圈，忙活了一早上的陈世海，听着田成海算账，连连点头："是这么个理，不仅我们这边羊圈热闹，旁边牛棚里也热闹着呢！"

10点30分，在海乐村牛养殖园区，一座座牛圈整齐排列，硬化的道路干干净净，牛圈里一头头膘肥体壮的牛正悠闲地转着圈。

海乐村驻村第一书记廖东介绍，海乐村是"十二五"生态移民村，有363户1719人，其中建档立卡户192户914人。这几年，通过特色养殖、运输业、劳务输出等，累计脱贫180户869人，综合贫困发生率2.62%，被沙坡头区确定为脱贫出列村。

时光如水岁如流，脱贫攻坚又一年，海乐村群众的生活将越来越好。

兴海村"上班族"脱贫记

房媛　何昱萱

　　近日，沙坡头区宣和镇兴海村村民杨学礼和20多位村民到宁夏中乾农业科技有限公司苹果种植基地上班。

　　当前正是栽种树苗的好时节。杨学礼和同伴们忙着修剪刚运来的树苗。

　　杨学礼是海原人，以前没有种过果树的他，现在干起果园里的农活游刃有余。想起刚搬到兴海村的日子，杨学礼说，从山里搬出来，吃住出行和孩子上学都很方便，但是没有收入来源，日子过得捉襟见肘。2014年，杨学礼被确定为建档立卡户，就在杨学礼一筹莫展时，中乾公司的招工信息让他看到了希望。

　　"只要肯吃苦，日子总会过好的。"中乾公司经理韩正广说，"2016年，公司流转了兴海村2000多亩土地种植苹果树，并为村民提供就业岗位。"

　　"现在加上儿子的收入，一个月7000多元呢！"杨学礼说起现在的生活，满脸笑意。杨学礼和儿子杨小明都在中乾公司上班，杨学礼主要干果园里的农活，每天有120元的收入，每月干够25天还有额外奖励。

杨小明会操作各种农用机械，每月有 4000 多元的稳定收入。

2019 年，杨学礼摘掉了贫困的帽子，顺利脱贫。

在兴海村，像杨学礼一样的"上班族"还有很多，杨有成就是其中一位。

"我怎么都没想到能住上这么好的房子，现在的生活好得很！"杨有成看着身后的房子感叹道。以前一家人挤在土房子里，靠几亩地维持温饱。自从搬到兴海村，到中乾公司工作后，他凭借着吃苦耐劳的劲头，一个月收入 3000 多元，日子一天比一天好。2019 年他脱了贫，走上了致富路。

"2019 年，我们村成功脱贫销号。"兴海村驻村第一书记常延波说，兴海村常年外出务工人员 850 余人，年人均收入 2 万余元，周边果园、菜地、硒砂瓜地等季节性务工 300 余人，劳务输出已成为兴海村村民的主要收入方式。兴海村共有建档立卡贫困户 301 户 1362 人，其中 282 户 1291 人已脱贫摘帽。

中坪村：脱贫摘帽于希望的田野

冯博睿

　　春日，海原县郑旗乡中坪村村民李万祥家的院落内，不时传来咩咩的羊叫声，给这个寂静的村子增添了无限生机和活力。循声望去，圈舍整洁，一群白色的羊悠闲地吃着草。

　　"我之前一直有养殖羊的想法，但是苦于没有资金支持，现在有了农行的贷款，家里的生活终于可以往前赶一赶了。"李万祥接着说，"我现在养了 200 多只羊，政府每年每只补贴 300 元。现在不仅可以照顾上家里，还可以挣到钱，日子是越过越好。"

　　中坪村现有耕地面积 3.5 万亩，特色产业主要以种植秋杂粮、马铃薯、饲草和养殖牛、羊为主，紫花苜蓿留床面积 1.2 万亩，养殖牛 414头、羊 1843 只、梅花鹿 200 只、野兔 290 只、蜜蜂 60 箱。全村总人口581 户 2382 人，其中建档立卡户 200 户 819 人，未脱贫 14 户 37 人，边缘户 4 户 14 人，贫困发生率 1.55%。

　　"2020 年，我们以村集体种养殖合作社牵头、村民入股分红合作模式，初步计划新建 50 亩肉牛养殖场 1 座，养殖规模 100 头左右，每年按照 10% 至 15% 比例分配养牛收入，既壮大村集体收入，又提高村民经济收入。"中坪村驻村第一书记李庆学说："今年将积极推进农田设施建设，在大台子等地进行小流域综合治理 5000 亩，在唐堡计划种植 1000 亩万寿菊产业示范基地，在南北坪种植 100 亩经果林。计划建设棚圈 35 座，夯实养殖业规模化发展，年度基础母牛补栏 200 头、基础母羊补栏 1800 只、见犊补母 180 头，养殖 30 箱蜜蜂，确保产业发展持续稳定。"

为增强产业发展能力，中坪村今年按照"一川两山"思路，坚持"以草养蓄、以草定蓄"，重点围绕大路川发展玉米产业带 2500 亩，南北山以马铃薯、饲草、小杂粮和秋杂粮种植为主。

李庆学介绍，除增强产业发展能力，中坪村还通过了解群众培训需求，进行订单式培训提升群众就业能力，并通过外围关系借力劳务输出公司，积极落实劳务奖补办法，鼓励青壮年"离土"脱贫致富，计划转移劳动力 595 人，其中贫困劳动力 50 人，拓宽广大群众的增收渠道。

"2020 年我们将在配合完成'互联网 + 农村供水工程'建设任务的同时，继续推进农村危房改造。"李庆学说，"通过初步摸底核实，中坪村拟改造危房 12 户，动员回迁 1 户尽快入住，确定人人有安全住房。同时，大力开展农村环境整治，完善机制建设，彻底改善农村环境。"

此外，中坪村积极落实"一村一年一事"项目，为进一步促进农村产业发展，增收创效，按照重点扶持、产业扶贫、精准扶贫的目标原则，计划投资 32.5 万元，在路家山村至土堡村，实施 2500 亩春季覆膜玉米示范产业带。

"脱贫攻坚迈出了坚实的脚步，也让村民看到了脱贫致富的新希望。"李庆学说，他们将紧紧围绕年度脱贫计划，确保 2020 年高质量打赢脱贫攻坚战，让村集体壮大起来、让人民生活富裕起来。

团结村：产业扶贫再加力

房媛　梁旭强

"何书记，引进的新品种羊已经到村口了，准备卸羊啦！"

"走，我们去看看。"

我们在沙坡头区兴仁镇团结村看到，一辆载着上千只羊的货车停靠在团结村军祥农牧专业合作社养殖园区，村民正按照羊的不同品种，将羊合理分配到相应的圈舍。

"羊能顺利补栏，我就放心了。"团结村驻村第一书记何太民说，"养羊是团结村重要的养殖脱贫产业，已经带动村上25户建档立卡户脱贫。"

近一年来，团结村养殖合作社羊的补栏已达四批次，每次补栏1000多只，平均1只羊净利润80多元。但因村民养殖经验不够、资金不足等问题，造成了团结村空圈率较高。针对这一问题，团结村积极宣传养殖补助政策，与银行对接申请养殖贷款，并与养殖合作社达成合作意向，由合作社为村民提供养殖技术指导，2020年5月底全村所有养殖圈舍完成补栏。

"如果羊产业能长期发展，脱贫致富指日可待呀！"何太民说。"四查四补"挂牌督战工作开展以来，他们对村上所有农户进行了再次摸排，对出现的问题，结合村部实际制订了详细作战方案。其中，针对村上牛羊养殖规模较小，品种老化，增收效益不明显的问题，他们按照镇上的要求，仔细核查，主动兑现牛羊养殖户饲草补助，调动群众积极性，提升畜牧业收入比重。

"2020年，我们还计划种植1000亩马铃薯和1000亩小杂粮，弥补种植业空缺。"何太民说。针对团结村种植业发展不利，土地平整度差、除草不彻底、灌溉供水严重不足等问题，团结村对2000亩坡改梯田进行平田整地、清理柠条等，并与有关部门协商，调整50万立方米的引水指标专门用于团结村2000亩坡改梯田，保证农业生产的灌溉供水。目前，团结村2000亩土地平整和清除杂草工作已基本结束，已完全具备春耕条件。

何太民介绍，除了养殖业，团结村越来越多的村民借助政府贴息贷款发展运输业。目前，全村有107辆大型货运车辆，带动就业200余人，年收入2000余万元。

团结村是2011年由海原县蒿川乡11个自然村整体搬迁组成的生态移民村，于2016年实现整村脱贫出列。目前，全村已实现户户通自来水、电视、网络，村庄巷道、生产主干路全部水泥硬化。2019年人均纯收入达6534元，实现了"两不愁三保障"目标。

"四查四补"工作开展以来，团结村对未脱贫户进行细致摸底，通过联系用工企业、安排公益岗位、提供低保等方法，增加未脱贫户、边缘户、检测户经济收入，降低已脱贫户返贫和边缘户致贫风险，有效解决村民经济效益不高问题，确保年底人均纯收入超过5000元。

何太民说："下一步，团结村还会继续大力发展养殖种植脱贫产业，组织劳务输出，有效弥补产业发展领域的短板弱项，确保在脱贫攻坚收官之年画上圆满句号。"

瑞应村：
让移民步入脱贫致富"快车道"

梁旭强　房媛

脱贫攻坚到了收尾阶段，为确保在 2020 年如期完成脱贫目标，连日来，沙坡头区东园镇瑞应村结合"四查四补"方案边查边改，解决脱贫攻坚挂牌督战问题，助力村民脱贫增收。

2020 年 4 月 7 日，我们跟着瑞应村驻村第一书记陈光华走进瑞应村移民安置点，对村上未脱贫户进行再次摸排。

"2014 年海原县甘盐池管委会、红羊乡和关庄乡精准识别建档立卡贫困户 101 户 439 人（现 438 人），于 2017 年 9 月整体迁至瑞应村。截至 2019 年 10 月，脱贫 81 户 352 人，目前未脱贫 20 户 86 人。"陈光华边走边介绍说，"瑞应村在产业发展领域存在短板弱项，主要是因为移民后续产业发展不稳定，全村近 400 亩土地地势低洼，盐渍化严重，影响种植效益。"

"叔，忙着呐！"

"陈书记来了。"瑞应村村民李仁笑着和驻村书记打起了招呼。2018 年，李仁响应移民搬迁政策，一家人从海原县甘盐池管委会搬迁至瑞应村。说起过去，李仁感叹道："过去不下雨时盼下雨，可下雨了又怕雨。

如今，出门就能买到新鲜蔬菜，再也不用担心住房和温饱问题了。"

李仁是瑞应村未脱贫户之一，儿子李宏平因患病不能外出务工，是典型的因老、因病致贫户。针对李仁家的情况，村上帮助李宏平申请公益事业岗位，通过扶贫贷款帮他们家购买了两头牛，由养牛场（企业）代养，每年能收入4000元。通过这两项政策帮扶，李仁家如期实现脱贫。

"我们村未脱贫户主要有两类，一类是老弱病残未脱贫户，另一类是因学致贫户，对于这两类人的脱贫工作，我们通过政策扶持，应纳尽纳、应享尽享社会兜底。同时，针对因身体原因不能外出务工的人员，我们积极为他们申请公益岗位，稳定家庭收入。"陈光华说，瑞应村"两委"班子和东园镇政府、周边养殖企业及银行三方对接，为贫困户申请扶贫小额贷款，购买牛并移交养殖企业代养。

自"四查四补"挂牌督战工作开展以来，瑞应村"两委"班子积极建立"一户一档"资料、动态监测机制和问题整改台账，确保底数清、情况明，全面落实低保、医保、特困人员救助供养、临时救助等社会保障政策，将部分没有纳入低保的建档立卡户和边缘户，全部纳入低保范围，对条件特别困难的贫困户提高低保标准，根据具体情况给予临时救助帮扶。同时，推行"单双老户"赡养义务人赡养责任告知制度，督促其履行赡养义务。

脱贫路上，脱烈村的"硬核"力量

张秀　马进军　任浩

四月的海原，柳吐绿、杏花开、人最忙。

在海原县曹洼乡脱烈村，田间地头，一个个"铁牛"不知疲倦地来来回回，农业机械化解放出更多双手，让更多人有更多时间和精力在脱贫致富的路上一展身手。

61岁的李百祥就是其中一位。5年前，在村干部的鼓励和帮助下，他凑了1万多元钱从华润集团购进2头基础母牛。5年来，通过滚动式发展，除每年卖出一两头外，牛圈现在还有7头。

李百祥的老伴柳银慧算过一笔账："这几年先后卖出去的牛过了10万元，圈里7头牛按照2020年的市场行情，至少值15万余元。"

"说来说去，还是国家政策好，村上干部好！"李百祥感慨地说。

曹洼乡纪委书记王春梅接过话茬说："这些年，脱烈村'两委'班子一直比较稳，凝聚力强、向心力强、战斗力强，正是因为有了坚强的基层'堡垒'，脱烈村变化才这么大！"

一张蓝图绘到底，一任接着一任干。

2019年，脱烈村"两委"班子抓住机会，以实施"海原县整村推进示范村""自治区级美好环境与幸福生活共同缔造活动试点村""创建中卫市民族团结进步示范村""海原农村卫生厕所改造试点村"等为契机，大力改善村级人居环境，村容村貌大变样。

说起村容村貌的变化，安玉宝笑得合不拢嘴："你们看看，过去家家门口不是一堆柴草就是一堆农家肥。经过改造和治理，村子不仅干净了，也变美了。"

安玉宝的新房是两年前借助危房改造项目盖的，宽敞明亮，很漂亮。2019 年，通过农村"厕所革命"，旱厕变成水冲厕所，又干净又方便。安玉宝说："现在我们的生活不比城里人差。"

脱烈村地处曹洼乡东南部，下辖 5 个自然村，全村共有 555 户 1888 人，常住户 298 户 1105 人，是一个多民族杂居村，全村支柱产业以种植、养殖和务工为主。

2016 年，缑志全当选脱烈村党支部书记。"从上到下，这么多双眼睛盯着我们，各项工作必须真抓实干，容不得半点敷衍。"缑志全说。

在村"两委"班子的带领下，结合农业农村发展特色，脱烈村在稳定做好玉米、马铃薯、秋杂粮等传统粮食作物种植的基础上，大力发展特色牛、羊养殖。同时，通过"劳务超市"和实施村级项目，促进"离土"产业发展，为村民提供务工机会。全村每年劳务输出 680 余人，其中建档立卡户 165 人。

缑志全说："目前，156 户建档立卡户已脱贫 153 户 590 人。全村自来水户通水率达 100%，危房改造已基本完成。"

"这几年，脱烈村的变化体现在方方面面。脱贫路上，坚强有力的村'两委'班子就是脱烈村变化的'硬核'力量。"曹洼乡副书记潘长波说。

脱烈村的喜事、好事、变化还在继续。

脱烈村的村"两委"班子正书写着脱贫致富路上的一个鲜活案例。

海和村：脱贫的种子在发芽

梁旭强　房媛

4 月，依旧携一丝清冷，风起，柳絮飞扬。在沙坡头区宣和镇海和村，村民们在经果林地里忙着拆除果树苗上的防护膜，也在忙着整理一年的新希望。

2020 年 4 月 15 日，我们跟随海和村驻村第一书记蔡贺程走进大地（宁夏）数字科技有限公司，对村上未脱贫户郭永珍夫妇再次进行摸排。

"你们夫妻两个在这里上班还适应吗？"

"蔡书记，虽然每天起得早，但我和媳妇两个人都能坚持下来……"

郭永珍家里共有 5 口人，因父母身患疾病，劳动力缺失，收入不高，没有达到脱贫标准。

"针对他们家的情况，我们采取动态监测，为郭永珍夫妻安排务工地点，并鼓励他们就近就业增加收入。"蔡贺程说。在"四查四补"工作中，村"两委"班子将郭永珍母亲杨世连纳入低保，并落实其父亲郭中林的低保和基础养老金等，确保他们 2020 年如期脱贫。

海和村属于自治区"十二五"生态移民新村，建档立卡贫困户 258 户 1028 人，未脱贫 21 户 69 人，贫困发生率由 2014 年的 46.82% 下降至

2.64%。

2016 年，海和村引进宁夏夏华肉食品有限公司对村养殖场进行了承包，并在养殖场为本村农户划定了养殖区，企业的经营效益不仅带动了农户的养殖积极性，还解决了村集体经济薄弱问题。2017 年，海和村引进种植龙头企业流转土地 2270 亩发展经果林产业，流转费为每亩 400 元，每五年上涨 200 元，流转期限总共为 20 年。截至目前，种植苹果树 2270 亩 10 万棵。

自"四查四补"挂牌督战工作开展以来，海和村"两委"班子积极建立"一户一档"资料、动态监测机制和问题整改台账，全面落实低保、医保、特困人员救助供养、临时救助等社会保障政策，将部分没有纳入低保的建档立卡户和边缘户，全部纳入低保范围，对条件特别困难的贫困户提高低保标准，根据具体情况给予临时救助帮扶。

"2019 年外出务工人数达 675 人，人均外出年务工收入可达 2 万元。"蔡贺程说。针对未脱贫的 21 户 69 人，海和村采取点对点输送，推荐村民到就近企业稳定务工，对有发展养殖意愿的村民，积极协调扶贫贷款帮助他们发展养殖业。对于单老双老户，与老人子女进行协商，签订赡养协议，定期给予赡养费，并对老弱病残和孤儿家庭，给予社会保障兜底扶持。

"搬到这里，不仅路好走了，用水也方便了，蔡书记还给我和媳妇找了工作，有了稳定收入。如今，我家脱贫的'种子'在发芽，待到 10 月，来迎接我们家脱贫丰收的硕果。"郭永珍笑着说，"相信以后的日子会越来越红火。"

曹洼村的脱贫底气

张秀　马进军　任浩

春风和煦，阳光正好。

2020 年 4 月 20 日，我们沿着蜿蜒的柏油路向位于海原县中南部的曹洼乡曹洼村前进。所到之处，但见田间地头人头攒动，翻地、施肥、起垄、覆膜……一幅春耕生产的画卷徐徐铺开，沿途错落有致的红色砖瓦房点缀其间，成为一道亮丽的风景。

"2019 年，我们村的人均收入达到了 8600 元。"在曹洼村村部，村会计柳银勋一边算着经济账一边感叹道，"这些年，我们村的脱贫成果处处可见。"

柳银勋介绍，曹洼村为曹洼乡的中心村，有 9 个自然村，全村 932 户 3027 人，建档立卡户 269 户 927 人。2015 年以来累计脱贫 258 户 902 人，全村经济收入以种植、养殖、劳务输出为主。

说起村里脱贫致富的典型，柳银勋第一个提到了 50 多岁的村民杨金义。

来到离村部不远的理发店，杨金义正在忙着清扫店里的碎头发。店里有点冷清，杨金义笑着说："白天大家忙着干活，理发的人少，晚上人就多了。"

2014 年，杨金义家被确定为建档立卡户，2017 年脱贫摘帽。3 年时间，借着扶贫政策，还有村里种植、养殖、劳务输出三大经济收入支柱，生活发生了翻天覆地的变化。

"这几年，我白天种地，晚上给人理发。"杨金义说，现在盖起了新房子，今年还打算扩大养殖规模。

杨金义算了一笔账："每年种植 100 亩青贮玉米，交给华润集团每亩纯收入 900 元，100 亩可收入 9 万元；养猪一年纯收入 6 万元左右；理发店收入 4 万元左右。"

近几年，曹洼村大力发展种植业、养殖业、鼓励群众外出务工，并充分利用金融扶贫、技能培训、产业补贴、劳务奖补等扶贫政策，多措并举激发群众脱贫内生动力，让大家脱贫有支撑、有底气。曹洼村发生了很多变化，全村实现自来水入户率 100%，全村实现硬化道路全覆盖，生活用电和广播电视入户率达 100%。

人心一杆秤，曹洼村的一间间新房、一串串增长的数字、一桩桩喜事都写在村民的一张张笑脸上。

今年 65 岁的村民马吉林，这几年种植青贮玉米的收入比种植玉米和小麦高出几倍。收入增加了，腰包一年比一年鼓起来的马吉林说："日子越过越好，人活得越来越精神。"

但柳银勋说，这还不够！今年，他们村的目标是通过持续种植、养殖、劳务输出让未脱贫的 11 户 25 人脱贫。同时，他们还争取了 200 万元项目资金准备建牛厂，一来带动更多人发展养牛，二来壮大村集体经济。

凯歌村："补齐短板"提升村民幸福感

房媛　梁旭强

　　"如今的凯歌村，户户要通自来水，家家要住砖瓦房，生活比蜜甜。"这是沙坡头区镇罗镇凯歌村村民挂在嘴上的顺口溜，也是他们现在生活的真实写照。

　　来到凯歌村，我们看到施工人员正在为村民安装自来水管道和水表。

　　"没想到我们也能吃上自来水，日子越来越有盼头喽！"看着安装好的自来水管道，张明国满面笑容地说。他是凯歌村第二批吃上自来水的村民。10 多年前，村上刚开始安装自来水管道，因为家庭经济原因，他家的自来水迟到了 10 多年。2020 年 4 月，张明国家接通了自来水，如今一家人再也不用吃井水了。站在一旁的村民薛秀芳接过话茬说："现在的政策好啊，我们不光吃上了放心水，还住上了安全房。"

　　授人以鱼，不如授人以渔。凯歌村"两委"班子结合实际，在为部分贫困村民给予政策兜底的同时，积极联系周边蔬菜种植大棚，为 100 余名村民提供了务工岗位。

　　2020 年，凯歌村通过危房清零、自来水入户、解决村民无安全住房等措施，村民真正实现了"两不愁三保障"。

"村民吃上放心水，住上安全房，有活干，有钱挣，我们也高兴。"凯歌村民政助理宁淑红说，"四查四补"工作开展以来，村"两委"班子查找出了三类问题，主要集中在危房、因学致贫、饮水安全方面。凯歌村对全村 C 级、D 级危房进行了鉴定造册和清零，为部分生活困难的村民重新修建了房屋，为因学致贫户申请了教育扶贫政策，为没有通自来水的村民改造管道，引水入户，让他们吃上安全水、放心水。

凯歌村结合"四查四补"，补齐短板，确保所有问题全部解决，做到脱贫过程不漏一户、不漏一人、不漏一项，让村民的幸福感稳步提升。

贺家口子村：发展养殖业走上致富路

宋大为

　　牵住贫困"牛鼻子"，找准脱贫新路子。近年来，中宁县喊叫水乡贺家口子村以牛羊养殖为主，牛羊贩运为辅，初步形成了一定规模的牛羊产销链条，全村群众走上了脱贫致富的康庄大道。2019 年，全村累计出栏羊 10 万只，育肥羊全年实现纯收入 1000 万元左右，年人均可支配收入 14800 元。

　　村民贺学银是当地远近闻名的养殖大户，长期从事牛羊养殖业，从 2008 年养了 100 多只羊、4 头牛起步，虽然取得了一定的收益，但受资金和技术条件的制约，养殖规模始终无法扩大。2014 年，得益于国家扶贫政策的支持，贺学银在金融机构小额信贷的帮助下，经过 6 年的滚动发展，目前羊存栏 1000 只以上、牛存栏 80 多头，年出栏羊 4000 只左右、出栏牛 30 头左右，年产值达 450 万元以上。

　　先富起来的贺学银没有忘记其他群众，带头成立起谷玉养殖合作社，先后带动 35 户村民一同致富，带领 4 户建档立卡户顺利脱贫。贺海过去是村里的建档立卡户，通过搭乘谷玉养殖合作社的顺风车，如今已养殖 70 多只羊、8 头牛，不仅摘掉了贫困户的帽子，而且家里的生活也越来越好。

　　过去，养殖业一直是村里的传统产业，老百姓也乐于接受。为此，村里决定通过政策引导、产业扶持、大户带动、抱团发展的模式，继续发展养殖业，让全村百姓脱贫奔小康。贺家口子村驻村第一书记马强说，目前全村有 16 个经济合作社，共培育规模养殖户 170 户以上。其中羊存栏 10~50 只的有 68 户、50~100 只的有 36 户、100~200 只的有 29 户、200 只以上的有 12 户、500 只以上的有 5 户、800 只的有 2 户，基础母牛全村有 329 头左右。贺家口子村于 2017 年便顺利脱贫出列，全村 20 户建档立卡户 80 人全部脱贫。

　　"2020 年，在开展脱贫攻坚'四查四补'工作过程中，我们发现疫情对养殖户、牛羊贩运户的收入和全村春耕春播造成了一定影响。经与金融机构对接，我们为全村 120 户村民争取'抗疫保脱贫'低息贷款 500 万元，同时与种子公司联系，在疫情期间调运、贮备各类化肥 1000 吨，调运并发放优质玉米种子 4500 斤，保障了春耕有序进行，把群众的损失降到最低。"马强说，下一步，贺家口子村将继续依托牛羊产销产业优势，发挥企业、养殖合作社、大户的带动效应，进一步扩大养殖规模，通过招商引资等方式探索发展牛羊深加工产业链、特色养殖产业链，做大品牌，扩大效应。

北沿口村：多产业助农增收

宋大为

近年来，中宁县喊叫水乡北沿口村按照稳定一项、发展一项、谋划一项的发展思路，积极引导群众种植硒砂瓜，发展养殖业、运输业以及劳务输出等产业，让全村人均可支配收入达到 11200 余元，22 户建档立卡户 45 人全部脱贫。

"我们积极鼓励引导群众在房前屋后、相对适宜的土地上种植经果林，既可以为群众带来经济收益，又可以改善村庄环境。"北沿口村委会主任马希福说。2020 年，全村共种植苹果、红梅杏、核桃等果树 2000 棵，这也是该村正在规划发展的又一项致富产业。

早在 2005 年，中卫市掀起种植硒砂瓜的热潮时，北沿口村便乘势而上，支持群众发展硒砂瓜产业。截至目前，全村硒砂瓜种植面积已有 7300 余亩。村民马秀平现种有硒砂瓜 40 多亩，2020 年他按照中宁县提出的轮耕休作种植模式，只种植 24 亩，剩余压砂地种一些传统农作物。"自从发展硒砂瓜产业以后，村里很多村民都依靠这项产业过上了富裕的生活。这些年，我仅靠种植硒砂瓜，每年可收入两三万元。"马秀平说。除了种植硒砂瓜，他还养了 40 多只羊，两项产业每年可为他带来 5

万元以上的纯收入。

"现在全村肉牛存栏 93 头、羊存栏 5900 只，建档立卡户年人均可支配收入达 6980.59 元，边缘户年人均可支配收入 7497.36 元。"北沿口村支书马秀生说。目前，尽管北沿口村发展了多项产业，但受自然条件的制约，效益尚不明显，加之群众思想观念相对落后，为此，北沿口村围绕"扶贫先扶志，扶贫必扶智"的工作思路，在稳定发展现有产业的基础上，因人因户制定发展目标，通过技能培训、合作社带动、乡贤能人带动等多种方式，坚定贫困群众改变贫困面貌的决心和信心，确保群众稳定增收、永久脱贫。

武塬村：向着脱贫冲刺

张虎

"政府的政策确实好，我计划赊销几头华润基础母牛，通过养殖尽快致富。"海原县海城镇武塬村村民张廷党高兴地说。

张廷党以前靠跑运输养家糊口，2017 年，意外事故导致他左腿骨折，让本不富裕的家庭一度陷入困境。村里虽然通过发放临时救助、产业帮扶等措施对其进行帮扶，但效果不尽如人意。自"四查四补"工作开展以来，武塬村"两委"班子多次到张廷党家中，耐心动员，为他制定了以养殖业为主的发展路子，增强了张廷党脱贫致富的信心。

"2020 年，政府给我补贴了近 200 棵花椒树和李子树，还帮我搭好了牛棚。我准备把牛拉回来后，再养些羊，以后的日子就好过了。"张廷党脱贫的信心很足。

武塬村是自治区级脱贫攻坚挂牌督战村之一，现有建档立卡贫困户 413 户 1509 人，已脱贫 395 户 1458 人，未脱贫 18 户 51 人，其中脱贫监测户 5 户 26 人、边缘户 6 户 32 人，全村贫困发生率为 1.2%。

该村始终坚持户户产业全覆盖、人人收益全覆盖，落实强劳动力转移就业、弱劳动力公益岗位安置、无劳动力兜底保障机制，区分产业主导型、就业主导型、政策补助型、保障兜底型，一户一策、合理安置，努力实现产业收入不够就业补、就业收入不够产业补，确保收入稳定达标，巩固脱贫攻坚成效，确保脱贫路上不漏一户、不落一人。

武塬村还结合巩固脱贫成果要求，对想扩大养殖规模却存在资金不足等问题的养殖大户，争取各类奖补资金和贷款，帮助他们扩大规模，增加收益。

"现在到外面打工，体力跟不上，我就想回来搞养殖。国家政策好，建大棚给补贴，养殖也给补贴，我正打算把大棚扩建一下，扩大养殖规模。"武塬村村民薛富珍说。

2020 年，武塬村将脱贫攻坚"四查四补"工作与脱贫攻坚"回头看"、挂牌督战工作相结合，从基础设施、公共服务、基层治理、人居环境等方面查找短板，以贫困户、非贫困户可持续增收为抓手，彻底查清问题，逐户逐项建立台账，分类制定整改措施，及时解决在脱贫攻坚冲刺阶段存在的困难和问题。

此外，武塬村将做好全村 1228 户农户收入动态监测全覆盖工作，落实未脱贫户、脱贫监测户和边缘户一季度一监测机制，实行一般户随访或每半年一普查制度，确保返贫致贫零风险。

王营村：
持续发力　打出特色产业发展"组合拳"

宋大为

　　近年来，在发展壮大村集体经济，促进农民增收致富的过程中，中宁县石空镇王营村打出特色产业发展"组合拳"，先是发展规模化的青储种植和斜体式密植型桃树种植，2020年，全县在引进特色经济作物辣根种植的同时，又种植了50亩经济效益高的蓝宝石葡萄，由此走出了一条符合发展实际、有特色的康庄大道。

　　"村集体没有产业发展就没有经济收入，而没有经济收入就没办法为群众办事。认识到这一问题后，村'两委'班子便集思广益，积极谋划发展特色产业的道路，以增加村集体经济收入，带动全村群众依靠特色产业增收致富。"王营村主任陈明说。近年来，王营村流转群众土地上百亩，种植青贮玉米积累发展资金，2018年，经多方考察和论证，又种植斜体式密植型桃树80亩，尝试发展集采摘、体验观光等为一体的田园综合体项目。

　　2020年，王营村种植627亩辣根，预计每亩辣根可为村集体增加800元至1000元的纯收入。不仅如此，今年，王营村还以"订单农业"的发展模式，投资20多万元种植葡萄50亩。按照协议约定，提供葡萄苗木的企业不仅负责种植及管理等技术指导，而且保证今年种植，明年每亩的产量就可达到 6000 至 8000 斤。葡萄成熟后，该企业以每公斤 32元的价格收购葡萄。初步估算，仅发展葡萄产业，王营村每年就可实现经济收入 500 万元左右。

"2019 年，村上通过发展特色产业，共实现经济收入近 18 万元。又改造建设了一座 100 立方米的冷库，专门用于储存鲜桃等农特产品。"陈明自豪地说。目前，村上的各项特色产业还处于投资发展阶段，等达产达效后，王营村计划在完善村基础设施建设的过程中，还将为全村 70岁以上的老人购买医疗保险，每年拿出部分资金奖励本村考上大学的学生，并成立股份公司，为全村村民分发红利。

龚湾村：扶贫有产业 脱贫有底气

牛国军

连日来，海原县树台乡龚湾村村委会热闹非凡，成吨的马铃薯和化肥整齐地堆放在地上，村民们登记、搬运、切种、分发，一片忙碌的景象。

时下，正是海原县马铃薯种植时节。为此，龚湾村主任马奎珍忙得不可开交，到了午饭时间，马奎珍还在村部为村民核发物资，他要在播种期内带领全村村民将马铃薯种到地里。

说起马铃薯种植，龚湾村村民无不喜笑颜开。村民白平福说："政府免费发放种子和化肥，老百姓只要种到地里就行。"

"土豆由县农业农村局招标后，统一免费配发到龚湾村。"马奎珍说。2020 年受疫情影响，龚湾村外出务工人员减少，经村"两委"班子开会研究实施方案，结合地域优势，确定马铃薯为龚湾村主导支撑种植产业，树台乡政府向海原县农业农村局争取到马铃薯 350 吨、化肥 80 吨，解决了龚湾村种植问题。

龚湾村含 9 个自然村，947 户，共 3603 人，建档立卡户 261 户 1046 人，全村以种植业和养殖业为主。为此，龚湾村在巩固脱贫成果的基础上，加大对贫困户的扶持力度。

龚湾村大力推行的扶贫政策让马奎财有了脱贫致富的底气和希望。"土豆种到地里，不让咱农民掏一分钱。如此给力的扶贫政策，不脱贫致富都说不过去。"马奎财说。他今年种了 10 亩马铃薯，细算下来，节省了约 2400 元的开支，这让他喜出望外。此外，马奎财还发展了养羊产业，因此他对美好的生活充满憧憬。

龚湾村是中卫市人力资源和社会保障局的扶贫帮困村。近年来，围绕"两不愁三保障"，中卫市人社局对龚湾村发展产业、住房、饮水、道路建设等方面给予支持，为有产业发展意愿的建档立卡贫困户发放 3 年期小额贴息扶贫贷款，为有养殖意愿的农户发放鸡苗等，为有务工打算的村民提供可靠的务工基地，助推龚湾村脱贫攻坚工作顺利开展。

马奎珍算了一笔账，贫困户若户均种植 10 亩马铃薯，预计到 2020 年底，马铃薯收入 2 万元左右。2019 年龚湾村人均收入 7680 元，预计 2020 年在马铃薯主导产业的支撑下，加上牛、羊养殖，龚湾村人均收入能达到 1 万元左右。

东华村：发展设施蔬菜　壮大村集体经济

宋大为

过去，中宁县宁安镇东华村村集体经济用"一穷二白"来形容一点也不夸张，村里要完善基础设施或者发展公益事业，只能四处"张口"。现在，有了设施大棚，既有了收入来源，也有了为村民办实事的能力……行走在村集体投资建设的大棚里，东华村党支部副书记刘占仓和村"两委"委员刘明兴一边采摘成熟的蔬菜，一边高兴地谈论着。

发展壮大村集体经济是实现乡村振兴的必由之路。2019年初，东华村依托紧邻县城的地理优势，成立村集体经济合作社，采取"党支部＋村集体经济合作社＋农户"的发展模式，探索发展蔬菜温室大棚，围绕"菜篮子"做文章，力促村集体经济稳步发展。目前，合作社以每亩800元的价格，流转农户土地20余亩，共建成6栋温室大棚和8栋蔬菜拱棚，以种植芹菜、辣椒、茄子、西兰花和西瓜等反季节蔬果为主。

在东华村大棚蔬菜种植基地，绿色的辣椒和紫色的茄子长势喜人，已进入成熟采摘期。村干部正忙着采摘、打包、称重，不时有村民前来买菜，一片丰收的喜人景象。"前一段时间，大棚蔬菜成熟后，正赶上防疫的关键时期，村里便通过送菜上门的形式，既满足了村民的生活需要，又有效防止了人员的流动，而且还成功地将蔬菜销售出去，取得了一举多得的良好效果。特别是后来，村'两委'班子成员被镇上安排到殷庄大社区等小区门口值守，大家上岗前都会拉上大棚里的蔬菜，一边值守一边卖菜，在两不耽误的同时，也找到了一条便捷的销售渠道。"刘占仓自豪地说，由于村里才开始探索发展设施大棚，还没有形成一定的规模，无法与超市对接进而形成长期的供货合作；而批发给商贩，价格较低，大棚的经济收益就会有所减少。通过疫情期间的销售，村里一方面建立了东华村蔬菜配送微信群，方便全村群众购买蔬菜；一方面组织村"两委"班子6名成员拉上蔬菜到县城各小区门口售卖。

"尽管大家既要按时上班为村民办事，又要经营管理蔬菜种植，还要利用业余时间到县城卖菜，每日忙忙碌碌，非常辛苦。但一想到自己的付出能让村集体增加收入，让东华村日渐发展壮大起来，再辛苦也值得。"刘明兴说。通过一段时间的零售，他们也找到了一些销售的小窍门，在总结分析了很多群众的购买意愿后，他们现在每天将蔬菜采摘回来后，称重，按1公斤或1.5公斤一袋包装好，群众购买时直接带走，既方便又快捷。

近期，东华村大棚茄子的零售价为每公斤3元，辣椒的零售价为每公斤6元，由于蔬菜品质好、无公害，加之价格低于市场价格，蔬菜上市后，前来购买的群众络绎不绝。村民莫如满和老伴买了茄子和辣椒，莫如满笑着说："过去买菜要骑上车到距家较远的超市或地摊上买，自从村里的蔬菜开始销售，我便隔三差五地到村里购买蔬菜。村上卖的蔬菜既新鲜又实惠，而且离家也不远，村民们自然都乐意到村上购买。"

东华村党支部书记张志鹏自信地说，今后，东华村合作社还将根据市场需求，按需种植蔬菜，在进一步提高土地产出和经济效益的同时，积极采取"线上＋线下"的销售模式，打通销售渠道，从而实现产业健康发展，为壮大东华村集体经济奠定坚实基础。

上流水村：特色养殖成脱贫助推器

梁旭强　卢震宇

天刚蒙蒙亮，中宁县徐套乡上流水村 61 岁的马汉华就已经在自家牛圈里忙碌起来。看到圈里的牛膘肥体壮，老人心里乐滋滋的。

2016 年之前，马汉华家里的收入主要依靠种植硒砂瓜。但种植硒砂瓜不可控因素较多，还容易受市场行情影响，遇到好的年头，还可以卖个好价钱；遇到不景气的年头，家里的收入就会受到很大影响。

自脱贫攻坚工作全面开展以来，上流水村积极调整产业结构，拓宽村民增收渠道，鼓励村民发展养殖业。由于养殖业前期投入较大，加上养殖周期长、见效慢，很多村民一开始并不看好这一产业。上流水村党支部书记马汉录说，针对砂地老化等问题，他们召开党员大会、群众代表大会，就产业转型问题最终达成一致意见，决定因地制宜发展养殖业。

"一开始我们不想从事养殖业，主要是没有经验，风险也大。但村'两委'班子再三地给我们做工作，加上请专业技术人员来村里办了培训班，大家的思想才慢慢发生了转变。"马汉华说。刚开始他尝试买了 4 头牛，如今发展到 9 头牛，还种了 30 多亩硒砂瓜、20 多亩枸杞、30 多亩玉米和 15 亩向日葵，收入翻了几番。

我们走访了解到，在上流水村，和马汉华一样转型搞养殖的村民还有很多，马汉武就是其中之一。在村干部的引导下，马汉武也购买了 50 只基础母羊开始养殖，一年多时间里，他家的羊发展到了 140 多只。2020 年他卖了 40 多只羊，盖起了新房子，日子过得红红火火。

"我们以前的年平均收入也就五六万块钱，现在大多数人家一年下来有十一二万块钱收入，我现在一年下来有 20 万块钱左右的收入。现在借助党的好政策，我们村子基本上家家都发展起了养殖业。"马汉武说。

产业是打破贫困枷锁的金钥匙。近年来，经过村"两委"班子的不懈努力，上流水村形成了以硒砂瓜种植、养殖和务工为主的扶贫发展格局。截至目前，全村养殖户达 200 户，牛存栏量 970 头，羊存栏量 1.8 万多只。种植硒砂瓜 8000 亩、枸杞 320 亩、小杂粮 2030 亩、小麦 4560 亩，外出务工人员 114 人。2018 年实现了贫困村脱贫摘帽。

只要他们愿意来，我敞开大门欢迎

张秀　马进军　任浩

6 月的海原大地上，勤劳善良的人们用奋斗描绘着脱贫路上多彩的图景。

走进海原县海兴开发区小微企业孵化园，宁夏聚腾锦贸实业有限公司生产车间内几十台缝纫机欢快地合奏着《扶贫车间变奏曲》——剪裁、缝边、包装、运输，井然有序。

乍一看，似乎和园区里其他忙碌的企业没有区别，其实车间里的100 多名员工，有 80% 是残疾人。

"我自己是残疾人，我深知残疾人生活的难处，所以这些兄弟姐妹愿意来，我就敞开大门欢迎。"宁夏聚腾锦贸实业有限公司的创办人李书勤健谈而自信。

今年 45 岁的李书勤，祖籍河南淮阳，12 岁时因意外火灾致残。但她却用实际行动书写着奋发创业、自强不息的精彩人生。

"我是靠一双筷子起家的。"李书勤说。初中毕业后她便外出寻找就业机会，但年龄、学历和身体原因让她四处碰壁。她不记得被拒绝过多少次，失落过多少回。

一番折腾，李书勤终于找到了一个可以在家编制手工艺品的活。

"当时也不知道厂家专用的编织竹签去哪里买，就用菜刀削了一双筷子顶替。"李书勤说。从此，她就拿着一双筷子在家学习、琢磨编织手工艺品，烧伤的双手添了许多水泡和老茧。

李书勤是个敢于和命运抗争的女人。在出租屋里埋头苦干的李书勤有一个大胆的想法——让更多人加入她的队伍。

于是李书勤将时间、地点都灵活的手工编织带到了更多农村妇女的炕头上。她负责接单、收货，不仅赚到了人生第一桶金，也带着更多人增收致富，这让她有了新的人生规划。

在随后的 10 多年间，李书勤先后在陕西、甘肃等地创业开办公司，她的人生发生翻天覆地的变化，也获得了各种模范奖项，但她想要带着更多残疾人脱贫致富的初心没变。

2019 年，海兴开发区通过招商引资将李书勤引来。5 月 29 日，李书勤注册资金 2000 万元成立宁夏聚腾锦贸实业有限公司，主要经营服装、鞋帽、床上用品、布艺等方面的设计、加工、销售。

"宁夏聚腾锦贸实业有限公司入驻孵化园后，李书勤说主招残疾人。我们就帮着大力宣传，四处招人。"海兴开发区经济发展局相关负责人刘丽琴说。

今年 46 岁的连廷举坐着轮椅，穿梭在车间，忙得不亦乐乎。由于先天性肌肉萎缩，连廷举只能靠轮椅活动。

"我是 2019 年 5 月到这里的。刚来的时候什么都不会，老板说'给你一台机子自己拆着收拾、摸索，拆坏了不要紧。'我拆了几遍，装了几遍，慢慢就学会修机子了。"连廷举说，他现在每月有 2000 多元的工资，不仅不拖累家人，还实现了人生价值。连廷举希望更多像他一样的残疾人能放下顾虑，借助这样的平台，融入社会。

和连廷举一样，在这里工作的还有残疾人杨继兰、马勇军、张梅、马小龙等。还有像 31 岁的祁余强这样，专门从其他省、市、县来的残疾人也有很多。

李书勤的丈夫罗必丰笑着说："这些年，她的事业做到哪里，我就跟到哪里。她做什么我都支持。"

扶贫先扶志，致富先治心。李书勤深有感触地说："对于残疾人来说，扶志以自立、扶智以自强最为重要。"

"照看一个人、拖累一群人、致贫一家人"，这是很多贫困残疾人家庭的真实写照，也是决战决胜脱贫攻坚要啃的硬骨头。

这些年，许许多多家境贫困的残疾人正是因为有了国家和各级政府的关怀和一系列扶残助残政策，以及像李书勤这样的企业人士的帮扶，越来越多人通过努力，走上脱贫创业之路，创造属于自己的幸福生活。

李书勤说，她能创业成功，有了今天的成绩，得益于党和国家的扶残助残政策，得益于各级政府的支持。所以，今天她有能力了，就要回报社会，尽自己所能，帮扶和她一样的人。

情系村民　无私奉献

张泽华　张丽萍　范本哲

多年来，沙坡头区迎水桥镇何滩村党支部书记兼村委会主任冯永新始终将群众的利益放在心上，将为人民服务的责任扛在肩上，由他带领的村"两委"班子成为了一支能带领群众共同致富、能促进村级繁荣发展的坚强堡垒，而他也被评为"2020年中卫市劳动模范"。

2017年11月，冯永新被迎水桥镇党委任命为何滩村党支部书记，实现书记主任"一肩挑"。任职后，冯永新立刻对全村基本情况进行了摸底了解，如何让村子富起来，如何让村民的腰包鼓起来，成了他每天思考的问题。

"2017年春耕时节，我发现村民们大多都不愿意种地，农户撂荒土地的现象时有发生，有的农户甚至把自家土地免费送给种田大户种植。"冯永新说，为解决这一问题，他与村"两委"班子成员反复研究商讨，联系了几个在外地经营种植的朋友，组织本村几个致富能手，决定将全村土地进行流转，解决土地撂荒闲置问题。

这个决定在村民代表大会上一经提出，就获得了大多数村民代表的支持。事实证明，土地流转这一决策非常正确，何滩村将全村2000余

286

亩土地流转承包给了种植大户，商定好每年每亩付 750 元的承包费，并和种植大户多次沟通后，调整了以往的种植习惯，实现了连片种植。土地流转成为了转变农户种植方式、实现农户多元收入、发展壮大村集体经济的金钥匙。

2018 年，何滩村深入实施"两个带头人"工程，鼓励"党建引领发展，能人带领致富"。以冯永新为"车头"，成立了中卫市迎水桥镇何滩村自然美土地股份专业合作社。合作社采取"党支部 + 合作社 + 基地 + 农户"的经营模式，不断规范合作社的组织和行为，确保工作的正常开展。

"2018 年，我通过合作社种植陆地西红柿赚了近 8 万元，比之前一个人干多赚了 3 万元。"种植户刘斌说。据了解，2018 年，何滩村累计实现产值 426.9 万元，带动全村 130 名群众长期在合作社从事农事经营活动，村民劳务收入达 160 万余元。

2019 年，冯永新被派往山东学习新时代文明实践中心建设的经验，回来后，他便与班子成员倾力打造了何滩村新时代文明实践站，建设了集大讲堂、志愿者之家、书画阅览室、传统文化活动室、妇女儿童之家等为一体的活动阵地。

"实践站以志愿者服务为支撑，通过理论宣讲、技能培训、党员教育、妇女剪纸、刺绣、妇女健康知识培训、儿童书画学习、体育运动教学、残疾人康复训练等形式，满足了不同类型人员的各类需求。"冯永新说。实践站吸引了各级部门的调研学习，得到了大家的一致好评。2019 年 11 月，何滩村新时代文明实践站被评为沙坡头区新时代文明实践中心建设工作"先进实践站"和"优秀志愿服务队"。

如今，走在何滩村宽阔平整的乡道上，扑面而来的是满眼绿意。冯永新说，只要他干一天村党支部书记，就要带领群众过上好日子。

带领村民走上致富路
——记中卫市劳动模范郭鹏

吴若云　张泽华

咯咯咯……

2020 年 4 月 27 日清晨，静谧的山野里传来清脆的鸡叫声，养殖户郭鹏和工人们忙活在不同的鸡舍里，一边咕咕地唤着，一边忙着给蛋鸡添加饲料，一只只蛋鸡争先恐后地探出脑袋争抢食物。

今年 31 岁的郭鹏是沙坡头区宣和镇人，也是中卫市金绿丰禽蛋生产流通农民专业合作社法定代表。2012 年他大学毕业后扎根农村，接手了父亲经营几十年的家庭式养鸡作坊，并做成了全年销售收入达到 8000 多万元的大型家禽养殖公司，带领周边群众走上了致富路。

"养鸡虽然是个土行业，但也是个技术活，家庭作坊式的经营迟早会被淘汰，养殖业只有走产业化之路，才能解决小生产与大市场的矛盾。"郭鹏说。大学期间，他在沿海地区感受到了一、二线城市农业产业发展的魅力。从父亲手中接过养鸡场后，他深度思考鸡蛋严重滞销的原因，一改传统的养殖方式，引进高科技设备，进行规范化养殖，大大提升了鸡场的规模和效益。

走进郭鹏的养鸡场，温度、湿度、喂水、喂料、清洁都由机器控制，蛋鸡们就在这样的"五星级酒店"中工作，"新鲜出炉"的鸡蛋被传送带输送到收集台，工人们有条不紊地收集鸡蛋。

眼看公司发展有了起色，村民们纷纷找到郭鹏，提出想跟着他一起养鸡。早有此意的郭鹏二话没说，带着村民一起干。他通过"合作社＋产地＋农户"的运作模式，建立起"利益共享、风险共负"的新型机制，直接带动300多养殖户养殖蛋鸡，帮助贫困户增收致富。

"跟着郭鹏创业有两年多了，我现在一年的收入有10万元左右。"郭鹏的合作伙伴郭东说，"郭鹏事业心强，而且在工作和生活中非常关心大家，相信大家跟着郭鹏养鸡会有更好的未来。"

郭鹏回乡创业，通过产业扶贫帮助周边群众脱贫致富，得到了政府的充分关注和肯定。2014年金绿丰合作社被评为"国家级示范合作社"，2019年郭鹏被宣和镇政府授予个人"诚实守信模范"，2020年他被评为中卫市劳动模范。

"一路走来，既有欢喜，又有感恩回报。养殖业是个脆弱的行业，稍有差池就会带来全局性的风险。"回首自己的创业历程，郭鹏十分感慨，他说，"自从回乡创业后，企业得到当地政府的关心和支持。今后，我将坚持以养殖户收益最大化为目标，让鸡和蛋的品质得到进一步提升，在稳定效益的同时，让更多人踏上蛋鸡养殖的致富路。"

罗进福：不负黄土地的退伍老兵

马彦军　李洋

在海原县退役军人事务局局长的推荐下，6月4日，我们在海原县海城镇段塬村见到了村民罗进福。

初见罗进福，他给人的第一印象是热情、干练。作为一名退伍老兵，他身上还保留着军人的刚毅率直，黝黑的皮肤倒是跟他成天打交道的土地有些搭调，岁月在他脸上留下了一道道痕迹。

罗进福于1980年10月入伍，隶属兰州军区，1985年10月退伍回乡。回到家乡海原后，罗进福进了当地的一家盐场上班，盐场于1991年倒闭，罗进福也下岗了。当年，灵武煤矿来海原招工，罗进福成为了灵武煤矿的一名工人。因当过兵、干活踏实、为人耿直憨厚，他很受矿工的欢迎。没过多久，矿领导让罗进福负责煤矿的民兵训练。在罗进福的带动下，整个矿区的生产呈现出创先争优的良好势头。罗进福带的班子年年被评为煤矿的先进班子，他个人年年获得民兵训练安全生产标兵、文明先进个人等称号。

5年后，合同期满，1996年，罗进福再次回到老家，多年在外漂泊，也加深了罗进福对家乡的依恋。家乡干旱贫瘠，吃不饱饭，回到家后的罗进福，时常站在自家院里眺望光秃秃的山。罗进福心想，难道祖祖辈辈都要生活在这大山里？要么想办法搬出去，要么改变这里。于是，罗进福心里滋生了种果树的想法。说干就干，罗进福立即着手种植果树。

如今，罗进福的 50 亩土地都种了经果林。"这是大红袍花椒树，你尝尝这个叶子，味道很浓；这是木瓜树，结的木瓜有拳头大了；你看我的这片核桃树林长得怎么样？"果园里，罗进福一边带路，一边向我们介绍他的果树。罗进福的果园里，各种果树不少于 10 棵。

为了在海原这片旱塬上种活果树，罗进福这些年一直在尝试新树种的栽植。

俗话说："杏三年，李五年，想吃核桃十八年。"为了找到适合海原当地种植的核桃树，罗进福多次到东北等地考察，最后引进的核桃树苗抗旱、抗寒力高，挂果时间短，一般三到五年就开始挂果。罗进福说："核桃树的寿命比较长，一般都在几十年，长寿的能到 100 年左右，长远考虑，种植核桃树，两三代人都有收益，对改善生态环境也有利。"

从起初的家人反对、村民不支持，到现在的家人全力支持和村民的跟种，在罗进福的带领下，段塬村全村开始种植果树，仅核桃树的种植面积就达 300 亩。

如今，站在村里的高处看，整个村子被绿色覆盖。罗进福看在眼里，乐在心里。他说："我做这么多，就是为了坚守我的初心，希望更多的村民参与到发展经果林的产业中来，在发展经济的同时，让我们海原的大山披上绿衣。"

为了带领全村人把经果林产业做大做强，罗进福还成立了专业合作社，负责农产品销售等。在罗进福的影响下，他的两个儿子都先后当过兵。罗进福的二儿子罗斌说："父亲常常教导我们，有国才有家，我们理应为国家建设出一份力。我也会像父亲那样，保持军人本色，把决定干的事坚持干下去，干好。"

马启军：养牛闯出幸福路

马彦军

从行动不便的残疾人到养牛达人，从建档立卡贫困户到脱贫致富的能手，4 年时间里，海原县李旺镇杨堡村残疾人马启军成功脱了贫，走上了致富路。

见到马启军时，腿脚不利索的他正和妻子在牛圈里忙活，妻子负责添加草料和水，马启军负责搅拌。马启军穿着干净的白短袖，面带笑容，精气神十足，如果不走动，很难发现他的腿有残疾。

马启军小时候因小儿麻痹导致腿部残疾。30 岁前，虽然娶妻生子，但马启军意志消沉，得过且过，依靠父母的帮扶和政府的补贴过日子。2015 年，马启军被识别为建档立卡户，在乡村干部多次走访动员下，他的思想有了转变。2016 年，他抱着试试看的态度，通过华润集团"基础母牛银行"赊购了 3 头母牛，开启了养牛路，也开始了他的新生活。

2017 年初，3 头母牛产下了 3 头牛犊，看着嗷嗷待哺的牛犊，想起自己没有操过多少心的孩子、辛苦操持家务的妻子和年迈的父母，马启军默默立下誓言：一定要走出困境，让父母妻儿过上好日子。一名残疾人，想要取得成功，就要比别人付出更多努力，别人一个动作能完成的事，马启军就得做好几遍，甚至几十遍，但他没有被困难压倒。相比肢体残疾带来的痛苦，繁重的体力劳动在他的眼中根本不算什么，只要生活有奔头，马启军浑身是劲。

"刚开始养牛，孩子他爸到圈里铲牛粪，一不注意就摔倒了，为了我们母子过上好日子，把日子过到人前头，他确实吃了不少苦。"妻子马发买说。

几年来，马启军与牛为伴，每天在牛圈里"摸爬滚打"，付出了汗水，他也尝到了养牛带来的甜头，从最初的 3 头发展到现在的 12 头，每生下 1 头牛犊，马启军的幸福指数就飙升一大截。

"如今党的政策这么好，我们老百姓更应该把日子过好。牛棚有点小了，牛都圈不下了，等过段时间，我计划把牛棚再扩建一下。"马启军满怀憧憬地说。

致了富，马启军脸上的笑容多了，对生活充满了向往与追求。2019年，马启军利用危窑危房改造政策，又盖起了新房，置办了新家具，一家人其乐融融。

张保久：脱贫路上永不止步

张虎

"目前，脱场村已经脱贫，先后通过县级自评自验、市级验收、自治区第三方评估以及国务院扶贫办调研督导，群众满意度很高。"海原县关桥乡脱场村驻村第一书记张保久说。

脱场村有 464 户 1640 人，常住人口为 308 户 1136 人，现有建档立卡贫困户 184 户 688 人，已脱贫 181 户 678 人，未脱贫 3 户 10 人，贫困发生率 0.53%。全村辖区面积 87700 亩，其中耕地面积 7755 亩，退耕还林面积 5460 亩。该地干旱少雨，主要以劳务产业为主，村民多从事运输、建筑、餐饮等工作，种植业以饲草、秋杂粮等农作物种植为主。

张保久在驻村期间，深入开展"不忘初心、牢记使命"主题教育，严格落实"三课一会"、主题党日等活动，持续整顿软弱涣散基层党组织，使基层党组织的组织力、战斗力不断得到提升，党员政治站位和党性意识得到大幅提高。同时，围绕"两不愁三保障"，脱场村按照精准识别、应纳尽纳的原则，通过动态调整、"回头看"，反复对建档立卡户进行复查核查。2019 年，全村脱贫退出 51 户 189 人，清理"五类"人员 2 户 6 人，贫困发生率降至 0.53%，贫困户漏评和错退不断降低，群众的认可度和满意度大幅提升。

围绕关桥乡"一中心、两基地、三产业带"产业布局,张保久以成立村集体经济合作社、养殖专业合作社为契机,引导贫困户扩大秋杂粮、饲草种植面积。积极对接宁煤集团帮扶项目和资金,2018年投资48.6万元,2019年投资61.96万元,2020年计划投资39.5万元,并积极申报农机具等设备购置和饲料加工厂项目建设补贴。

此外,张保久坚持扶贫与扶志、扶智相结合,不断激发贫困群众内生动力,积极化解村级矛盾纠纷,鼓励广大群众参与文化活动,以文化活动推动全村移风易俗、乡风和村规民约等文明建设,倡导文明新风,营造了勤劳致富、光荣脱贫的社会氛围。

马兴东：让米粮川变成百姓的金川银川

俞薇　马玉凤

　　"杨永虎，52 岁，智力三级残疾，家有 3 口人，未脱贫。妻子周兰，50 岁，肢体三级残疾，无劳动能力。女儿正在上高中。家庭生活非常贫困，脱贫难度很大！"

　　这是 2019 年 7 月 24 日，自治区外事办公室驻中卫市沙坡头区香山乡米粮川村第一书记马兴东写下的第一篇驻村工作日志中的部分内容。杨永虎作为米粮川村最后一户未脱贫的贫困户，是马兴东了解完整村情况后第一个入户走访的对象。

　　在与村干部及驻村扶贫工作队员讨论时，大家都认为，杨永虎一家三口中，两人残疾，孩子又上学，家中缺资金、缺技术、缺劳动力，没有稳定的收入，以政府政策性补贴为主，脱贫难度很大。

　　"当前脱贫攻坚进入决胜期，留下的都是难啃的硬骨头。我们一定要树立必胜的信心，帮助杨永虎家脱贫。"马兴东说。

　　马兴东一边为村干部和驻村扶贫工作队员加油鼓劲，一边带领大家反复讨论，为杨永虎家制定了脱贫计划，即以社会保障兜底为主，积极争取各项社会救助、扶贫慰问和补助资金；针对杨永虎的实际情况，鼓励其通过养羊增加收入；帮助其申请护林员岗位，每年可增加收入1万元。通过各方努力，2019年，杨永虎家享受到国家各项扶持资金和惠民资金共计29168元。2020年，又积极争取社会资金2万元，为杨永虎家修建一座羊圈，帮助其扩大养殖规模。

米粮川村是移民村，现有人口186户710人，其中建档立卡户109户420人，是香山乡建档立卡户最多的村，也是沙坡头区的深度贫困村。

"再苦再难，也要带领乡亲们走上脱贫致富的路。"抱着这个坚定的信念，马兴东和村"两委"班子经过认真研究讨论，决定把硒砂瓜种植作为米粮川村的主导产业，先后多次组织开展了硒砂瓜种植及有机肥使用技术培训，免费为村民发放有机肥20吨。在硒砂瓜种植和销售季，马兴东带领驻村扶贫工作队员和村干部一起到田间地头，了解硒砂瓜的生产销售情况，积极为村民销售硒砂瓜出点子、找销路。辛勤的付出总会得到回报，2019年，米粮川村种植硒砂瓜户均收入7万元，进一步巩固了脱贫成果。

在巩固发展好硒砂瓜种植主导产业的同时，马兴东又积极为村民寻找脱贫致富的新方法，拓宽脱贫致富的路径。

在入户走访农户过程中，马兴东发现部分群众为增加收入，自发在房前院后小规模养羊，还有人跑运输、开饭馆或外出务工。马兴东敏锐地感觉到，这些都是村民增收致富的好路子，便及时深入农户家中，鼓励和支持村中剩余劳动力发展养殖、运输、外出务工等。2020年，通过积极争取项目资金，投资近3000万元的现代化多功能养殖园区扩能改造项目成功落户米粮川村，建成后不仅可安置部分村民到园区工作，更能鼓励带动一批农户发展绿色生态鸡和牛、羊等养殖产业，进一步拓宽农户增收渠道。

马兴东在扶贫日志中写道："2020年是脱贫攻坚决战决胜之年，我们将以习近平总书记在决战决胜脱贫攻坚座谈会上的重要讲话精神为指导，坚定不移把脱贫攻坚作为首要任务、头等大事和第一民生工程，一鼓作气、乘势而上，进一步提高贫困人口的收入水平，改善村民的生产生活条件，确保米粮川村最后一户贫困户按期脱贫，确保脱贫攻坚任务如期完成，使米粮川村真正变成老百姓的金川银川！"

后记

中卫市位于宁夏回族自治区的中西部，地处宁夏、甘肃、内蒙古三省交界地带，居黄河前套之首。这个年轻的地级市有着悠久的历史、优美的环境和追求美好生活的勤劳的人民。在这片神奇的土地上生活着的人们，不惧风沙想出了闻名于世的麦草方格治沙方法，他们亦不怕贫困，抓住一切机会行走在脱贫的大路上。

这些为了脱贫而不懈奋斗的人，这些在脱贫路上发生的感人肺腑的故事，值得我们用笔记录下来并辑录成书，让读者们更为直观地了解，为了脱贫致富、为了美好生活，他们曾经怎样努力过。所以，值此2020年决胜全面建成小康社会、决战脱贫攻坚之年，在中卫市委、政府的大力支持下，由中卫市委宣传部指导，中卫市文联组织人员编写了《我们的脱贫之路》一书。

2019年，中卫市文联就开始筹划创作。中卫市文联二级调研员、宁夏作家协会会员马卫民同志负责撰写了《我们的脱贫之路》的大部分内容，他深入生活、扎根人民，在沙坡头区迎水桥镇鸣沙村驻村期间，真正与当地百姓打成一片，走进他们的生活、贴近他们的内心、倾听他们的心声，创作了6万余字的《驻村笔记》。为了更全面地反映中卫市脱贫攻坚全景，他于2020年上半年，利用 3 个多月的时间在海原蹲点采访，实地走访了海原县许多乡镇和企业，撰写了中卫市在教育扶贫、产业扶贫及"两不愁三保障"等方面取得的成果，以及在具体实施中涌现出来的先进事迹。

中卫市文联同时还向中宁、海原两县文联以及中卫市各文艺家协会发出征稿通知，在广泛收集稿件的基础上，本着选精、选优的原则，严格筛选书稿后，经反复修改、打磨才成此书。中卫市文联主席谈柱协调安排、总览此书出版全程，宋兆璠同志在书籍框架和作品的取舍上给予宝贵建议，曹小娟同志承担资料整理和编辑工作。在此，也对在收集作品时提供大力帮助的中卫市扶贫办和中卫市新闻传媒中心表示深深的谢意！

因水平所限，本书难免存在不足之处，敬请各位同仁批评指正。